LES 8 VIES D'UNE MANGEUSE DE TERRE

www.editionsphebus.fr

Publié sous le titre original *8 Lives of a Century-Old Trickster*
par Virago, Royaume-Uni, en 2023.

ISBN : 978-2-7529-1489-7

MIRINAE LEE

LES 8 VIES D'UNE MANGEUSE DE TERRE

Traduit de l'anglais (Corée du Sud) par

LOU GONSE

PHÉBUS

À mon époux,
ma muse, et le plus grand héros de mon livre

Prologue

L'idée me vint pendant mon divorce.

J'avais quarante-sept ans et des kilos en trop. Je n'avais pas d'enfants pour combler ma solitude, mes jours silencieux. Je n'étais pas l'une de ces femmes modernes indépendantes qui décident tôt de ne pas avoir d'enfants. J'avais voulu en avoir un, mais mon mari ne pouvait pas m'en donner – son oligospermie, m'avait-il dit. J'aurais aimé tenter une FIV, mais il avait refusé, jugeant le processus trop humiliant. J'étais furieuse lorsque j'appris qu'il s'était inscrit dans une célèbre clinique de fertilité à Gangnam avec cette autre fille, de douze ans sa cadette, un mois avant que notre divorce soit prononcé. Pendant des semaines, je rêvai de l'achever à coups de marteau. En réalité, bien sûr, je n'avais ni le courage ni la violence nécessaires pour passer à l'acte. Cela ne m'empêcha pas de m'imaginer débarquer dans son bureau à Gwanghwamun, comme une *ajumma* en colère le ferait pour s'en prendre à son mari infidèle dans un mélodrame coréen. Folle de rage, j'aurais balancé à grands cris des papiers détaillant ses frasques et la liste de ses péchés devant ses collègues, qui l'auraient ostracisé pour ce qu'il avait fait. Bien entendu, je ne réalisai jamais ce fantasme : me laisser aller à une conduite si hystérique m'aurait semblé trop dégradant. Mais nourrir cette pensée était, je dois dire, assez réjouissant.

J'étais désespérément en quête de renouveau dans ma vie. Je m'inscrivis dans une salle de sport et me mis à m'entraîner une heure trois fois par semaine. Bien que j'aie commencé à perdre du poids et à me sentir mieux, le changement physique ne me suffisait pas. Depuis ma plus tendre enfance, je suis quelqu'un de contemplatif, une amoureuse de la lecture, toujours à griffonner dans son Moleskine. J'avais besoin de plus qu'un corps en forme. J'avais besoin de raviver mon esprit.

Je patientais dans la salle d'attente de mon thérapeute en feuilletant un magazine féminin lorsque je vis l'article. Il y était question d'un médecin exerçant dans un centre de soins palliatifs à Singapour qui aidait ses patients en fin de vie à organiser leurs funérailles et à écrire leur nécrologie. Contrairement à ce que l'on pouvait croire, expliquait le médecin, peu d'entre eux étaient effrayés par la mort : ils se souciaient davantage des conséquences de leur disparition, du chagrin et des bouleversements vécus par leurs proches. Son programme avait rencontré un succès inattendu. Nombre de ses patients expliquaient qu'ils se sentaient mieux, mentalement et physiquement, après avoir pris leurs dispositions. Cela leur donnait un sentiment de contrôle et de réconfort, et l'occasion inestimable de trouver eux-mêmes un sens à leur séjour sur terre.

Je montrai cet article à la directrice Haam, ma supérieure hiérarchique, en lui annonçant que je souhaitais mettre en place un programme similaire pour nos résidents. Je n'avais pas à me plaindre de mon poste au Soleil-Couchant : le salaire était honnête, les congés payés nombreux, et mes horaires et ma charge de travail plus que raisonnables. Mes missions consistaient, dans les grandes lignes, à me charger de la comptabilité, mais mon titre officiel était « assistante de direction ». Haam était une femme agréable, dans la cinquantaine, qui avait divorcé deux fois et élevait ses trois enfants de deux pères différents. Elle ne semblait guère passionnée par son métier ; elle m'avait confié l'avoir choisi pour sa stabilité, ce dont elle avait grandement besoin en tant que mère célibataire.

Elle tapota nerveusement son bureau de ses ongles rouge sang avant de déclarer que notre établissement n'avait pas le budget pour des préparatifs funéraires sur mesure. Je lui répondis que le programme d'écriture nécrologique suffirait à lui seul à faire la différence. Bien que réticente, elle m'autorisa à me lancer, après que je lui eus promis que cela n'affecterait pas mon travail et que je ferais des heures supplémentaires s'il le fallait. Avant de quitter le bureau, elle me jeta un regard inquiet, qui semblait dire *Moi aussi je suis passée par là*. Au lieu de quoi elle ajouta :

– Appelez-moi si vous avez besoin de compagnie pour boire un verre.

Tandis que j'écoutais le claquement de ses talons s'éloigner, je me demandai si divorcer était plus facile la deuxième fois.

Le programme me permit d'abord de détourner mon attention du divorce. Mes pensées, qui, tel un chien loyal, n'avaient cessé jusqu'alors de revenir à mon mari et à l'échec de notre mariage, se mirent à s'attarder sur la vie des autres.

– Je suis ici pour vous aider à écrire votre nécrologie, expliquais-je aux personnes âgées de la voix la plus apaisante possible. Vous pouvez me raconter l'histoire de votre vie, les choses qui vous ont rendus heureux, dont vous êtes fiers, et les choses que vous regrettez. Ce que vous aimeriez que les gens, ceux que vous aimez, retiennent de vous.

Après quelques profondes respirations, la plupart commençaient à se livrer assez naturellement. Être conscient du peu de temps qu'il vous reste peut inciter à une honnêteté surprenante, mettant en sourdine le fond sonore qui bien souvent trouble l'existence. À ceux qui peinaient à entrer dans leur histoire, je proposais une simple amorce :

– Choisissez trois mots capables de vous définir ou de définir au mieux votre vie.

Trois est le chiffre magique auquel peu de gens peuvent résister. Un seul mot semble terriblement limité, et deux est un chiffre peu engageant, comme s'il impliquait une dualité, une double vie. Mais le chiffre trois suggère un équilibre parfait, à l'image d'un triumvirat, une trilogie ou une trinité – ni trop ni pas assez.

Lorsqu'ils envisagent leurs derniers instants, les gens ressentent le besoin de laisser une empreinte, si petite soit-elle. Et écrire leur nécrologie confirme que leur vie a compté – pour eux-mêmes, et pour ceux au nom de qui ils ont consenti à sacrifier leurs rêves. Aux yeux de la jeunesse, une nécrologie est triste et solennelle, mais les personnes âgées comprennent qu'il s'agit, entre autres, d'un privilège. Celles qui ont l'habitude de feuilleter le journal savent que les nécrologies officielles sont réservées aux personnalités publiques. Même les célébrités doivent se battre pour se faire une place dans un espace si exigu ; la plupart n'ont droit qu'à une ou deux lignes, quand quelques rares chanceux obtiennent un paragraphe entier. Une pleine page est, bien sûr, impossible, à moins d'être un politicien très en vue, un ancien président, ou un chef de guerre à l'influence internationale. Au Soleil-Couchant, chaque mort se voit consacrer une page. C'était l'idée centrale de mon projet : ne mérite-t-on pas tous une nécrologie complète de nos vies ? Je voulais croire que chaque mort, chaque vie, même la plus obscure, a une histoire à raconter. Et j'étais là pour recueillir et retranscrire les ultimes bruissements des feuilles emportées par le vent.

Je rencontrai Mme Mook pour la première fois le deuxième jour des festivités du Nouvel An lunaire. Je m'étais portée volontaire pour travailler, car je n'étais pas prête à affronter le premier grand rassemblement familial depuis le divorce. Je savais quel type de questions me poseraient mes oncles et tantes, et en particulier mes cousins, qui étaient tous mariés, avec des enfants. La plaie était encore trop vive.

Une maison de retraite est peut-être le lieu le plus isolé sur terre le jour d'une fête nationale. Plus d'un tiers des résidents du Soleil-Couchant n'avaient pas de proches. Un petit nombre de chanceux, en suffisamment bonne santé et restés en contact avec leur famille, étaient invités pour un jour ou deux. Après leur départ, un lourd silence s'installait. Le genre de calme capable de rendre moroses jusqu'aux patients les plus agités.

Ce soir-là, dans le silence de mon bureau, je reçus un appel de l'auxiliaire de vie chargée du secteur A. Ce secteur accueille près de la moitié des résidents atteints de la maladie d'Alzheimer. En temps normal, je travaillais peu dans cette partie de l'établissement, car seuls les patients mentalement alertes pouvaient participer au programme. Toutefois, plusieurs membres du personnel étant en congé pour l'occasion, je devais prêter main-forte en cas de besoin.

On me demanda de faire le guet devant une chambre double. Grand-mère Song Jae-soon avait de nouveau disparu, m'annonça l'auxiliaire de vie. Je devais donc attendre et prévenir le personnel au cas où la fugueuse reviendrait dans sa chambre tandis qu'ils inspectaient chaque coin et recoin du Soleil-Couchant. Je calai la porte avec la petite chaise pliante que j'avais apportée du bureau et m'y installai. Un talkie-walkie à la main, je ne quittais pas des yeux le couloir, espérant un signe d'elle.

Je vis alors une silhouette debout dans la chambre, adossée au mur. Une femme svelte, vêtue de blanc de la tête aux pieds. Je laissai échapper un cri étouffé.

– N'ayez crainte, je ne suis pas un fantôme, murmura la silhouette avant de partir d'un rire feint. Vous m'avez déjà vue, vous vous souvenez ?

Son nom était Mook Miran et elle partageait la chambre de grand-mère Song. Je l'avais déjà aperçue alors qu'elle émergeait d'une sieste tardive. Je ne l'avais d'abord pas reconnue : allongés, les corps frêles et silencieux étaient par trop semblables.

– Vous êtes la femme des nécrologies, n'est-ce pas ?

Elle sourit, et son visage prit des couleurs.

Mook Miran était dotée d'un physique étrange, et d'un nom de famille qui l'était tout autant – c'était la première fois que j'entendais le nom Mook. Ses longs cheveux frisés, uniformément blancs, flottaient en halo autour de son visage. Ses membres étaient longs et fins, comme ceux d'un crabe des neiges. Sous la lumière fluorescente, j'avais l'impression de pouvoir lire son corps comme une carte. Des veines apparaissaient sous sa peau translucide, tels des sentiers de montagne enchevêtrés, la plupart mauves et bleu pâle. La lumière blanche dessinait des ombres en forme de papillon sous ses pommettes hautes.

– Oui, je suis la femme des nécrologies, répondis-je, toujours fascinée.

– Je vous ai vue parler avec les vieux dans le jardin de cosmos.

Elle appelait les autres résidents « les vieux », comme si elle n'en faisait pas partie. Son regard vif et le souvenir qu'elle avait gardé de moi m'incitaient à me demander ce qu'elle faisait dans le secteur A.

– Vous devriez écrire ma nécrologie, dit-elle en révélant une dent ébréchée.

Dissimulant ma curiosité, je lui répondis que nous pouvions discuter dès maintenant si cela lui convenait, jusqu'au retour de sa camarade de chambre. J'étais surprise par sa clarté d'esprit, mais je restais sur mes gardes : l'administration n'aurait pas décidé de la mettre avec les patients atteints d'Alzheimer sans motif.

– Vous vous souvenez de la raison pour laquelle vous êtes dans le secteur A ? commençai-je sans prendre de gants, afin de savoir si le jeu en valait la chandelle.

Je n'avais pas envie de revenir la voir la semaine suivante et d'être accueillie par un visage ahuri.

Mme Mook répondit qu'elle avait d'abord été installée dans le secteur normal, mais qu'on l'avait déplacée ici six mois plus tôt, sans qu'elle comprenne pourquoi.

– Je dirais que mon esprit fonctionne convenablement, mais c'est à eux de décider, n'est-ce pas ? chuchota-t-elle.

Ses joues se contractèrent.

Toujours méfiante, je lui posai la première question.

– Si vous deviez résumer votre vie en trois mots, lesquels choisiriez-vous ?

Elle recula jusqu'à son lit et s'assit. Elle tourna alors lentement la tête vers un mur. Son visage était sans expression – aussi lisse et pâle que le papier peint derrière elle. Lèvres tombantes, regard éteint. Elle est en train de perdre l'esprit, pensai-je, me préparant à l'inévitable. Elle ne tarderait pas à poser les yeux sur moi et à me demander qui j'étais, ce que je faisais ici.

Au lieu de quoi, j'entendis un grognement.

– Vous pensez sincèrement qu'une personne peut résumer sa vie en trois mots ? murmura-t-elle, le regard toujours fixé sur le mur.

Prise de court, je feignis le calme. Après un silence, je lui demandai le nombre de mots dont elle avait besoin.

– Quels seraient vos trois mots, à vous ? Y avez-vous déjà pensé ?

De nouveau, elle me posait une question, ignorant la mienne.

Je me sentais étrangement tendue, comme si grand-mère Mook et moi étions engagées dans un combat que perdrait la première à répondre. J'arborais un sourire blême, les yeux plissés, les lèvres retroussées, le type de sourire qui me servait à désarmer les grands-pères incrédules. J'étais incapable de répondre à sa question. Je n'avais aucune idée des mots que je choisirais. Je n'y avais jamais songé. Et personne ne me l'avait encore demandé.

– Madame Mook, souhaitez-vous que j'aille voir l'administration pour vous ? lui demandai-je, toujours accrochée à mon sourire comme à un rempart.

Si elle estimait ne pas être au bon endroit, je pouvais parler de son cas au personnel. J'ajoutai que toutes les personnes que j'avais aidées à écrire leur nécrologie résidaient dans le secteur normal. Elle ne pouvait pas aisément ignorer cette question-là.

– Ce n'est pas nécessaire, répondit-elle avec désinvolture, défiant de nouveau mes attentes. Je suis bien, ici, dans le secteur A. Au fond, ça ne change pas grand-chose, n'est-ce pas ? Quel que soit le secteur, nous ne sommes pas autorisés à sortir seuls de l'établissement. Et même si on a une heure de moins pour la promenade quotidienne, les chambres sont moins peuplées et on a plus d'espace. Dans le secteur normal, je partageais une chambre avec trois autres vieilles femmes. Ici, j'ai plus d'intimité.

– Mais vous ne trouvez pas difficile de partager une chambre avec grand-mère Song ?

Ce n'était pas la première fois que Mme Song Jae-soon parvenait à filer ainsi. L'auxiliaire de vie m'avait dit que son état empirait rapidement – elle avait, à plusieurs reprises, étalé ses excréments sur le mur.

J'entendis un autre grognement – plus doux cette fois.

– C'est moi qui ai proposé de partager sa chambre, déclara Mme Mook.

Une autre réponse à laquelle je ne m'attendais pas.

– Pourquoi ?

– Si vous connaissez un peu la vie d'une personne, il est plus facile de savoir s'y prendre avec elle. Même si cette personne est atteinte d'Alzheimer. Vous saviez que les deux parents de Song ont été tués sous l'occupation japonaise ? ajouta-t-elle en me regardant dans les yeux.

Je fis non de la tête, curieuse de voir où cela allait mener. Je serrai la mâchoire, impatiente.

Mme Mook me raconta que grand-mère Song était issue d'une riche famille de propriétaires. Mais du jour au lendemain, les Japonais leur avaient pris presque tout ce qu'ils possédaient – sans raison valable, bien sûr.

– Ce genre de chose arrivait sans cesse à l'époque, dit-elle, impassible. Par chance, ses parents avaient été avertis par un voisin, une minute avant que la police japonaise fasse irruption et saccage les lieux. Ils n'ont pas eu le temps de cacher de gros objets, seulement de petites choses.

Elle leva les yeux vers moi, comme si elle s'attendait à ce que je prenne le relais. Je soutins son regard.

– Grand-mère Song et ses petites sœurs ont dû avaler autant de bijoux et de bagues que possible, aussi rapidement qu'elles le pouvaient. La police a pris tous les objets de valeur qu'elle a trouvés et a tué les parents sur place, devant les enfants. Mais

Song a dû aller de l'avant, vous savez. Pas le temps de sangloter. Elle était la cheffe de famille désormais. Elle a dû passer les jours suivants à fouiller dans ses propres excréments et ceux de ses petites sœurs pour trouver les bijoux. Toute leur fortune, en somme.

La voix de Mme Mook paraissait changée. Elle parlait plus lentement, marquant des pauses. Son visage était rouge, et une veine violette battait sur son cou.

Elle ajouta qu'au Soleil-Couchant, à cause de la maladie qui lui faisait remonter le temps, Song Jae-soon semblait coincée dans cette période de son enfance – la mort de ses parents et ses efforts pour prendre soin de ses petites sœurs. Un jour, alors qu'elle observait Song étaler ses excréments, Mme Mook avait remarqué que sa voisine de chambre marmonnait des noms, Jade, Perle et Rubis. Les infirmières pensaient qu'il s'agissait des surnoms de ses petites sœurs. Mais elles se trompaient.

– Elle ne se contentait pas de jouer avec ses selles comme les autres vieux atteints de démence. Elle cherchait les bijoux. Dans son esprit, dans sa mémoire défaillante, grand-mère Song est de nouveau la petite fille de treize ans qui se bat pour survivre.

Mme Mook se leva et marcha jusqu'à la commode en bois au fond de la chambre. Elle s'agenouilla et ouvrit avec soin le cadenas en silicone du tiroir du bas. Elle en sortit alors une boîte ronde de gommes aux fruits. Elle la posa dans ma main et me fit signe de l'ouvrir.

À l'intérieur se trouvait une dizaine de bijoux en plastique.

– Ce sont des jouets pour enfants. Trop gros pour être avalés, dit Mme Mook en attrapant le plus gros, en forme de diamant.

Aussi gros qu'un globe oculaire, d'un rose criard, on y voyait l'héroïne de manga Sailor Moon dessinée en relief.

– Je les mets dans les mains de grand-mère Song quand je vois qu'elle est sur le point de s'intéresser à ses besoins. Je lui dis qu'on a retrouvé les bijoux. Ainsi, elle est heureuse, et elle arrête immédiatement. Inutile de la forcer à quoi que ce soit. Pas de piqûre et pas de drame.

Bouche bée, je ne quittais pas du regard Sailor Moon sur le bijou.

Puis mes yeux dérivèrent vers la commode et se posèrent sur une pile de papiers dans le tiroir du bas, toujours grand ouvert. À côté se trouvait un bric-à-brac coloré, que je ne pouvais pas bien distinguer.

– Qu'est-ce qu'il y a dans ce tiroir ? demandai-je.

Pour la première fois, Mme Mook parut un peu nerveuse. Elle retourna rapidement jusqu'au tiroir et le ferma.

– Rien d'interdit, répondit-elle calmement, mais une lueur d'inquiétude s'attarda dans ses yeux.

Alors que je m'apprêtais à répéter ma question, le talkie-walkie posé sur mes genoux se mit à brailler.

– La sécurité a trouvé grand-mère Song, jappa l'auxiliaire de vie à travers les grésillements. Elle s'était endormie dans le local du matériel de nettoyage, vous vous rendez compte ?

J'entendis approcher des pas précipités.

Je regardai Mme Mook.

– Pourrait-on se revoir ?

J'aimais flâner dans le jardin de cosmos, même après la disparition des fleurs. J'aimais être dehors au soleil, loin de l'odeur de javel et d'urine séchée qui imprégnait chaque recoin de la maison de retraite. De plus, le soleil avait un pouvoir magique : parfois, le désespoir qui se tenait béant à mes pieds la nuit paraissait trop chétif pour me contrarier à la lumière du jour.

Mme Mook semblait, elle aussi, différente au grand air. C'était un après-midi sec, sans vent. Le soleil était une bille exubérante au beau milieu du ciel bleu acide. Mme Mook apparut en fauteuil roulant, poussé par Mme Docgo, la plus ancienne aide-soignante du secteur A.

– Vous avez une heure et demie avant l'heure du bain de grand-mère Mook, dit Mme Docgo d'un ton abrupt.

Elle nous adressa un regard hostile avant de rejoindre le bâtiment.

Le soleil était si perçant qu'il me faisait larmoyer. Mme Mook plissa les yeux, mit la main en visière sur son front. Regardant de côté, les yeux chassieux, elle avait l'air aussi vulnérable et éreintée que la plupart des résidents. Ses cheveux et son peignoir décoloré paraissaient encore plus blancs au soleil que sous la lumière fluorescente. Immobile, elle était un moule en plâtre à forme humaine.

Pourtant, dès qu'elle se mit à parler, sa présence fut totale.

– Vous avez hâte d'écrire sur moi, n'est-ce pas ? dit-elle, remontant légèrement un coin de sa bouche.

Étrangement, je vis un petit garçon dans le visage de la vieille femme.

– J'avais tellement hâte d'entendre ce que vous avez à dire que je n'ai pas encore pensé à ce que j'allais écrire.

C'était la pure vérité.

Mme Mook sembla savourer le silence avant d'entreprendre le récit de son histoire. Ces secondes parurent aspirer tout l'air alentour pour l'insuffler dans son corps frêle. Et alors que je l'écoutais parler, je me demandai ce qui précisément m'avait attirée dans sa voix. Ce n'était pas évident. Son élocution était souvent lente et son ton, toujours bas. Pourtant, elle était de ces gens auxquels on prête naturellement attention, que l'on interrompt rarement. Mon parfait contraire. Je n'étais pas dotée d'un tel charisme. J'étais aisément influençable, selon mon mari. Trop facilement impressionnable, trop facilement dupée.

Et c'est ainsi que je me sentis, dupée, au fur et à mesure de notre conversation. Bien que fascinante, son introduction était remplie d'éléments excédant largement l'histoire d'une vie. Lorsque je l'interrogeai sur son âge, elle répondit qu'elle aurait cent ans le surlendemain. Pourtant, elle ne pouvait être si âgée. Elle paraissait avoir tout au plus quatre-vingts ans. J'avais vu un bon nombre de quasi-centenaires au Soleil-Couchant, mais aucun n'avait jamais eu l'air aussi acerbe ou effronté.

Je n'étais pas sûre du rôle que j'étais censée tenir. Devais-je me mettre en colère d'être prise pour une idiote capable de croire à de telles inepties ? Devais-je rester neutre, comme une journaliste d'investigation, et tenter de mettre au jour une logique ? Ou devais-je jouer à la spectatrice enthousiaste face à ce théâtre de l'absurde ? À contrecœur, je choisis cette dernière option et continuai de l'écouter, réprimant mon envie de l'interroger.

Elle avait eu trois nationalités différentes.

– Je suis née japonaise, j'ai été nord-coréenne une bonne partie de mon existence, et maintenant je suis une Sud-Coréenne en fin de vie, déclara-t-elle.

Sa génération était née sous la colonisation japonaise, ce qui explique qu'elle soit née japonaise. Mais je ne comprenais pas ce qu'elle entendait par « j'ai été nord-coréenne une bonne partie de mon existence ». Avait-elle fui dans le Sud pendant la guerre de Corée ? Elle me répondit qu'elle n'avait obtenu la citoyenneté sud-coréenne qu'une fois ses cheveux devenus gris.

– J'ai passé mon enfance à Pyongyang, ajouta-t-elle sur un ton décontracté, comme si la capitale de Corée du Nord était un lieu comme un autre que tout un chacun pouvait visiter quand bon lui semblait.

Je levai un sourcil dubitatif, tout en acquiesçant en mon for intérieur. Car cet élément de son passé résolvait au moins un mystère : l'accent de Mme Mook. Bien que légère, son intonation singulière s'élevait et retombait à des endroits inattendus, brusque et chantante à la fois. Je me demandais s'il s'agissait d'une version estompée de l'accent du Gangwon-do, mais je peinais à le resituer.

– Japonaise. Nord-Coréenne. Sud-Coréenne, répétai-je, un sourire plaqué sur le visage. Vous avez vos trois concepts clés pour la nécrologie. Vous ne pensez pas qu'ils représentent votre vie mouvementée ?

– Pourquoi tenez-vous tant à ces trois concepts ? demanda-t-elle, la tête penchée. Y voyez-vous une signification sacrée ?

Je haussai maladroitement les épaules.

– Ça me semble pratique, c'est tout. Un ou deux, c'est trop réducteur tandis que, disons, neuf, ce serait excessif. Trois, c'est le nombre parfait pour que chacun s'y retrouve.

Mme Mook se détourna brusquement, tel un pigeon qui s'éloigne en hochant la tête. *Ah.* C'était un son hybride, entre le rire et le grognement. Elle faisait face à la lumière ambrée du soleil qui frappait le jardin de biais.

– Huit, alors, dit-elle, lançant de nouveau un regard torve.

– Pardon ?

– Huit. Je vais vous donner huit mots. Notre terrain d'entente. Vous avez dit que neuf c'était trop et, je persiste, trois c'est trop peu. Je respecte votre méthode, voyez-le comme ça, madame l'écrivaine.

Sa paupière tressauta : elle m'avait fait un clin d'œil.

– Alors, quels sont vos huit mots, madame Mook ? demandai-je, remarquant le retour de son sourire insolent.

– Esclave. Reine de l'évasion. Meurtrière. Terroriste. Espionne. Amante. Et mère.

Je restai assise en silence. Ses yeux s'illuminèrent à la façon d'un arbre de Noël – elle était ravie de m'avoir décontenancée, elle mourait d'impatience d'entendre ma réaction.

– Ça fait sept. Pas huit, fis-je observer.

– Vous avez donc vraiment écouté.

Son sourire insolent s'élargit.

Elle voulut savoir quelle histoire il me tardait le plus d'entendre.

– Meurtrière, répondis-je.

Elle rit, surprise. Elle ne s'y attendait pas, croyant que je m'intéresserais d'abord à amante ou mère.

Elle m'avait mal cernée.

– Qui avez-vous tué ? lui demandai-je.

Elle fit claquer sa langue.

– Pas si vite.

LA CINQUIÈME VIE

Vierge fantôme
à la frontière nord-coréenne
1961

Ce n'était pas un vrai fantôme, bien sûr. Nous n'étions pas certains qu'elle fût vierge non plus. Nous l'appelions ainsi à cause de ses vêtements : un *hanbok* taupe clair taillé dans un chanvre épais, une robe que seules les pleureuses portent, ou les vierges fantômes des contes, des beautés envoûtantes mortes trop tôt, tourmentées de rage à l'idée de ne jamais avoir eu d'époux. J'aimais le frou-frou inquiétant que ses vêtements faisaient lorsqu'elle s'ébattait, tel un jeune chiot, dans le champ d'herbes hautes près de la rivière Imjin. Elle avait les cheveux en bataille, toujours ornés d'une fleur fraîchement cueillie. Puisqu'elle n'apparaissait qu'en automne, c'était souvent un cosmos ou un pissenlit. De temps à autre, elle optait pour un pissenlit mature, déjà devenu une aigrette duveteuse. À cause du vent, ses cheveux semblaient alors recouverts de porridge de riz régurgité. Mais j'aimais son étrangeté.

Personne ne voulait l'admettre, mais nous savions tous qu'elle était jolie. Les garçons étaient à la fois effrayés et charmés ; ils racontaient qu'elle pouvait voir les fantômes, et même leur parler. C'était probablement dû à ses yeux hagards ; ses pupilles étaient inhabituellement dilatées, comme si elle avait mâché du pavot. Son regard inquiétant, souvent accompagné d'un rire aigu saccadé proche de l'étouffement, vous transperçait. Chaque fois que nous la rencontrions au bord de la rivière, nos cœurs s'emballaient. Elle était auréolée de tant de mystère. Personne ne connaissait son âge ; son physique troublant laissait penser qu'elle avait entre quinze et trente-cinq ans. Personne ne connaissait sa famille ni ne savait d'où elle venait.

Il arrivait souvent que d'étranges individus aillent et viennent dans la région. La guerre avait laissé sur les routes d'innombrables orphelins, dont les parents étaient soit morts, soit piégés dans le Nord depuis que le pays avait été divisé en deux. Mon meilleur ami, Yong, en était un malheureux exemple. Son frère aîné, Wan, était sa seule famille et lui tenait lieu de mère, de père et de Dieu confondus. Yong n'était pas le type de garçon que l'on choisirait pour ami. Il était le plus petit et le plus bruyant de la classe, et son oreille gauche saignait souvent sans raison. Mon père l'appelait « ce vaurien minable ». Yong enduisait toujours ses cheveux gras de la brillantine de son frère, à base de saindoux, qui lui donnait une terrible odeur mêlant abattoir et égouts. Je m'étais rallié à lui dès les petites classes, lorsqu'il m'avait défendu contre les grands qui s'en étaient pris à moi, me traitant de « coco » parce que j'étais né dans le Nord. Ils nous avaient frappés jusqu'à ce que nous perdions chacun une dent. J'avais alors appris que Yong était lui aussi du Nord, et bien qu'aucun de nous n'ait gardé de souvenir de l'autre côté de la frontière, ce passé honteux nous avait unis, et avait fait de nous des frères de sang.

Notre petit village, Geumpari, était situé au nord de la rivière Imjin. Il était si proche du 38e parallèle que, par une journée claire et sans vent, on pouvait entendre la propagande de la radio nord-coréenne – Yong et moi avions souvent tenté d'imiter leur étrange accent, théâtral et affecté. Yong me racontait que, près de Panmunjoem, la rivière Imjin rencontrait un *yeoulmok* secret, un goulot d'étranglement, où les rapides étaient si peu profonds que même un enfant pouvait traverser à gué. Après cela, il y avait seulement deux soldats, puis la DMZ, la zone démilitarisée, expliquait-il avec enthousiasme. Il me demandait toujours de l'accompagner dans le voyage secret qu'il ferait un jour en Corée du Nord. Je disais : « oui, bien sûr », conscient que c'était une des nombreuses choses que nous ne ferions jamais. Quoi qu'il en soit, la rivière Imjin était notre filon : nous y nagions tout l'été, apaisant notre faim grâce à ses grenouilles et ses poissons de vase. En automne, nous furetions dans les hautes herbes qui couvraient les rives, dans l'espoir, caressé du bout des doigts, d'y apercevoir la vierge fantôme. Ma mère me répétait régulièrement de rester éloigné de la berge, m'avertissant que la rivière pouvait charrier les anciennes mines des Yankees après de fortes pluies, mais jamais cela ne m'avait dissuadé. J'étais à cette étape de la vie où un « non » ferme invite à la curiosité.

Yong aimait faire mine d'en savoir plus que n'importe qui sur la vierge fantôme. Un jour, en feuilletant un numéro de *Playboy* écorné de son frère, il déclara brusquement qu'il savait d'où elle venait.

– J'ai entendu dire l'autre jour qu'elle vient de la Maison rouge à Moonsan, celle qui est près de la base militaire yankee. Elle a été vendue là-bas quand elle était très jeune, et elle s'est échappée il y a quelques années. Depuis, elle erre dans la campagne, en faisant semblant d'être folle ou attardée, tu vois, pour pas être ramenée là-bas.

L'enthousiasme sincère de Yong me fit presque croire à sa version du mythe.

– Mais non, bordel ! Cette salope vient pas d'la Maison rouge ! rétorqua son frère.

Wan ajouta qu'il avait déjà interrogé la vieille tenancière, étant l'un des clients les plus assidus après les Yankees. Elle lui avait dit qu'aucune fille ne s'était encore enfuie de la Maison rouge sous sa garde, à moins qu'elle n'ait été suffisamment chanceuse pour avoir épousé un soldat américain et déménagé aux États-Unis.

– Ce qui veut dire que cette chatte est encore bonne à bouffer ! ajouta Wan en se léchant les babines.

Yong et lui ricanèrent tels deux méchants d'un comics américain, me faisant pour la première fois mépriser mon meilleur ami.

En dépit de mon amitié pour Yong, je n'avais jamais pu supporter son frère aîné. Je détestais son visage sournois, affublé d'un menton pointu et d'un nez étroit et cassé, empestant constamment le *soju* et les ennuis. Il incarnait le cauchemar de tous les parents : un voyou ordurier et fainéant, qui passait son temps à écluser du rhum bon marché, à fumer de l'herbe et à se lier d'amitié avec d'ignobles princesses yankees. Ne l'ayant jamais vu travailler la journée, je me demandais souvent où il avait pu amasser tout l'argent qu'il dilapidait en alcool et à la Maison rouge. Mais chaque fois que j'abordais le sujet, Yong restait muet.

Peu de temps après, j'appris la vérité de la bouche de mon père.

C'était une journée pluvieuse. Mon père rentra tard, dégageant une odeur aigre de *makgeolli* trop fermenté et de vomi. Sans un mot, il me traîna jusque devant la maison, alluma la lampe sous la corniche, et se mit à me frapper sur les oreilles, les clavicules, le sternum, les genoux. Arrachée au sommeil, ma petite sœur vint s'accroupir sous la corniche faiblement éclairée, empoignant ses pieds nus froids, observant en silence. Elle savait comme moi ce qu'il fallait faire : ne pas crier, ne pas pleurer.

– J'te l'dis, espèce de petit merdeux, je te brise ta putain de nuque si je te revois encore traîner avec ce minable ! hurla mon père.

L'expérience nous avait appris à encaisser, sans mots ni pensées, jusqu'à ce que sa colère retombe. Cela s'arrêtait lorsque je ressemblais à un boxeur au tapis, saignant abondamment.

Mon père travaillait à la base militaire américaine. Ils l'appelaient le responsable du ramassage, sa mission consistant à se charger de leurs ordures. C'était le métier rêvé : il avait un accès total au paradis paradoxal fabriqué par les Américains, ce qu'ils appelaient déchets mais que nous considérions comme un trésor. N'importe quel objet pouvait trouver un nouvel usage dans nos mains avides. Leur mélange de restes de nourriture, qu'ils qualifiaient de porridge pour les cochons, constituait notre principale source de protéines et de calcium : petits morceaux de saucisses, grumeaux de pâté de jambon mauve – pas beau mais bon, comme disait ma mère, et des os de bœuf sur lesquels restait un peu de viande juteuse dans les courbes, et dont elle faisait un bouillon épais, un *gomtang*, censé nous donner des os d'acier comme les Yankees. Leurs uniformes militaires usés, teints en noir, devenaient nos uniformes scolaires, l'épaisse doublure en laine nous protégeant des bourrasques hivernales venues du nord. Leurs comics écornés de *Superman* et de *Batman* faisaient office de bibles de chevet. Le texte indéchiffrable inspirait des histoires montées de toutes pièces que je racontais à ma petite sœur, qui en soupirait de contentement avant de céder au sommeil. Pour faire court, nous grandissions dans les ordures américaines.

Et le travail du frère de Yong était de les voler. Il avait soi-disant commencé en se faufilant dans la cour de ramassage où mon père travaillait dans l'espoir de chaparder de la nourriture et quelques guenilles. Au fil du temps, il s'était mis à un vol plus risqué : après avoir rassemblé quelques autres crétins sans le sou, il pilla des armes. Lorsqu'un camion militaire chargé de munitions ralentissait sur les routes sinueuses et abruptes des montagnes de Geumpari, Wan se glissait à l'arrière, avec l'adresse d'un singe fantôme. Tandis que ses larbins débarquaient à l'avant pour distraire le conducteur, Wan lançait le plus d'armes possible aux autres gars restés à côté du camion. Avant que le conducteur n'ait le temps de soupçonner un piège et ne se précipite à l'arrière, tous les hors-la-loi s'étaient déjà cachés dans les fourrés de la vallée, qu'ils connaissaient comme leur poche.

Ce que Wan gagnait, mon père le perdait.

Mon père se procurait également des pièces de machines américaines. Une fois tous les quatre mois environ, il me réveillait au beau milieu de la nuit pour m'ordonner de creuser avec lui un trou derrière notre remise, où il enterrait de gros sacs au cliquetis métallique. Une visite surprise d'hommes en uniforme s'ensuivait toujours, et ils fouillaient minutieusement le fatras de notre maison. Aussi, quand mon père menaça de dénoncer Wan, celui-ci le menaça à son tour, avec un sourire tout en dents laissant entendre qu'il était au courant du manège qui se jouait derrière notre cabanon.

Je suppose qu'en me traitant de petit merdeux et en me tabassant, mon père voulait me donner une leçon : notre vie, près de la frontière nord-coréenne, était un jeu à somme nulle – une bataille incessante où l'on pouvait voler ou être volé, vaincre ou être vaincu.

Au bout d'un moment, les garçons cessèrent de l'appeler la vierge fantôme et optèrent pour Yadada, « vierge fantôme » leur paraissant trop commun pour quelqu'un d'aussi irréel. Nous voulions un nom approprié, un nom que nous aurions créé et que l'on ne pourrait pas confondre avec un autre.

Yadadadada était le cri qu'elle poussait lorsque les garçons la poursuivaient, ou l'inverse. Elle braillait la première syllabe, *Ya*, d'une voix sonore de baryton, puis accélérait, atteignait la clé de soprano avec une précision de castrat, et finissait par déclamer les derniers *da* d'une voix métallique perçante qui vous lacérait les nerfs. Les garçons, aussi amusés qu'inquiets, disaient qu'il y avait à la fois du masculin et du féminin dans son cri. Ils s'efforçaient de trouver de nouvelles façons de la contrarier, juste pour le réentendre.

Ils disaient aussi que *Yadada* était sa seule façon de s'exprimer puisqu'ils n'avaient jamais rien entendu d'autre.

Je riais secrètement de leur naïveté.

J'étais souvent là pour la protéger lorsque les autres s'amusaient à l'agacer, en dérobant la fleur dans ses cheveux, par exemple. Elle portait ce jour-là une fleur unique : un immense cosmos, aux pétales violet profond plus longs que le majeur de mon père, et dont le cœur se dégradait en un rose bonbon aux extrémités. La fleur était d'une taille et d'une teinte si extraordinaires que sa chevelure ébouriffée semblait anormalement petite, son étrange visage plus curieux encore. Ils saisirent le cosmos alors qu'elle faisait la sieste dans le champ d'herbes hautes, espérant ainsi la mettre hors d'elle. Cela n'arriva pas.

Cet après-midi-là, son regard était empli d'un vide inhabituel : quelque chose de brumeux, baigné de fatigue. J'ignorais ce qui l'avait causé, mais j'espérais que lui rapporter la fleur l'aiderait à se sentir mieux. J'attendis patiemment que les garçons, ayant renoncé à l'embêter, soient enfin partis. Je ramassai la fleur qu'ils avaient jetée sur la rive vaseuse et retirai soigneusement les minuscules taches terreuses des pétales. Lorsqu'elle fut suffisamment propre, je retournai en courant jusqu'au champ et trouvai la vierge fantôme au même endroit, mais réveillée, occupée à fixer la rivière gargouillante, comme hébétée. Dès qu'elle me vit, ses sourcils se froncèrent ; lorsque je lui tendis doucement la fleur, son visage s'illumina aussitôt, comme ma petite sœur de trois ans à la vue d'une barre au chocolat récupérée en douce par mon père.

Alors que je savourais sa joie, le visage éclairé par son sourire éclatant, elle tituba en avant et tira ma main vers elle. Mon cœur s'arrêta tandis qu'elle me regardait dans les yeux. Les siens avaient un éclat spectral.

– Yalu, Yalu, dit-elle du falsetto le plus tendre que la terre ait jamais entendu.

Après avoir décoché un nouveau sourire irréel à seulement un centimètre de mon nez, elle repartit gambader dans le champ.

Je restai là – aussi immobile qu'une grenouille morte, les pieds englués dans la terre où un carré d'herbe avait été écrasé par son sommeil.

Dans ma tête résonnaient encore le frou-frou de son *hanbok* et son « Yalu Yalu ».

Aussi refusai-je de l'appeler « Yadada ». À mes yeux, elle serait à jamais Yalu – ma Yalu.

Alors que mes sentiments pour elle grandissaient, mon amitié pour Yong faiblissait. Perdre son ami d'enfance fait peut-être partie de ce qu'on appelle grandir. Et cela ne venait pas uniquement de moi : Yong se mit lui aussi à s'éloigner tandis qu'il prenait de plus en plus exemple sur son frère, dans l'idée de rejoindre sa clique.

Yong manquait plus souvent l'école. Avant, cela n'arrivait que les jours du marché de Moonsan, l'immense rassemblement de marchands venus chaque mois vendre et acheter tout et n'importe quoi, d'un taureau déchaîné à un cure-dent. Au lieu de me sentir délaissé, je me surpris à chérir ma solitude, qui m'offrait davantage de temps à consacrer à Yalu.

Elle devint plus difficile à trouver. Je parcourais tous ses lieux habituels : le champ d'herbes hautes, les rizières dorées près de Panmunjeom, la ferme porcine abandonnée à côté d'Imjingak. La ferme hantée servait d'abri à Yalu pour la nuit. Elle avait appartenu à une famille qui s'était installée à Geumpari quelques années après la trêve entre le Nord et le Sud. Le père s'était suicidé après avoir perdu tous ses porcs de la fièvre aphteuse, et la famille endeuillée avait définitivement quitté la région peu de temps plus tard. Les gens restaient éloignés de la ferme par peur de la fièvre et des fantômes. Seule une poignée de vantards prétendaient s'être rendus sur place à la nuit tombée, répandant la rumeur qu'ils y avaient vu Yalu, vraisemblablement possédée par le spectre du fermier, bredouiller une langue incompréhensible.

Malgré mon affection pour elle, je n'étais jamais allé à la ferme après le coucher du soleil. J'avais déjà fait des cauchemars à propos de cet endroit : porcs sanglants, démembrés, tournant en rond dans l'enclos nauséabond, emplissant l'air de leurs grognements et de leurs couinements. Je ne m'y rendais donc qu'en journée, lorsque l'endroit baignait dans le soleil vif d'automne. Je n'y entrais jamais, me contentant de laisser de petits cadeaux à Yalu sur le seuil : de superbes pissenlits et cosmos que j'avais cueillis sur les hauteurs, du poisson-chat vidé et salé, et des grenouilles léopards attrapées dans la rivière Imjin.

Elle mit deux semaines à réapparaître.

La pluie tardive avait enfin cessé. Me sentant en veine, je courus jusqu'à l'entrée de la ferme porcine abandonnée, un seau rempli de poissons-chats dodus tout juste pêchés dans la rivière, gonflée par les crues. Le ciel était d'un bleu opalin, sans un seul nuage à l'horizon. Pourtant l'air restait frais près de l'entrée, ombragée par les saules pleureurs dansant au rythme de la brise automnale.

Je sentis alors le soleil voler en éclats dans mon crâne, des motifs lumineux, ondulant, pulsant à l'unisson de mes battements de cœur ralentis, envahirent mon champ de vision. Très lentement, le monde entier me parut valser dans le sens des aiguilles d'une montre, mon oreille droite sombra dans la terre, dont la saveur de rouille imprégna ma langue. Un cri métallique et étouffé bourdonna dans mon oreille gauche, tel un frelon affamé.

Et la douleur survint – affûtée comme un pic à glace. Une douleur si avide qu'elle avala tous mes sens, qui ne revinrent à moi que par à-coups. Dans mon esprit vacillant, je vis deux petits pieds glisser vers moi. Elle me souleva dans ses bras nerveux, me serra fort contre sa poitrine, puis se mit à courir.

De biais, je vis Geumpari passer à la vitesse de la lumière, sa rivière, ses collines, ses rizières étrangement saturées en sépia. Pourtant, mon regard restait fixé sur Yalu : ses narines gonflées et tendues au gré de son souffle, sa clavicule anguleuse frottant contre ma joue, son cou musclé bruni par le soleil. *Quelle vitesse ! Quelle poigne !* murmurai-je en silence, m'émerveillant de la force d'un si petit corps. Et son regard troublant rencontrait parfois le mien, souriait à travers les larmes, m'assurant que tout irait bien, son étrange voix de contre-ténor chuchotant :

– Yalu, mon cœur – Yalu, Yalu.

Je jure d'avoir entendu « mon cœur » entre les « Yalu », aussi clair et sonore que la cloche d'un temple dans la nuit. « Mon cœur », me murmurait-elle. Non, ce n'était pas là mon cerveau fiévreux qui aurait convoqué ce que je voulais entendre. Cela venait de sa langue, de sa propre voix éthérée. Je vis ensuite deux silhouettes vêtues de blanc aveuglant courir vers moi. Et ce fut tout.

Ils m'appelèrent le garçon miraculé.

Ils me dirent que j'aurais pu perdre mon mollet gauche, devenir complètement sourd d'une oreille, que, dans le pire des scénarios, j'aurais pu mourir – condamné à errer près de la ferme porcine, inconscient, me vidant de mon sang.

Lorsque je me réveillai, le visage de ma mère, baigné de larmes, était penché sur le mien. *Je t'avais dit de ne pas aller là-bas après de fortes pluies, espèce d'imbécile*, murmurait-il. Ma guérison s'apparentait à un miracle. Le médecin s'était attendu à une infection, qui aurait irrémédiablement mutilé mon pied gauche et aurait rendu mon oreille gauche définitivement sourde. Certes, ma jambe boite encore, mon oreille a perdu 70 % de son audition, et elles sont couvertes de cicatrices de différentes tailles et textures. Mais quelle importance ? Elles avaient réchappé – et, par là même, moi aussi – de l'explosion d'une mine antipersonnel. Le médecin déclara fièrement qu'à sa connaissance, j'étais la seule victime d'une mine à être sortie de son hôpital sans aucun membre manquant.

Mais je savais que ce miracle n'était pas le leur. Cela aurait dû être celui de Yalu. Ils racontèrent qu'elle était arrivée à l'hôpital haletante, tel un animal sauvage, le *jeogori* de son *hanbok* rouge vif, trempé de mon sang.

Elle avait couru sans s'arrêter, me serrant contre sa poitrine, de Geumpari à Moonsan, soit environ douze kilomètres sur un sentier de montagne sinueux et accidenté, que redoutaient les robustes camions militaires américains. Les villageois dirent que c'était le fantôme en elle qui avait voulu démontrer sa force. Quant à moi, je la considérais comme une divinité déguisée dans un corps fébrile.

Ma convalescence fut douce. Je n'avais pas à aller à l'école et devins, pour la première fois depuis longtemps, le centre des attentions de ma mère. Les habitants du village me traitèrent comme une sorte de héros de guerre, apportant du gâteau de riz fraîchement cuit à la vapeur et du jus de ginseng aigre-doux pour ma guérison. Le seul inconvénient était que je ne pouvais pas voir Yalu. Ma mère m'avait interdit de sortir, craignant que je ne retourne près de la rivière, et faisait tout pour que je ne lui désobéisse pas. J'appris que mon père, lui, y était allé : il s'était rendu sur le site de l'explosion pour ramasser les fragments de cuivre et de poudre qu'il revendrait.

Étrangement, je n'étais pas pressé de voir Yalu. J'avais le sentiment qu'elle et moi étions désormais irrévocablement liés, que nos chemins étaient d'une manière ou d'une autre destinés à se croiser. Je patientais, plein d'espoir, perfectionnant avec soin le discours que je lui destinais, pour exprimer ma gratitude, mes sentiments à son égard – sans me douter que je ne la reverrais plus jamais.

Yong vint me voir un soir de pleine lune – une nuit d'automne avant le début des longues festivités de Chuseok. Il savait que mon père avait un service de nuit.

– Maintenant, mon frère et moi, on sait tout ce qu'il y a à savoir sur les militaires dans la région, me déclara Yong, dégoulinant de fierté.

Nous nous assîmes sur le banc en bois de notre jardin. Et, sans un mot, nous regardâmes la lune nimbée de son halo doré, pareilles à deux tortues. Je m'efforçais de ne pas le montrer, mais j'étais content de le voir. Il ne m'avait pas rendu visite à l'hôpital, et il m'avait manqué.

Alors que je me décidais à le lui confier, le visage de Yong se crispa, la sueur perlait sur sa lèvre supérieure.

– T'as pas la moindre idée de ce qui s'est passé ?

– De quoi tu parles ?

– Je parle des gens venus de Séoul qui traînent autour de nos villages, et tout ce bordel quoi.

Je fis vigoureusement non de la tête, surprenant un éclat inquiétant – une lueur jaune d'impatience, d'excitation – dans ses yeux.

– Tu promets de le dire à personne, vraiment, même pas à ta mère ou à ta petite sœur, chuchota Yong d'une voix légèrement tremblante.

Je mordis ma lèvre gercée. Je sentis le sang couler sur ma langue. Je pressai Yong de continuer.

– Je sais que des rumeurs circulent, mais y a que mon frère et moi qui connaissons toute l'histoire. Tu sais que mon frère gardait un œil sur Yadada depuis un moment.

Il s'interrompit, étudiant mon visage du coin de l'œil. Contrit, cruel, tout à la fois. Comme un prêtre à confesse.

– Un soir, mon frère est allé à la ferme porcine, tu vois, pour lui tenir compagnie – il fait souvent ce genre de truc quand il a trop bu.

Yong s'arrêta, la tête remplie d'ignobles souvenirs qu'il partageait avec son frère – dont je n'aurais pas pu moins me soucier. Je ne voulais savoir qu'une chose : ce qu'il était arrivé à Yalu.

– Continue, lui dis-je sèchement.

– Coup de chance, elle était là, alors mon frère a essayé de lancer la conversation, et puis, tu vois, lui remonter un peu le moral… Cette pauvre fille devait se sentir terriblement seule, à vivre là-bas sans personne.

La voix de Yong répercutait celle de Wan. Mon visage se durcit, devenant un bloc de granit. Dans mon esprit, je voyais mes doigts se serrer autour d'un cou – celui de Wan ou de Yong.

– Ils se sont un peu battus et, merde, mon frère m'a dit que cette petite conne était aussi coriace qu'un tendon de taureau. Quand il a enfin réussi à mettre la main dans sa culotte, tu vois, ça a complètement dérapé ! Du délire ! Parce que là, il a découvert…

– Que c'était un garçon ? le coupai-je, pris d'un terrible espoir.

– Non ! hurla Yong en fronçant les sourcils. C'est quoi ton problème ? Mais non, espèce de pervers.

Yong me fixa un long moment.

– Mon frère a senti un morceau métallique lourd et froid, et c'était… un flingue.

– Un flingue ?

Yong me fit signe de me taire, baissant la tête, regardant autour de lui, comme s'il était inquiet à l'idée que quelqu'un enregistre notre conversation. Puis, d'une voix basse, il brisa ce court silence.

– Ils se sont encore un peu battus et, bien sûr, mon frère avait le dessus, mais cette salope a attrapé une pierre par surprise et l'a frappé à la tête. Ensuite elle a filé. Mais mon frère avait déjà pris le flingue, alors il lui a tiré dessus. Il l'a entendue hurler.

« Hurler » – le mot fit tomber un rocher dans ma gorge.

– Le flingue qu'elle avait, c'était pas du matos habituel. Tu sais, mon frère sait faire la différence entre un M1900 et un M1911 rien qu'en les touchant dans le noir. Mais celui-là, c'était même pas américain. Sur la poignée, il y avait un petit cercle bizarre avec une minuscule étoile au milieu.

Yong inspira profondément. Puis il me regarda fixement, attendant de moi une réaction dont ma perplexité me rendait incapable. Il soupira.

– Tu piges pas ? C'était un flingue de coco. Cette salope vient du Nord.

Un silence, perçant comme une aiguille.

Je vis un éléphant : un éléphant d'une vérité outrancière, exposé au grand jour, nu comme un ver, son immense postérieur bouchant à présent ma vision tout entière. Ma bouche s'ouvrit, mais aucun son n'en sortit.

Yong prit une cigarette et l'alluma.

– Ils ont dit que c'était un pistolet Makarov. C'est fait par les cocos soviétiques, mec. Même mon frère avait jamais vu un truc pareil.

Yong tira longuement, avec anxiété, sur sa cigarette.

– Mon frère et moi, tu sais, on est des patriotes. Alors on leur a tout dit. En une journée, tout le village s'est trouvé envahi par ces hommes de Séoul. La plupart portaient même pas d'uniforme. Et crois-moi, ils plaisantent pas, ces gars-là. Ils nous ont fait jurer d'en parler à personne. Alors tu ferais mieux de la fermer toi aussi, énonça Yong d'un ton solennel, en appuyant sur mes épaules de ses deux mains.

– Mais je comprends pas. Quel genre de choses elle pouvait faire ici, exactement ?

– Qu'est-ce que j'en sais ? Putain.

Les doigts de Yong tapotèrent nerveusement le banc en bois. Il reprit, la respiration sifflante :

– Ça explique au moins pourquoi cette petite conne était aussi coriace, aussi rapide, et tout le reste. Ils ont même pas réussi à la trouver, tu sais.

À ces mots, mes cils se mirent à battre, telles les ailes d'un papillon de nuit.

– Mon frère l'a entendue hurler quand il a tiré. Mais elle s'est encore enfuie. Et ils ont pas réussi à la choper. Aucune trace de sang. La balle l'a peut-être seulement frôlée. On aurait dû l'attraper, cette chienne, quand même. Foutue taupe coco – elle a presque tué mon frère, tu te rends compte ?

En regardant Yong, je ressentis une pointe de culpabilité. À cet instant précis, peu m'importait que Wan ait manqué d'être tué. Peu m'importait que Yong meure percé par mille épines brûlantes, après une longue agonie – tant que Yalu vivait.

Je fis alors un pacte avec Dieu, en qui je me surpris à croire : s'il la laissait vivre, nos chemins n'auraient nul besoin de se croiser. Je pourrais aisément vivre ma vie sans avoir la moindre nouvelle d'elle – tant qu'elle vivait.

Peu m'importaient la politique, les idéologies qui l'avaient conduite jusqu'à la frontière. Même si elle était une ennemie, je voulais qu'elle survive.

Yong babilla pendant un certain temps – à propos des affaires qu'il faisait avec son frère, des différentes filles avec qui il était sorti –, soulignant un peu plus à chaque seconde le fossé qui nous séparait.

Je n'aperçus brièvement en lui l'ami que j'avais connu que lorsqu'il prit congé. Il me dit qu'il était content de voir que j'allais bien, que je ne le verrais probablement plus beaucoup à l'école désormais. En le laissant partir, je me sentis à la fois triste et soulagé.

Après le départ de Yong, je restai seul dans le jardin. Je regardai la lune cerclée de brume livide, pleine et calme, indifférente à notre drame, à nous autres, mortels, à la frontière. Je me baignai dans sa pâleur jusqu'à ce que mes poumons picotent, conscient qu'elle resterait à tout jamais la même, belle et sans cœur, tandis que nous dépérissions.

Je rentrai. Et me mis à sangloter.

Le petit monstre qui tremblait au fond de mes tripes s'élança contre le creux tendre de mon sternum. C'était l'oisillon de l'enfance qui m'était due et qui m'avait été dérobée. À compter de ce jour, je sus que je ne serais plus un enfant.

Ma petite sœur, qui allait avoir quatre ans une semaine plus tard, s'était réveillée. Elle me regardait bouche bée, étourdie par son rêve. Blottie sur mes genoux, elle inspecta rapidement la maison, cherchant instinctivement des signes de la présence de notre père. D'un air perplexe, tremblant en silence, elle posa ses petits doigts sur mon épaule, tandis que son autre main agrippait nerveusement ses pieds nus. Ses yeux étaient emplis d'une terreur familière. Je sus que c'était désormais à mon tour de la consoler, de lui dire que tout irait bien. Je la serrai dans mes bras, lui caressai les cheveux du bout des doigts, comme je le faisais toujours avant de l'endormir.

– Yalu, mon cœur, murmurai-je. Yalu, Yalu.

LA PREMIÈRE VIE

Quand j'ai arrêté de manger de la terre
1938

Je mangeais de la terre quand j'étais jeune.

Ce n'était pas dû à la faim ni à la curiosité : une envie irrépressible me poussait à manger de la terre, comme on réclame de l'eau lorsqu'on a soif.

De temps à autre, mon corps avait soif de terre, et je n'avais pas d'autre choix que d'accéder à sa demande.

Manger de la terre ne visait pas seulement à remplir mon estomac : je savourais son goût, sa saveur et sa texture, uniques au monde. Ma capacité à apprécier de telles subtilités fit de moi une experte dans ce domaine dès le plus jeune âge. Je sais que c'est difficile à saisir pour les non-géophages : bien souvent ils imaginent que, lorsque nous mangeons de la terre, nous en mangeons comme des hyènes aveuglées par la faim, se repaissant de viande à pleine gueule.

Mais je n'en prenais jamais une bouchée : c'était toujours une cuillerée, rarement plus grande que l'ongle de mon auriculaire, à peine plus lourde qu'une pièce de dix wons. C'est seulement ainsi qu'on pouvait pleinement goûter sa saveur de rouille – étaler tous ses granulés sur la langue, et permettre alors au palais de saisir sa texture, tendre et rugueuse à la fois.

J'attendais toujours de trouver la terre parfaite. Sa viscosité devait être celle d'un riz au jasmin cuit à la vapeur, suffisamment pâteuse pour former une cuillerée, mais assez friable pour être emportée par un souffle. Trop d'humidité gâche le plaisir, transforme la terre en gadoue, que la bouche associe aussitôt à des excréments. Au premier coup d'œil, la teinte devait être chocolat au lait. En l'observant de plus près, pourtant, on découvre de minuscules particules de diverses couleurs. La plupart sont d'un beau noisette, donnant à la perle de terre son goût distinctif de noix. Celles couleur de suie réveillent la langue avec leur amertume de café noir. Les granulés blancs, brillants comme des gemmes mais durs comme du silex, sont les plus rares : ils donnent une touche métallique raffinée – comme du sang sur les lèvres. La bonne combinaison pouvait transformer une pincée de terre en une pincée de paradis. J'adorais la façon dont elle glissait, crépitait sous mon palais, telle la caresse d'une langue de chat. Même si je savais que cela érodait mes dents, je ne parvenais pas à arrêter.

Père pensait que c'était l'œuvre d'un fantôme malveillant. Les anciens du village étaient d'accord : selon eux, il s'agissait de l'esprit d'un enfant affamé venu tourmenter un enfant vivant, condamné à engloutir de la terre pour apaiser sa faim. Père disait qu'il fallait le chasser. Aussi, chaque fois qu'il me surprenait à manger de la terre, il me rouait de coups. Pourtant, les bâtons et les pierres ne parvinrent pas à m'en dissuader. Ils ne firent qu'empirer la chose, ajoutant au geste un frisson, le plaisir secret de l'interdit.

Père ne me connaissait pas. Nous ne partagions que le sang qui pulsait dans nos veines – il le disait lui-même. C'était un pêcheur illettré qui n'accordait aucune importance à l'éducation. Il vivait dans un monde simple, incapable de le voir autrement qu'en noir et blanc ; les différentes nuances de gris lui étaient invisibles. Il ne buvait que pour être soûl, mangeait pour se remplir la panse. Il était incapable d'apprécier la myriade de goûts différents dans ce qu'il mangeait et buvait, de même que les mots « nuance » et « subtilité » n'avaient jamais existé pour lui. Il n'aurait jamais pu devenir un connaisseur de quoi que ce soit. Il n'était pas comme moi ; il n'était pas comme maman.

Maman, quant à elle, était une femme cultivée, particulièrement douée pour reconnaître les saveurs et les odeurs. Elle m'apprit à différencier les herbes médicinales de leurs cousines toxiques : le *sahwa* a une odeur amère, tandis que le *sanak* dégage un très fort arôme de noix, comme des germes de soja fermentés, disait maman en fronçant les sourcils. Elle me montra aussi comment distinguer les bons kakis des mauvais sans même les toucher : la queue d'un kaki mûr est ratatinée et brune, tandis que le fruit lui-même devient presque vermillon. En tant qu'élève, j'observais ce monde tout en couleurs, je m'attardais sur la variété des nuances. À nos yeux, le rouge n'était jamais qu'un simple rouge : il était vermillon, comme un kaki mûr, écarlate, comme les feuilles d'érable au début de l'automne, bordeaux, comme du sang séché, et fuchsia, comme un hématome encore frais.

Sans surprise, maman et moi possédions un riche vocabulaire. Il le fallait pour décrire toutes les nuances que nous percevions, ces différentes couleurs, saveurs, odeurs et sensations. Aussi, à l'âge de douze ans, j'avais déjà un vocabulaire au moins trois fois plus vaste que celui de père : quand il se bornait à dire qu'il avait « faim », je pouvais dire que j'avais « un creux », voire que j'avais « une faim de loup ». Il n'aimait pas qu'une fille utilise des mots qu'il ne comprenait pas. Chaque fois qu'il m'entendait prononcer un terme qu'il considérait comme ésotérique, il giflait violemment maman, laissant une empreinte « fuchsia » sur sa joue.

Maman était une femme raffinée : intelligente, belle, soignée et aimante. Pourtant, elle dut payer cher son unique travers :

un excès de compassion. Je supposais que c'était la raison pour laquelle elle était restée mariée à un ivrogne obtus comme père : tout cela à cause du *jeong* – ce sentiment tordu d'attachement, cette pitié superflue. Son père était un praticien de médecine orientale renommé à Séoul, auprès de qui elle avait appris à lire et à écrire, à apprécier la littérature et la gastronomie, à sélectionner les bonnes herbes pour concocter des remèdes à d'innombrables maux. Mais l'occupation japonaise avait tout bouleversé : son père avait été accusé d'être un membre de la résistance coréenne, et les Japonais l'avaient dépouillé de tout ce qu'il possédait. Par crainte de perdre également sa fille, il l'avait mariée au fils d'un agriculteur de la campagne dans le Nord, loin de Séoul. Elle n'avait plus jamais revu ses parents ; ils étaient tous les deux morts en prison. Peu de temps après, j'étais venue au monde.

Nous vivions à Heoguri, un petit village d'agriculteurs près de la banlieue nord de Pyongyang. Heoguri n'avait rien en commun avec le centre de Séoul, où maman avait eu accès aux bibliothèques et théâtres, mais maman savait toujours tirer le meilleur parti de tout. Pendant la saison du thon ou la chasse à la baleine, père partait en mer pendant des mois, et ces mois sans lui furent les plus heureux de mon enfance. Chaque jour, maman et moi marchions jusqu'au Sacré-Cœur, une sorte d'usine-orphelinat située à la frontière entre Pyongyang et Pyongannamdo. Le Sacré-Cœur était l'un des premiers bâtiments modernes du Nord. Et dans notre petit village plat de maisons au toit de chaume, cette forteresse de béton à trois étages dominait les environs, de toute la hauteur de son imposant corps gris anguleux. Le lieu avait été fondé par des missionnaires canadiens, et maman se faisait de l'argent de poche en effectuant diverses tâches de ménage et missions de toutes sortes. Mais l'argent n'était pas le principal objectif : maman et moi prenions des cours d'anglais avec les orphelins et les ouvriers de l'usine. Notre professeur était le pasteur Arnaud Peltier, un missionnaire canadien originaire du Québec, qui parlait aussi français et coréen couramment. J'avais eu le souffle coupé lorsque j'avais posé les yeux sur lui pour la première fois : c'était le premier Occidental que je voyais, le premier humain à ne pas avoir les yeux sombres, aux cheveux ni raides ni foncés. Sur sa tête bouclaient des flammes crépitantes, dans une chaleur vermillon. Un roux bouclé, ainsi se décrivait le pasteur. Malgré son étrange apparence, il m'avait plu presque aussitôt. C'était un voyageur enthousiaste et une encyclopédie vivante, capable de raconter d'interminables histoires venues de l'autre côté du globe. J'adorais les contes de l'Ancien Testament, surtout ceux de l'arche de Noé et de Samson, et presque tout de Shakespeare, que je considérais comme un sacré conteur, toujours à pimenter ses drames de mort, d'amour et de trahison. Ainsi, aux côtés de cet étranger à la crinière de feu, dans cette tour lugubre de ciment, maman et moi parcourions le monde.

Certains villageois disaient du mal de nous, persuadés qu'en apprenant leur langue nous vendions nos âmes aux démons étrangers. Maman me disait de les ignorer et m'expliquait qu'ils ne comprenaient pas la signification du langage.

– Les mots ne sont pas seulement des mots, ma chérie. Ils sont bien plus que de simples outils pour faire comprendre une intention. Les mots eux-mêmes peuvent affecter notre façon de penser et, grâce à eux, on peut influencer la façon dont les autres pensent. Ce n'est jamais à sens unique.

Même si je ne saisissais pas entièrement son discours, j'acquiesçais avec passion, le cœur gonflé de fierté. Je n'aurais pas pu rêver d'une maman plus éclairée.

– Tu peux les considérer comme une arme. D'après toi, pourquoi papa se sent blessé quand tu utilises un vocabulaire qu'il ne connaît pas ? Tu comprends ?

Je continuais d'acquiescer, bien qu'agacée par le mot « blessé ». Quelle ironie – père se sentait blessé alors qu'il ne cessait de punir maman ? Mais, soucieuse de ne pas la contredire, je me taisais. Et je continuais d'assister aux cours d'anglais ; non pas parce que je voyais la langue comme une arme, mais simplement parce que je m'y plaisais.

Maman fut aussi la seule au monde à dire que manger de la terre n'était pas un problème. Elle disait que nous avions tous des goûts différents, et que certains d'entre nous développaient parfois des goûts inhabituels.

– Mais « inhabituel » ne veut pas dire « mauvais », mon cœur, ajouta-t-elle, ses yeux souriant tels deux croissants de lune.

Je lui demandai quelles choses étranges les autres mangeaient.

– Le pasteur Peltier m'a raconté qu'en France les gens mangent des escargots, qu'ils considèrent comme un mets délicat ! répondit maman, plissant les sourcils comme un enfant fixant du chou bouilli dans son assiette.

– Dégoûtant ! chuchotai-je en couvrant ma bouche de mes deux mains, tandis que j'imaginais la petite glaire vivante rampant en direction de mon estomac.

Je gloussai un peu, soulagée de ne plus me sentir pareille à un monstre. Maman gloussa à son tour, puis me dit que manger de la terre n'était pas grave tant que cela n'entraînait pas d'ennuis de santé, que je m'en lasserais probablement avec le temps, tout comme je m'étais défaite de mes vêtements et de mes colères d'enfant.

Mais père n'était pas du même avis. Il imposa sa façon de régler le problème. Et, comme toujours, il n'eut besoin de l'approbation de personne.

C'est un misérable arrimeur qui donna l'idée à père – un travailleur subalterne aussi fruste et borné que lui. Un parfait étranger qui ignorait tout de moi.

Père devint ami avec cet idiot lorsqu'ils jetèrent l'ancre au large de Busan – fréquentant ensemble les bars et bordels du port, sans doute. Le hasard fit que ce vieil arrimeur avait une petite sœur qui elle aussi mangeait de la terre. Il raconta qu'elle s'était mise à en grignoter petite, avant de ne plus pouvoir s'en passer, se gavant chaque jour de poignées entières. Cela avait empiré. Elle avait commencé à manger d'autres choses étranges, telles que des toiles d'araignée, des larves de cigale, et même ses propres excréments, allant de plus en plus loin dans sa folie, au point de perdre tout intérêt pour les vêtements et le langage des hommes.

L'arrimeur recommanda à père le remède qu'il n'avait pas pu offrir à sa sœur.

Goot – un exorcisme réalisé par un chaman.

Père n'en toucha mot ni à maman ni à moi. Nous apprîmes ce qu'il allait se passer lorsque le chaman se présenta dans sa tenue de soie brillante, aux rayures rouges, jaunes et bleues. Père m'avait ligotée avant l'apparition du chaman, sachant que je me serais probablement enfuie dans les bois si j'avais su ce qu'il allait me faire endurer.

Je fus jetée au milieu de notre jardin, ligotée comme un poulet que l'on plonge dans une soupe bouillante, entourée de dizaines de villageois venus pour le spectacle, les yeux brillants d'excitation. Je vis père parmi eux, le visage impassible, aussi inanimé qu'une jambe de bois. Il tenait maman, qui, les bras pliés derrière le dos, se débattait sous sa poigne. Elle pleurait en silence.

L'impitoyable soleil de midi cognait sur ma tête, me laissant trempée de sueur. Trois hommes qui accompagnaient le chaman se mirent à chanter, et leurs voix s'élevèrent, nettes et puissantes, telles des plaintes funèbres, la cacophonie de leurs gong, tambour et flûte de saule déchirant mes tympans.

Lorsque la musique faiblit, le chaman entra en scène en brandissant une longue épée scintillante dans chaque main. Son chant, plus aigu, semblable au miaulement d'un chat, planait au-dessus du braillement du chœur. Il m'insulta. Cracha sur moi. Il me maudit dans une langue menaçante, d'une voix de bébé contrefaite et venimeuse. Il me fit trembler jusqu'aux os, verser des larmes brûlantes.

Puis père s'approcha. Les bras grands ouverts, mais le visage toujours aussi froid. Un couteau étincelait dans sa main et il trancha les cordes qui ligotaient mes membres. Dès qu'ils furent libérés, je sentis un poids fracassant me comprimer. Je relevai la tête, mon père se tenait au-dessus de moi, ses genoux écrasant mon torse. Il pressa ma main droite contre ma cuisse. Puis il empoigna ma main gauche, la tira au-dessus de ma tête et la maintint au sol, paume vers le ciel.

Le chaman s'avança d'un pas léger. Il posa une épée au sol. Il brandit l'autre au-dessus de ma tête en faisant des gestes circulaires, comme s'il traçait une lettre dans l'air. Puis, de la pointe de son épée, il entailla ma paume.

Dans une brume de chaleur, de sueur et de larmes, un fluide grumeleux jaillit de ma paume ouverte. Son odeur aigre était celle du vomi. Je regardai, impuissante, les caillots terreux se répandre, souillant le sol – puis tout s'assombrit.

Je revins à moi au beau milieu de la nuit, mon corps enveloppé d'une moiteur glacée.

J'examinai ma main. Avec le morceau de toile qui la bandait, elle ressemblait à un gant de boxe de fortune, souillé de sang poisseux.

Père et maman dormaient à poings fermés. Lui ronflait doucement, le souffle empestant l'alcool. Son bras encerclait le cou de maman, dont le visage, gonflé, était encore sillonné de larmes.

Je me faufilai dans l'obscurité, le souffle court, haletant tel du fretin hors de l'eau. Je courus jusqu'au bosquet de bouleaux à la frontière sud de Heoguri, le refuge de mes songes, où les branches noueuses et leurs feuilles d'un vert de mousse gardent le sol chaud et humide toute l'année, invitant les existences vouées à l'ombre des fougères, champignons et plantes vénéneuses. C'était là, j'en étais certaine, que je trouverais un humus fin couleur chocolat au lait, la terre parfaite.

Dans la pénombre du bosquet, je fis quelque chose que je n'avais jamais fait auparavant.

Je m'agenouillai, plongeai mes doigts dans l'humus soyeux, et le pris à pleines mains. Je fourrai une poignée – pas une cuillerée – de terre dans ma bouche, et l'avalai sans la goûter. J'enfournai une poignée après l'autre, et une autre encore – jusqu'à ce que mon cœur se soulève et expulse le nœud qui m'empesait.

Une fois la secousse passée, je relevai la tête, peinant à me concentrer. Je vis un tas de terre régurgitée devant moi. Sa surface luisait d'une teinte jade, faite de bile, de haine et d'un mépris acide pour le monstre avec qui je ne partageais rien d'autre que le sang pulsant dans mes veines. Son cœur, ouvert en deux, ne donnerait à voir que de la noirceur.

Un mois plus tard, le monstre quitta la maison : c'était la saison de la chasse à la baleine, qui le retenait en mer pendant des mois, loin de nous. Tenues de lui dire au revoir, maman et moi restâmes debout à l'entrée du village, le saluant de la main lorsqu'il se retournait – comme pour évaluer notre obéissance à l'aune du temps que nous passerions là.

En regardant son dos disparaître, grain de poussière à l'horizon, je priai pour la première fois de ma vie. Je priai le dieu canadien, l'unique créateur et responsable du monde, dont le pasteur Peltier avait fervemment fait l'éloge dans ses interminables récits.

S'il vous plaît, faites qu'il ne revienne jamais. Je serai alors votre disciple pour toujours.

Ce fut la langue du dieu blanc qui déclencha le début de la fin.

Il s'agissait pourtant d'un simple mot : un simple mot d'une syllabe, de trois lettres seulement.

L'élément décisif fut que ces lettres étaient anglaises.

SEX

Les villageois découvrirent le mot écrit sur un pilier en béton du pont Heogu. C'était l'unique pont moderne du village – les Canadiens l'avaient construit en même temps que l'usine d'allumettes ; bien que petit, il était utilisé par tous les villageois, y compris par les paysans qui se rendaient aux rizières avec leur bœuf, et par les enfants venus y faire la sieste, à l'abri du soleil de plomb.

Un petit garçon le vit en premier : le mot mystérieux était écrit en noir, probablement avec un bout de charbon, chacune de ses lettres aussi grosses qu'un petit corps. Il le montra ensuite à ses copains, à ses parents, brûlant d'envie de connaître sa signification.

Je m'y rendis quelques jours plus tard. Je reconnus les formes – les S, E et X majuscules – et je dis aux autres enfants qu'elles étaient anglaises, la langue des Blancs. L'auteur, quel qu'il soit, s'était assuré que le mot ne s'effacerait pas : ses lettres étaient nettement tracées, mais en y regardant de plus près, on pouvait voir qu'on était repassé plusieurs fois sur chacune, les faisant paraître coloriées plutôt qu'écrites. Cela ne semblait pas être l'œuvre d'un enfant. Aucun enfant dans le village, moi exceptée, n'était suffisamment intelligent pour mener à bien un travail si élaboré, qui exigeait de connaître une langue étrangère.

Je leur dis que je n'avais encore jamais vu ce mot et ignorais ce qu'il signifiait. Ce n'était pas un mensonge, car je ne me souvenais pas de l'avoir appris en classe. Mais même sans le connaître, j'avais déjà compris. Sa signification me semblait évidente par la façon dont les lettres se mettaient elles-mêmes en scène : la courbe sensuelle du S, l'interdit sévère du X, et le E au milieu, comme un trident sur le point de percer son voisin. Je me tournai vers maman pour confirmer mon intuition. À ma grande surprise, elle refusa d'en parler. Je dus me résoudre à consulter le dictionnaire d'anglais, un cadeau du pasteur Peltier que maman avait caché dans sa boîte à couture.

À mes yeux, le refus de maman était encore plus choquant que le mot lui-même : elle ne me cachait que peu de chose. Je ne compris qu'avec le recul : c'était sa façon de me protéger. Heoguri était un endroit où comprendre un idiome pécheur pouvait devenir un péché, où apprendre une langue étrangère revenait à vendre son âme au dieu étranger.

En surface, personne dans le village ne semblait en parler. Pourtant, la rumeur se répandit, tel un feu de forêt silencieux, enflammant la curiosité et la suspicion des gens, leur désir de pointer du doigt. À la fin de la semaine, le village entier savait ce que le gribouillage signifiait.

Maman avait raison. Les mots avaient un pouvoir. Magique, même.

Et la magie noire de ce simple mot prit possession de tous les habitants.

Les villageois se mirent à disparaître : le pont, jadis la Mecque florissante de Heoguri, fut abandonné du jour au lendemain. Les épouses, munies de paniers de déjeuner pour leurs maris à l'œuvre dans les rizières, prenaient un détour qui rallongeait d'une heure leur trajet. Les mères interdirent à leurs enfants d'aller y jouer, certaines allant jusqu'à fouetter leurs petits si elles les surprenaient à regarder l'inscription. Tous considérèrent que le pont était hanté. Comme s'il avait été violé, profané par la crasse du mot occidental diabolique. Comme si la moindre fréquentation du lieu pouvait faire de vous un pestiféré.

Le monstre revint au milieu de cette frénésie, alors que les accusations fendaient l'air, tels des poignards invisibles. Maman restait silencieuse, ne souhaitant en aucun cas être mêlée à cette folie. Le silence n'aida pas, mais rétrospectivement, rien n'aurait pu aider. Cela est dû au caractère particulier du soupçon. Il ne s'agit jamais réellement d'un soupçon : c'est une conviction masquée. Donnez-lui un peu de temps, et il finira par se muer en certitude.

Il ne fallut pas longtemps pour que l'avis de père tienne lieu de vérité.

Le fait qu'il y ait trente autres personnes dans la classe d'anglais – vingt-deux orphelins et huit ouvriers de l'usine – n'importait pas à ses yeux. Alors que ces trente élèves étaient libres de vagabonder dans le village sur leur temps libre, sans aucune contrainte, ils passèrent toujours sous le radar de mon père. D'emblée, ses yeux brûlants s'étaient fixés sur maman et moi.

Je vis le monstre aux yeux verts grandir, prendre un peu plus forme chaque fois qu'il interrogeait maman sur le sujet. Cela commençait toujours par la même critique : « Quel genre de type ferait un truc pareil ? Qui que ce soit, il faut cramer ce salopard vivant. Si tu laisses la gamine aller près du pont, j'te fouetterai jusqu'à ce que tu hurles. Tu ferais mieux de me dire qui a fait ça, car je sais que tu sais. » À la fin de la semaine, la conviction était là, laissant voir ses dents acérées : « Dis-moi la vérité immédiatement. Je serai gentil et te pardonnerai, chérie, tu seras pas punie. Comment je peux te faire ouvrir la bouche sans te frapper ? Tu veux que je te tue, toi et ton foutu diable blanc ? C'est ça que tu veux ? »

C'est alors qu'il trouva le dictionnaire.

En réalité, le dictionnaire d'anglais ne prouvait rien en lui-même. Père savait déjà que nous prenions des cours, et que maman gagnait de l'argent en aidant les pasteurs au Sacré-Cœur ; nous payions ainsi le loyer et la nourriture, la somme que lui gagnait en tant que pêcheur lui suffisant tout juste à rester soûl. Il cherchait simplement un déclencheur visuel, si maigre soit-il, tout comme Othello avait besoin du mouchoir de sa femme. Lorsque maman nia fermement, il s'en prit à elle, lui demandant pourquoi elle avait caché le dictionnaire au fond de sa boîte à couture, sous les écheveaux de fil et les pelotes à épingles.

Maman ne céda pas. Père craqua.

Il l'attrapa par les cheveux et la traîna d'une main jusqu'au pont, agitant de l'autre le dictionnaire, comme un prêcheur de rue brandissant la Bible. Tout en avançant, il me frappait tandis que je tentais en vain de lui mordre la main, d'atteindre ses chevilles, afin de libérer maman.

– Tu vois ? Tu reconnais même pas ta propre écriture, espèce de petite salope ? demanda le monstre en cognant le front de maman contre le pilier en béton.

– Non, s'il te plaît, ce n'est pas moi, supplia maman.

– Tu vois pas ? Alors je vais te faire voir.

Il martela son visage avec le dictionnaire. Quand la couverture fut trempée de sang, il le lança dans la rivière, puis continua de la tabasser à mains nues.

Il ne s'arrêta que lorsque maman et moi ne fûmes plus capables d'émettre le moindre son.

Et je l'entendis murmurer à son oreille, haletant :

– Si tu te fous encore une fois de ma gueule, je te file aux Japs. Et ta fille grandira sans mère. Pense à ça.

Maman perdit un œil ce jour-là, sous le pont.

Et je perdis tout espoir d'obtenir l'aide de Dieu.

Dès lors, je sus que je ne pouvais compter que sur moi pour assurer notre avenir.

Maman mit trois jours à reprendre pleinement conscience. Et cette troisième nuit, je fus de nouveau témoin de cette vision écœurante : le monstre dormant auprès de maman, agrippé à elle comme une sangsue affamée, le bras fermement enroulé autour de son cou.

Je regardai le couple plongé dans le sommeil. Et ressentis alors un mépris tel qu'il me déchira les entrailles.

Le visage serein du monstre arborait un petit sourire satisfait. *Ta maman est à moi*, semblait-il chuchoter d'une voix de nourrisson avide, comme le petit frère envieux que je n'avais jamais eu. *Elle est à moi, elle m'appartient. Tu ne me l'enlèveras jamais.*

Et pour la première fois de ma vie, je ressentis du mépris à l'égard de maman, aussi. Je lui en voulais d'être incapable de repousser ce bras loin d'elle ; je lui en voulais d'être si impuissante.

Je sus, à cet instant précis, ce que j'avais à faire. Ce devoir m'incombait avant que père n'éteigne à tout jamais la lumière rayonnante de maman, avant qu'il n'étouffe mon amour pour elle.

Je courus dehors dans l'obscurité humide. Je me dirigeai vers le bosquet de bouleaux, où je me sentirais plus chez moi que dans notre maison. Le refuge où les humbles existences des mousses et des champignons pouvaient s'épanouir, le lieu où j'étais certaine de pouvoir trouver la terre parfaite.

Mais je n'étais pas venue trouver de la terre cette fois. J'étais en quête d'une odeur.

Une odeur d'ordure chauffée par le soleil, légèrement sucrée et repoussante. Une odeur d'huile de sésame rance et de germes de soja fermentés. Je cherchais la cacahuète du serpent – le *sanak*. L'herbe qui tirait son surnom de son parfum si particulier : la cousine venimeuse de l'herbe médicinale *sahwa*, la fleur du serpent.

Seules les personnes possédant un goût et un odorat très développés, telles que maman et moi, étaient capables de déceler sa toxicité.

J'étais cependant la seule à pouvoir mener à bien cette mission : l'excès de compassion de maman ne l'aurait jamais permis. Je pouvais au moins remercier père pour une chose : j'étais bel et bien sa fille, et son sang dans mes veines compenserait l'excès de compassion que j'avais hérité de maman, m'empêchant d'éprouver de la pitié pour le diable, qui ne le méritait pas, ce démon à l'haleine d'alcool que j'étais sur le point d'exorciser.

J'appris plus tard dans mon existence que tous les meurtriers, à leurs propres yeux, ont des raisons légitimes pour commettre leurs crimes. Je ne faisais pas exception : je pensais que ma décision était justifiée, si ce n'est pardonnée. Et, à dire vrai, je ne ressentis que peu de culpabilité.

La différence entre un tueur et moi était qu'au moins je me sentais coupable de ne pas avoir de remords. En outre, je n'y pris aucun plaisir. Pour le psychopathe, tout repose, dit-on, dans le processus, dans le fait de regarder la victime souffrir et mourir.

Je ne souhaitais pas le regarder mourir, en dépit de toute la haine que j'avais pour lui. Aussi, je préparai son repas tôt le matin et partis avec maman ramasser des champignons. Nous rentrâmes tard dans l'après-midi.

La scène qui nous attendait n'était pas belle à voir.

Ses lèvres, scellées par le sang et la bave, brillaient d'un éclat rose. Tout comme ses yeux, dont les paupières étaient retournées en dedans. Les deux renflements refusèrent obstinément de se fermer sous mes doigts. Je finis par retirer sa veste matelassée et la posai sur sa tête.

Maman n'était pas stupide. Elle sut instantanément ce qu'il s'était passé. Frappée de stupeur, elle refusa de m'adresser la parole pendant deux jours. Mais je savais que tout finirait par s'arranger – nous avions seulement besoin d'un peu de temps pour laisser s'installer la nouvelle réalité.

Nous ne pouvions pas organiser de funérailles au village. Nous prétendîmes que père était encore parti chasser la baleine. La troisième nuit, alors que le village entier sombrait dans l'obscurité, nous enveloppâmes son corps dans un sac à pommes de terre, le traînâmes jusqu'au bosquet de bouleaux et l'y enterrâmes aussi profondément que possible.

Sur le chemin du retour, alors que nous marchions côte à côte d'un pas lourd, je me demandai combien de temps le corps mettrait à disparaître. Grâce à la chaleur et à l'humidité du sol, il ne tarderait pas à faire un avec la terre, supposais-je. Séparé de l'humus par une simple toile, il se dissoudrait peut-être en moins de six mois.

J'imaginai son visage dans la terre, ses yeux doucement fermés. Ses joues et ses lèvres seraient probablement les premières à se désagréger, invitant la terre dans ses mâchoires comme s'il en mangeait. Les fragments décomposés de sa chair, détachés de sa structure, se mêleraient au sol, souillant, infectant la terre parfaite.

C'est alors que, dans mon esprit, l'une de mes plus grandes peurs prit vie.

Je plongeai les mains dans la terre lisse sous les bouleaux, en attrapant une poignée pour la fourrer dans ma bouche. Lorsque je les sortis, du noir en dégoulinait, le sang de père.

Et à cet instant, l'instant où je fis face à la couleur de mon péché, j'arrêtai de manger de la terre.

LA TROISIÈME VIE

Mettez le feu

1950

La nuit, il était rare que nous ayons un toit au-dessus de la tête ; des maisons abandonnées détruites par les flammes nous servaient souvent de refuge pour dormir. La lumière des étoiles persistait, surplombant nos visages froncés, plongés dans le sommeil. Malgré la fraîcheur nocturne qui s'engouffrait au travers du plafond déchiqueté, nous dormions bien. Nous mangions ce que nous pouvions. Nous survivions.

« Nous », pendant la guerre de Corée, était un concept glissant. Cela pouvait désigner un habitant du Nord ou du Sud, un coco comme un capitaliste, peu importait. Chaque nuit, j'essayais de former un « nous » avec un étranger, un autre corps humain près de moi dans l'obscurité pâle, pour m'abriter du froid et de la solitude. Je commençais par me pelotonner sur moi-même, posais doucement mes avant-bras et mes tibias contre le dos de quelqu'un et, s'il ne bronchait pas, j'avançais le ventre jusqu'à ce mur de chaleur, enveloppant doucement ses épaules de mes mains. À ma grande surprise, la plupart ne résistaient pas. Le lendemain matin, nous pouvions nous battre bec et ongles pour un morceau de racine de campanule ; les nuits sans toit, pourtant, nous n'étions plus que des corps en quête de chaleur humaine. Parfois, quand les autres étaient profondément endormis, je glissais mes doigts dans leurs poches intérieures et chapardais tout ce qui avait de la valeur : bonbons, pièces en argent, un remède de charlatan contre la fièvre typhoïde.

Je me souviens d'avoir entendu parler de cette guerre avant même qu'elle commence. J'étais plus jeune et naïve. J'assistais au cours du pasteur Peltier, un missionnaire canadien qui dirigeait une sorte d'usine-orphelinat dans mon village natal en Corée du Nord. Alors qu'il nous donnait un aperçu rapide de l'histoire américaine, il avait parlé d'une sorte de guerre particulière qui fait se retourner des frères l'un contre l'autre.

– La guerre n'est pas toujours un combat entre des nations différentes, il arrive qu'elle voie s'opposer des compatriotes, avait souligné M. Peltier, son teint laiteux tournant au rose clair, une couleur évoquant les fesses d'un porcelet. Les Occidentaux appellent cela une guerre civile.

Mon esprit juvénile avait secrètement ri de la stupidité des hommes, de cette absurde ironie de qualifier de « civil » ce qui est fratricide, et souvent bien plus brutal qu'une guerre ordinaire.

Au début, la guerre n'était qu'un désagrément. Lorsque je retournai dans mon village après des années d'absence, les camarades aux brassards rouges s'étaient déjà infiltrés dans le quotidien des villageois, les harcelant à coups de rassemblements obligatoires et de meetings hebdomadaires, appelant même les femmes mariées à se former pour devenir sentinelles. Les villageois se mirent alors à disparaître. Des rumeurs à propos de la chaleur du Sud, libre d'obligations partisanes, attirèrent certains rêveurs du Nord, comme ma mère et ma sœur qui, selon les voisins, étaient parties il y a bien longtemps.

D'autres encore s'évaporèrent. Une famille du village voisin avait péri dans la nuit, murmurait-on, frappée par un missile perdu. Après plusieurs mois de feux d'artifice incessants, les villageois virent enfin les Yankees arriver. Ainsi commença ce que l'on appela le « sciage ». Le village fut divisé en deux, telle une concubine mesquine servant deux partenaires sans savoir lequel vénérer pour survivre. Le jour, les Yankees et les soldats du Sud sillonnaient les rues dans leur camion militaire, distribuaient de la nourriture et posaient des questions ; une fois la nuit tombée, des guérilleros décharnés, tapis dans les montagnes, descendaient et rôdaient à leur tour, rassemblant furtivement des informations et de quoi subsister. Dans ces étranges circonstances, une querelle familiale, ou une simple brouille entre voisins se transformait en un désastre sanglant. En plein jour, un villageois accusa son voisin d'être un sympathisant communiste ; la nuit venue, le fils de la victime déclara que l'accusateur était le larbin des Yankees. Les prétendus cocos, emmenés dans le camion militaire yankee, ne revinrent jamais. D'autre part, de nombreux pro-Yankees présumés furent exécutés sur place. Pêche aux rouges et chasse aux traîtres se succédaient jour et nuit, la faux dentelée de la guerre se balançant d'un bord à l'autre, s'abattant sur les villageois au hasard.

Je refusai d'être une victime sans défense. Je piquai au Sud, caressant encore au fond de moi l'espoir puéril de retrouver ma mère et ma sœur.

Le jour, je marchais et faisais les poubelles, élargissant toujours un peu plus la notion de nourriture : une bouillie d'orge aux pommes sauvages, une soupe d'ortie aux écorces d'arbre. La nuit, je volais à un étranger la chaleur de son corps, sous le clair de lune cendreux filtrant dans une maison brûlée.

La nuit où je décidai d'être un garçon, je n'étais pas dans une maison, mais dans une ancienne école, le plus grand abri nocturne dont j'avais profité jusque-là. Le lieu, une école moderne construite par l'armée japonaise pendant la Seconde Guerre mondiale, avait été transformé en caserne par les Yankees et servait à présent, au beau milieu de la guerre de Corée, de camp de transit pour les réfugiés. J'étais allongée dans une salle de classe, en train de regarder le patchwork du toit, un gouffre couvert de couches de tôle ondulée. Là où j'étais, je pouvais sentir la lune blafarde. Les fenêtres sans vitres invitaient son souffle glacial à entrer, forçant mon corps à se mettre en quête de chaleur humaine.

Je trouvai un dos parfait. Il appartenait à une femme, ni jeune ni vieille. Ses épaules étaient rondes, sa peau, douce. Ses larges hanches s'agitaient chaque fois qu'elle se retournait. J'attendis que son tortillement s'apaise. Je laissai échapper un soupir aigu, bienveillant, afin de la désarmer, même dans son sommeil, grâce à la caresse de mon souffle de femme. J'étais sur le point de me refermer sur elle, aussi doucement que possible, les bras pliés comme ceux d'une mante religieuse. Mais les prédateurs nocturnes s'engouffrèrent par la fenêtre. Ils murmuraient, leur respiration s'emballa. Je compris ce qu'ils chuchotaient ; je parlais leur langue. C'étaient des Yankees. Deux. Un Blanc, un Noir. Ils fourrèrent un bout de tissu dans la bouche de la femme. Elle se débattit avec fureur tandis qu'ils l'emmenaient, ses hanches se secouant à chaque protestation, jusqu'à ce qu'une gifle l'immobilise. À travers la fenêtre béante parvint alors le bruit révoltant d'un viol silencieux.

Le lendemain matin, je sillonnai les rues en quête d'un cadavre de garçon. J'en trouvai un facilement, d'à peu près ma taille. Je lui retirai ses vêtements – un caleçon long, une veste épaisse et un pantalon en toile de jute. Couleur de rouille ; odeur de raie gâtée. Avant de les enfiler, je bandai ma poitrine à l'aide d'une écharpe en coton. Par chance, mes cheveux avaient déjà été coupés court.

J'étais grande pour une femme, petite pour un homme. Parfaite pour un garçon.

Je ne suis qu'à moitié femme de toute façon, pensai-je en souriant, le ventre dénué d'utérus.

Père disait souvent, avant de nous frapper maman et moi, que les femmes étaient un peu comme des garçons : à tout jamais coincées dans l'immaturité, incapables d'apprendre et de grandir. Elles avaient donc toujours besoin d'une correction. J'aurais aimé murmurer à père, s'il avait été vivant, que les garçons n'étaient jamais mobilisés, seulement les hommes ; en outre, ils avaient bien moins à craindre que les filles.

J'ai déjà survécu à bien pire, me dis-je. Je peux survivre à ça.

Au cours de mon voyage en direction du Sud, je n'ai pas vu une seule maison qui n'ait pas été brûlée, estropiée.

Le ciel tonitruait : quand les chasseurs-bombardiers effleuraient l'air, presque oisifs, c'était un doux grondement ; au loin, au-dessus des collines broussailleuses, le grognement était celui d'un molosse ; puis, quand on s'y attendait le moins, ils pétaradaient dans nos tympans, mettant le feu à chaque toit de chaume en vue.

Au bout de quelques jours, je pouvais déféquer dans les buissons sans ciller, malgré les avions hurlants et leurs largages d'explosifs. Les bombardements étaient omniprésents si bien que, passé un certain temps, survivre me parut être une simple question de chance.

Aussi, mon cœur bondit d'émerveillement lorsque je vis pour la première fois le train traverser la frontière. Je fus ébahie devant tous ces gens qui avaient survécu aux feux de l'enfer : le train fourmillait de réfugiés, les parois des wagons semblaient se mouvoir, couvertes de corps agités, telles des bernacles dissimulant un navire englouti.

Je me trouvais parmi des centaines de fugitifs installés sur le toit des wagons de marchandises. Le vent sur mon visage se fit plus vif tandis que le train accélérait dans la fraîcheur nocturne. Mais voler de la chaleur à un autre corps était impensable.

Réussir à se tenir au bord du toit en acier exigeait de rassembler tout son courage. Plusieurs petits corps disparurent sous mes yeux, leur chute couverte par l'implacable bruit sourd du train de nuit. L'espace exigu qu'ils occupaient plus tôt était désormais rempli par les lamentations de leurs mères.

Pour moi, le Sud était le lieu des maisons dépourvues de suie.

Busan était la destination finale d'innombrables orphelins de guerre. Étant l'une des villes les plus au sud de la Corée, elle n'avait pas été prise par les forces communistes. De ce fait, ses environs étaient les seuls à avoir échappé aux bombardements. Les maisons de Busan, comme les nouvelles phalanges de réfugiés coréens fuyant le régime, étaient des survivantes, aux murs et toits épargnés par les flammes.

Néanmoins, le nombre de maisons était loin de suffire pour accueillir ce flot humain. Les collines rocailleuses du quartier d'Ami se transformèrent rapidement en bidonville. Chaque semaine, de nouvelles rangées de maisons en bardeaux de bois y poussaient, comme des champignons après une forte pluie. Les retardataires qui ne parvenaient pas à s'abriter dans les collines affluaient au cimetière. Le cimetière public japonais, construit sous l'occupation japonaise, fit place aux *pondoks* des réfugiés coréens, avec leurs toits de tôle rouillée, leurs murs mêlant boue et cartons d'emballage. Les anciens occupés vivaient désormais sur les sépultures des anciens occupants, faisant de l'ultime demeure des morts le refuge des vivants, et des pierres tombales des pierres angulaires. Ils attribuèrent au site un nouveau nom : Biseok Maeul, la ville des pierres tombales.

Les marchés se multipliaient depuis que les réfugiés, tenaillés par la faim, s'entassaient dans les rues pour vendre et acheter, troquer et marchander tout ce sur quoi ils pouvaient mettre la main. Le plus populaire était Can Market, où ils échangeaient des conserves fabriquées par les Yankees : les rations C de l'armée américaine constituaient l'une des rares sources d'approvisionnement stables. La crème de la crème était la viande avec des spaghettis dans de la sauce tomate, suivis de près par les saucisses de Francfort avec haricots de Lima. La demande en chewing-gums et en Lucky Strike était constante, tandis que les plaques militaires des soldats morts étaient prisées par certains excentriques pour servir de souvenirs ou d'ouvre-boîte.

La concubine savait vers qui se tourner pour survivre : à partir de la taille, sous le 38e parallèle, tout tournait autour des Yankees. Je n'aurais pas pu moins me soucier de ceux que j'allais servir, capitalistes ou communistes, du moment qu'ils me donnaient un repas chaud et me réservaient un traitement décent – j'étais, entre autres choses, une survivante.

Un jour, je marchai jusqu'à eux. Mon apparence de garçon me protégeait, pensai-je. Dans un anglais presque dénué d'accent, je leur demandai d'un ton simple et direct :

– Vous avez du travail pour moi ?

Je pris de court le groupe de GI qui faisaient une pause cigarette à l'entrée de Can Market. Sans voix, ils me dévisagèrent pendant quelques secondes, deux d'entre eux, la bouche ouverte, laissant échapper des volutes de fumée.

– Va-t'en, le gamin, répondit un Coréen parmi eux en agitant la main comme pour chasser une mouche.

– Je parle bien anglais, ajoutai-je lentement. J'ai besoin d'un travail, monsieur.

Je ne craignais pas d'être battue : mon estomac était vide depuis quatre jours.

– Où as-tu appris à parler anglais, petit ? finirent-ils par me demander après avoir échangé des rires et quelques regards curieux.

Un soldat blanc, une cigarette au coin de la bouche, fit signe au Coréen de s'approcher et lui marmonna quelque chose à l'oreille.

Celui-ci, un homme aux lèvres fines et aux yeux de chouette, me laissa le suivre et m'annonça, grimaçant un sourire, qu'ils avaient un emploi pour moi, bien que je sois trop jeune et trop maigrelet pour être soldat. Grâce à mon bon anglais, poursuivit-il, je pourrais être interprète. Il me promit qu'ils me nourriraient, mettraient un toit au-dessus de ma tête. Les grondements de mon estomac donnèrent une réponse affirmative avant même que j'ouvre la bouche.

– T'es un orphelin de guerre, pas vrai ? Tu t'appelles comment, mon garçon ? me demanda-t-il.

– Yongmal.

Ce n'était pas mon prénom, ni d'ailleurs un nom de garçon.

Les GI me firent monter dans leur camion militaire.

– Où est-ce qu'on va ? demandai-je.

Sans me regarder, il dit au chauffeur :

– À la Maison.

– Où est-ce qu'on va ? demandai-je au chauffeur en regardant ses yeux dans le rétroviseur.

Au lieu de répondre, celui-ci esquissa un sourire et fit un bruit étrange – des croassements saccadés, semblables aux halètements d'un animal. Sa main droite feignit de gratter sa joue.

La Maison n'était pas une maison. Elle avait été une école, autrefois.

Le bâtiment était intact. Nulle cicatrice dans son toit. Toutes les fenêtres à leur place.

Les vitres étaient aussi épaisses qu'un pouce, protégées par des barreaux en fer épais comme un poignet d'homme. Des larmes de rouille, dégoulinant des barreaux, zébraient les murs en béton, telles les rayures d'un uniforme de prisonnier.

Une autre école moderne – construite par les Japonais, réaffectée par la guerre de Corée. Ils l'appelaient la Maison pour faire court ; la Maison du singe de son nom complet. Les habitants du village voisin, eux, l'appelaient parfois le Camion, car le bâtiment, gris pigeon et rectangulaire, ressemblait à un immense camion militaire.

À travers les fenêtres du premier étage, j'aperçus les visages de femmes, les doigts fermement agrippés à la grille métallique derrière les vitres, les yeux emplis d'une plainte muette.

Tels des singes cramponnés à leur cage.

La tête constamment baissée, les épaules tressaillant.

– Je sais, c'est pas beau à voir, me chuchota l'homme, mais tu vas t'y habituer.

Il s'agissait de femmes malades, qu'ils soignaient ici, au premier étage de la Maison, me dit-il. J'allais les aider à parler de leurs maladies, comme interprète. Ma tâche était simple : traduire du coréen en anglais, ou de l'anglais en coréen, les phrases échangées entre les filles, les médecins et les soldats yankees de passage.

En réalité, la Maison n'avait nul besoin d'être présentée. Je sus tout ce qu'il y avait à savoir dès que mon regard rencontra ceux des filles. Les douleurs dont elles souffraient, les hochements de tête, les convulsions, les cris et la sueur m'étaient familiers – c'étaient autant de symptômes dus à un excès de pénicilline injectée dans le corps. Je connaissais déjà, de haut en bas, la liste de leurs maladies. Je savais ce qu'était la Maison, à quoi elle servait réellement.

Un léger frisson me parcourut la nuque, descendit le long de l'échine avant de s'arrêter dans mon bassin, s'attardant là un moment. Je posai les mains sur mon ventre, là où se trouvait mon utérus autrefois.

Je me sentis immolée de l'intérieur.

À l'image de ma propre existence, la structure de la Maison était une ironie.

Contrairement à l'extérieur gris et moderne, l'intérieur était presque entièrement confectionné dans un bois chaleureux, notamment les sols, les chevrons, les poutres et les colonnes. Le parquet, en cèdre, dégageait toujours une agréable odeur épicée, malgré les taches de sang cuivrées dans les coins. Les femmes m'apprirent que le bâtiment n'avait pas été conçu pour abriter une école. Il était censé servir de pavillon d'été, chuchotèrent-elles, pour la concubine d'un préfet japonais. Le fonctionnaire avait voulu faire construire une somptueuse villa en bois pour son amante métisse, mais il était mort au début de la guerre du Pacifique (un nom tout aussi paradoxal que « guerre civile »), laissant ainsi sa villégiature inachevée. Bien plus tard pendant la guerre, le lieu avait été réaffecté à la hâte pour servir d'école, vouée à faire des petits morveux coréens de loyaux défenseurs de l'Empire japonais.

À présent, la Maison. Un lieu de vie pour douze femmes sans domicile – bien que leur nombre tendît à fluctuer. À en croire le gardien coréen au visage de chouette, leurs vraies maisons avaient été soit détruites par la guerre, soit rendues inhospitalières du fait de leur duplicité.

– Même si elles prétendent être des filles du Sud éprises de liberté, expliqua-t-il, elles recevaient par leurs portes de derrière des sacs de riz que leur offraient les cocos. On leur a donné une seconde chance, ici à la Maison, pour qu'elles puissent servir leur vrai pays auprès des soldats de son plus grand allié, les forces américaines, les héros qui sont venus les sauver des mains diaboliques des communistes.

Le gardien insista sur le fait que leur santé était primordiale, car elle pouvait directement affecter celle des soldats yankees qui allaient et venaient.

– C'est pour ça qu'on a un étage ici, où on essaye d'éliminer tous les premiers signes de maladie transmissible.

C'est à l'étage, qui avait donné son nom au bâtiment, que je vis Jenny pour la première fois. Son vrai nom était Jae-soon, mais tous les soldats l'appelaient Jenny. Avec le temps, nous l'avions nous aussi adopté. Je vis aussitôt son corps nu : thorax projeté en avant, pieds tournés en dedans, elle ressemblait à un grand oiseau. Contrairement aux autres femmes, elle ne baissait jamais le regard. Ses yeux, sans honte, suivaient constamment les miens et ceux du médecin yankee pendant la visite, comme si elle s'efforçait de décrypter nos agissements. Cela me mettait mal à l'aise. J'avais la sensation qu'elle percevait l'escroquerie de mon déguisement masculin. Dans mon esprit, je lui donnai le nom de *Jenny aux yeux de faucon*. Sur son dossier médical, j'inscrivis la mention *OK*.

Jenny fut la seule femme à tenter de s'échapper de la Maison. Une nuit, le gardien me réveilla, m'ordonnant de donner l'alerte. Il grimpa précipitamment à l'étage et je le suivis. À travers les fenêtres à barreaux, je vis Jenny. Elle avait réussi à rejoindre la cour de derrière, et courait, pieds nus, vers les bois. Un soldat, le chauffeur du camion, la suivait à grandes enjambées tranquilles.

– Cours, ma jolie, cours ! criait-il en riant, remontant son pantalon d'une main, la braguette à moitié ouverte.

Ils disparurent bientôt, presque en même temps, dans l'obscurité des bois. Lorsqu'ils revinrent, Jenny fut directement envoyée à l'étage. Elle y passa les trois jours suivants, dans le coin sombre de la Salle du singe. Les veines de ses cuisses saillaient, noircies par le cocktail injecté de force dans son corps. Ses cris résonnaient dans la Maison en une plainte de *banshee* sans fin.

Jenny me rappelait une de mes anciennes amies. Je l'admirais et la plaignais pour cela. J'aimais son courage, sa témérité. Mais je me demandais si l'on pourrait jamais se libérer vraiment d'un tel lieu.

Je pensais, moi aussi, m'en être échappée.

Avant la Maison, il y avait eu la Station, l'endroit qui avait mis à sac mon adolescence.

La casse, ou le sol du boucher, là où les souvenirs n'existent qu'en éclats et fragments.

La Station, pour faire court ; la Station de réconfort, de son nom complet.

Nous apprîmes à nos dépens ce que « réconfort » signifiait. Un groupe d'adolescentes coréennes affamées, quittant leur pays natal pour le Japon. Une usine, avaient-ils promis. Non pas une usine de biens matériels, s'avéra-t-il, mais une usine d'hommes – des soldats japonais, dans la jungle de Semarang – de moustiques, de sang et de sueur acide.

Des soldats, jour après jour. Sobres ou soûls. Parfois borgnes, parfois amputés d'une phalange. Les mains graisseuses. Leur sueur. Leur sperme, salé comme du poisson, dégoulinant. Les hurlements venaient en premier. Le silence du renoncement en second. Ils laissaient l'opium, la pénicilline, le mercure nager dans nos veines. Ils nous tabassaient, puis nous chantaient une berceuse. Les filles mouraient. L'une après l'autre. De la malaria. Sous le fouet. Étouffées. Et de toutes les maladies qui teintaient en noir, en violet, leur entrejambe. De leur utérus arraché, sans anesthésie générale, leurs yeux entrouverts regardant le nœud encore chaud retiré de leur corps, un petit poing serré enveloppé de sang.

Le suicide était un rêve qui nous était interdit.

À la Station de réconfort, je rencontrai Yongmal, la propriétaire de mon pseudonyme. Un prénom étrange d'ailleurs, réunissant les caractères du dragon et du cheval – deux lettres rarement utilisées dans un prénom féminin. Yongmal était l'idiote, le clown. La conteuse qui nous gardait éveillées la nuit. Ils ne parvinrent jamais à la faire taire, même après lui avoir enlevé deux dents de devant. Lorsque les lumières s'éteignaient, elle chuchotait, soufflait des histoires dans nos cous. Les mots se déversaient : le nom de sa mère, les soupirs de son père, l'année de naissance de son premier poney, le jour de ses premières règles, le premier vin qu'elle avait goûté, les grands récits de ses chevauchées à cheval, son amour des chiots, toute la douceur et la stupidité de son enfance, des histoires d'un chez-soi. Nous étions folles de son sourire édenté, de ses gloussements. Chaque nuit, avec ses histoires, elle mettait le feu.

L'idée d'un chez-soi faiblissait en chacune de nous, mais Yongmal la gardait vivante. Bien qu'elle fût morte à la Station, elle avait voulu que je survive. Elle avait voulu que je m'échappe de cet endroit damné pour rentrer chez moi. D'une certaine façon, elle était chanceuse, pensais-je, car elle n'apprendrait jamais la disparition de sa maison, dévorée par une autre guerre ; elle n'apprendrait jamais mon retour entre ces murs, par les mêmes mains qui m'avaient sauvée : celles des forces alliées, des soldats américains, qui avaient mis un point final à la guerre du Pacifique.

Au fil du temps, la raison pour laquelle ils m'avaient assignée là, en tant que gérant officieux et interprète de la Maison, devint claire. À leurs yeux, j'étais un petit garçon, pas un homme, et donc un matou inoffensif, qui n'irait pas mettre ses petites pattes sales sur leur viande, les victuailles de guerre réservées aux Yankees. Ils étaient résolus à la garder aussi fraîche que possible, à maintenir leurs corps de militaires sains, capables. Ils devaient penser que leur Maison ainsi que leur secret étaient intacts. Ils ignoraient qu'ils avaient laissé entrer un germe – un germe nocif aux petites dents acérées, qui rongeait lentement les lieux.

Lorsque Jenny fut enfermée dans la Salle du singe pendant trois jours, ce fut à moi de la surveiller, de m'assurer qu'elle ne s'enfuirait plus et resterait en vie. La plupart du temps, elle n'était pas vraiment elle-même, seulement capable de gémir ou de crier. À de rares moments, pourtant, elle se dévoilait furtivement et parlait. Elle m'attirait autant qu'elle m'horrifiait : je savais jusqu'où son audace pouvait la mener. Je l'avais vu, et ne pouvais perdre quelqu'un à nouveau. Pourtant, nous continuions de parler. Et je lui apportais clandestinement plus d'eau et de nourriture. Je l'écoutais surtout. J'avais beau avoir quelques histoires à partager, je m'efforçais de rester silencieuse – je savais qu'il valait mieux pour nous deux. Comme Yongmal, Jenny parlait beaucoup de chez elle. Elle me raconta aussi comment elle était arrivée à la Maison : il n'avait fallu que deux sacs d'orge pour la faire venir.

– Mes petites sœurs mouraient de faim depuis deux jours, alors j'ai pris joyeusement la nourriture qu'ils proposaient et j'ai écrit mon nom sur leur liste. Comment j'aurais pu savoir que *Namrodang*, c'étaient les communistes ? hurla-t-elle. Moi, une jeune fille qui n'avait même pas le droit d'aller près du portail de l'école ?

Je m'accoutumai peu à peu à la routine de la Maison – Jenny m'aida aussi à comprendre son fonctionnement. Deux médecins faisaient les visites : l'un coréen, l'autre américain. Le Coréen venait plus fréquemment, toujours avec une infirmière et une boîte emplie d'aiguilles et de fioles. L'homme blanc ne faisait une apparition qu'une fois toutes les deux semaines. Il ne s'occupait jamais directement du traitement : c'était plutôt un observateur, chargé de relire des bilans, de prendre des notes sur les progrès et les détériorations. Et une fois par mois, comme à la Station, ils sortaient toutes les femmes, les faisaient grimper à l'arrière de leur camion, et les emmenaient au grand hôpital militaire de la ville, où elles subissaient un bilan de santé approfondi.

Je savais où ils gardaient le matériel médical. Il était rangé dans la salle de stockage improvisée à l'étage, près de l'entrée de la Salle du singe à laquelle je n'avais pas accès. Le gardien, rôdeur de nuit coréen, portait toujours la clé sur lui. Il ne me faisait probablement pas assez confiance s'agissant des filles ou des objets de valeur. Ce n'était pas un problème pour moi : j'étais un pickpocket né, qui avait survécu à la guerre en volant, sans la moindre gêne. Non seulement je volais la chaleur d'autres corps, mais je m'emparais aussi de ce qu'ils avaient de précieux. Leurs repas, leur argent, leurs médicaments – et j'en passe. Tout ce qu'ils avaient pu enfouir dans leur poitrine me faisait tenir un jour de plus.

Et le poison ne m'était pas étranger – loin de là. C'était un visage familier dans une foule, un sourire furtif. Ou une petite sentinelle, gardienne de mes sombres secrets. *À tes côtés, j'ai déjà fait tomber deux hommes*, me chuchotait-elle à l'oreille. Oui, c'était un « elle », pas un « il », car, dit-on, cette façon de s'y prendre, sournoise et insidieuse, était féminine. Pour moi, cela avait été l'unique méthode concevable, désarmée comme j'étais, privée de choix et de dignité. Lorsque les mains censées vous protéger viennent vous détruire, vous ne ressentez nulle honte à vous tourner vers les seules armes qu'il vous reste. Le poison était, oui, véritablement démocratique : il ne discriminait pas – il vous trouvait, riche ou pauvre, communiste ou capitaliste, homme ou femme.

Malgré la tentation, je ne révélai jamais ma véritable identité à Jenny, ou à n'importe quelle autre femme de la Maison. Malgré mon désir de les sauver, j'évitais tout attachement. Je ne bavardais pas avec elles. Je fuyais, ou ignorais, leurs yeux suppliants. Je savais que ces visages hanteraient mes rêves bien après que l'odeur des tirs d'obus se serait dissipée. Je m'efforçais de ne pas mémoriser leurs noms, toutes ces dissyllabes qui sortiraient de ma bouche si je les laissais faire. Tous sauf celui de Jenny, bien sûr.

J'avais le sentiment que Jenny, comme Yongmal, avait été amenée dans ma vie par une force sur laquelle je n'avais aucun contrôle. J'attendais ses yeux de faucon, ses petits regards noirs, à la fois troublants et vifs, emplis de pugnacité. J'aurais aimé me souvenir d'elle ainsi. Aussi, quand le jour vint – le matin du bilan médical mensuel en ville, le matin où je nouai ces nœuds coulants factices sous les poignets de toutes les femmes, suffisamment lâches pour qu'ils se défassent facilement, après avoir mis le revolver du gardien dans la culotte de Jenny, l'arme dans laquelle ne manquait qu'une balle, celle désormais logée quelque part entre les oreilles du garde endormi, l'arme, lui dis-je, à ne sortir que lorsque le camion ralentirait sur le sentier abrupt et tortueux dans la montagne, pour tirer par-derrière dans la tête du chauffeur une fois qu'elle et toutes les autres femmes se seraient libéré les mains, le matin où je mentis à demi au chauffeur, prétendant que le gardien avait de nouveau perdu connaissance à cause de la drogue, le grand matin, si leur chance perdurait, de leur unique tentative d'évasion – je fis quelque chose d'imprévu : je pris Jenny dans mes bras. Je la tirai vers moi et la serrai fort, volant une once de sa chaleur, lui donnant un peu de la mienne, aussi, nous laissant à chacune un peu de l'autre. Sa cage thoracique saillante ronronnait doucement dans mes bras. Aucune de nous ne bougea. Un bref instant, aucun malheur ne pouvait nous atteindre.

Le plus gros problème était la Maison elle-même. Le gardien, le chauffeur et le garde avaient beau être hors jeu, la Maison serait toujours là, interdisant toute libération, même après une évasion. Je me mis donc à chaparder de l'essence. Tout ce qui appréciait les flammes en réalité : le carburant du camion, le kérosène du poêle, l'alcool à 90 °C de la boîte blanche du médecin, même la liqueur nauséabonde que le gardien avait planquée derrière l'étagère de la cuisine. J'en avais remplacé une partie par un liquide trouble, et j'avais rempli ma seringue de morphine. J'avais ressenti une gratitude ironique à l'égard des médecins, à l'égard du gardien ; comme tant d'autres esclaves, j'avais appris à me faire passer pour une imbécile tout en gardant mes yeux et mes oreilles grands ouverts, ramassant constamment des miettes d'informations. Quel étrange coup du sort – regarder le visage du gardien en paix, soumis au grand sommeil, libéré de son air anxieux habituel, ses grands yeux nerveux toujours à l'affût, prêts à fondre sur une souris en fuite. Je lui avais offert le répit dont il avait besoin sans jamais avoir pu se l'offrir.

Je connaissais les entrailles tendres, brutes de la Maison, dissimulées sous sa peau robuste. L'extérieur gris acier n'était qu'un vernis, abritant l'odorante structure en bois.

Si nous ne pouvions pas réellement nous sauver de la Maison, pensai-je, pourquoi ne pas la renverser ?

Prudemment, j'injectai le liquide volé dans son squelette, inondant chaque colonne, traverse, chaque latte du parfum entêtant des inflammables. Son arôme, doux et sinistre, faisait flotter ma tête tandis que j'officiais, comme libérée de mon corps, un sourire lugubre aux lèvres.

J'aurais pu quitter cet endroit aussitôt. Au lieu de quoi, je montai lentement sur la montagne derrière la Maison, et me faufilai dans la densité des bois. J'y passai la matinée entière, cachée, à observer.

Les oiseaux de feu battirent des ailes au travers des fenêtres à barreaux, réchauffant leurs petits corps pour prendre leur envol. *Brûle, ma jolie, brûle* – mes lèvres bougeaient sans bruit.

Quelle beauté. Quel plaisir ce fut. De brûler, de voir les choses se désagréger, disparaître dans la danse des langues ambrées, s'enhardissant mutuellement, à chaque caprice qui leur venait. Cela se produisit bien plus vite que je ne le pensais. Des centaines de langues brûlantes se mirent à déborder des barreaux, léchant, caressant le mur, repeignant le gris terne en un noir éclatant. Bientôt, alors que le vent changeait de cap, la Maison rendit l'un de ses derniers souffles, et envoya les lucioles vacillantes dans ma direction. Ces beaux vestiges de flammes chatouillèrent mon visage, laissant de petites taches obscures sur ma peau, que je n'arriverai probablement jamais à enlever. Non, je les porterai fièrement plutôt. Les traverses se mirent alors à gronder dans un tonnerre d'applaudissements. Une dernière fois, je posai mon index sous mon nez, inspirant l'odeur entêtante du kérosène. Je bus sa saveur capiteuse jusqu'à la lie. J'admirai l'effondrement des gueules qu'avaient été jadis les fenêtres gardées par l'acier. Ils avaient cru que ces barreaux protégeraient à jamais leur vilain secret. Ils ignoraient qu'ils avaient laissé entrer le mauvais germe – un germe incendiaire, une renégate qui cassa la baraque, bien décidée à mettre le feu à leur foutue Maison.

LA DEUXIÈME VIE

Conteuse
1942

Ils étaient de bons conteurs après tout. Ils avaient échafaudé tant d'histoires pour nous appâter.

Pour Soori, ce fut la promesse d'une libération : ils lui dirent qu'elle n'avait qu'à venir travailler à l'usine Senninbari au Japon pendant deux ans pour libérer son père, qu'ils avaient incarcéré pour une évasion fiscale qu'il n'avait jamais commise. Pour Nami, ce furent les études : première de sa classe, mais sans le sou, elle crut à une chance unique lorsqu'ils lui offrirent une bourse pour aller au lycée puis à l'université, en échange de deux ans de travail à l'usine de chaussures. Pour Jayoung, l'appât fut le caramel. Quatrième enfant d'une famille nécessiteuse, elle n'y réfléchit pas à deux fois avant d'accepter un emploi dans une usine de bonbons à Osaka : ils lui promirent qu'être une fille ne serait pas un frein à son labeur quotidien, et qu'elle recevrait une paye conséquente et un gros sac de caramels pour satisfaire son bec sucré.

Pour moi, ce fut un œil.

Ils m'amadouèrent en me faisant croire qu'ils répareraient les dommages qui avaient fait perdre à ma mère son œil droit. Les meilleurs hôpitaux modernes de Tokyo peuvent accomplir de tels miracles, avait dit l'officier Kinoshita, afin que le bienveillant Empire rachète ce que ton Coréen de père a détruit. J'eus bien sûr des soupçons, mais j'étais trop désespérée pour m'en soucier. Mon père était mort d'une intoxication alimentaire, et la santé de maman, laissée borgne par ses mains bestiales, s'était rapidement détériorée. Sa mauvaise vue et ses vertiges ne lui permettaient plus de travailler à l'usine d'allumettes. Pire encore, trois mois après la mort de père, maman avait découvert le cadeau de départ qu'il nous avait laissé : une graine grandissant dans son ventre. Aussi, alors que les enfants de mon âge issus de familles aisées entraient au collège, je devins l'enfant gagne-pain d'une sœur nouveau-née et d'une mère diminuée. Mais mon travail incessant suffisait à peine à nous assurer trois repas par jour. Ainsi, lorsque l'officier vint nous trouver avec sa proposition – un salaire décent et une opération des yeux pour ma mère en échange de deux années de travail dans une usine de textile à Nagoya –, j'acceptai, pensant que ma situation ne pouvait pas s'aggraver davantage.

Parfois, quand ils étaient trop fatigués pour inventer des histoires, ils allaient droit au but. Ils prenaient au hasard des adolescentes au teint frais dans la rue, les chargeaient à l'arrière de leurs camions militaires, et repartaient. Mija et Yongmal arrivèrent à la Station de cette manière. Elles étaient au marché en plein jour, devant le vendeur de sucreries, occupées à l'observer découper du caramel à la citrouille en parfaits rectangles dorés. Mija comptait ses pièces lorsqu'elle sentit un bras lui encercler la taille et une main attraper ses cheveux tressés. Elle fut trop choquée pour crier. Yongmal, elle, se débattit avec force, donnant des coups de pied dans les tibias du soldat, lui mordant l'avant-bras. Mais elle se retrouva, comme son amie, à l'arrière du camion, où elle cracha une dent ensanglantée.

Mija et Yongmal nous enviaient, car nous avions eu la chance de dire au revoir à nos familles. Cela leur brisait le cœur que leurs parents aient pu penser qu'elles avaient fugué. À mes yeux, cela ne faisait aucune différence. Je pensais même qu'il valait mieux que leurs parents croient à une fugue plutôt qu'ils ne connaissent la vérité – ce que nous allions toutes traverser.

Leurs récits redéfinirent tout.

Ils commencèrent par changer nos noms. Jayoung devint Sawako, qui signifie « sucré ». Jobasan déclara que ce prénom reflétait son amour du caramel et du chocolat. Mija, la plus jeune et la plus petite de la Station, devint Akiko, qui signifie « enfant ». Yongmal fut baptisée par Kaneda, l'officier qui l'eut le premier, avant les soldats de rang inférieur.

– Appelez-la Anzu, ordonna-t-il à Jobasan, tout sourire. Son derrière a le goût d'un jeune *anzu* acidulé – un abricot.

Yongmal, bien sûr, refusa qu'on l'appelle ainsi quand ils n'étaient pas là, jurant qu'elle ne toucherait plus jamais à ce fruit. Soori était à présent Saori et Nami, Namiko, probablement à cause de la proximité phonétique. Je ne refusai pas d'adopter leur nom de guerre, cela me permettait de séparer la femme de la Station de mon ancien moi, la petite fille pleine de vie de Heoguri, en Corée. Aussi étais-je désormais Kaiyo.

– N'oubliez jamais que vous, les filles, êtes de loyaux sujets de l'Empire japonais, proclama Jobasan, alors abandonnez vos manières coréennes, surtout la langue.

Leur plan impliquait de modifier non seulement nos noms, mais également la signification de certains mots. Ce qu'ils appelaient « usine » n'avait rien d'une usine, et le lieu qu'ils appelaient Japon n'était pas le Japon que nous connaissions. Notre destination finale s'avéra être Semarang, en Indonésie, l'un des innombrables sites asiatiques à abriter une base militaire japonaise. Là, nous étions destinées à servir dans ce qu'ils appelaient la Station de réconfort. Lors de notre première nuit à Semarang, nous apprîmes, viscéralement, ce qu'ils entendaient par « réconfort ». La Station était un petit pavillon de fortune en bambou, comprenant vingt-cinq pièces minuscules séparées par des murs d'écorce agglomérée. Chacune de nous – nous étions vingt-quatre – fut enfermée dans l'une de ces pièces. Quelques heures plus tard, les officiers arrivèrent. Et ils nous firent ce que des centaines d'autres soldats feraient chaque jour passé là-bas, jusqu'à la fin de la Seconde Guerre mondiale. Cette première nuit, j'entendis tous les sons de la terreur. Cela commença par des cris perçants, qui laissèrent place à un hurlement guttural, comme celui d'une bête acculée. De temps à autre, le bruit s'arrêtait abruptement, lui succédait un autre bruit, sourd et métallique, ou un tremblement de mur, accompagné d'un juron en japonais. Après le départ du dernier officier satisfait, il n'y eut plus que des gémissements étouffés à l'unisson. Bientôt, la tranchée humide et profonde de la nuit avala tout, puis recracha quelques sanglots haletants avant de se taire, enfin : un calme résigné aussi pesant et gris que l'œil mort de ma mère.

La journée, nombreux étaient les soldats qui tiraient de moi du réconfort – environ cinquante par jour en semaine, deux cents le week-end. Lorsque je perdais connaissance, ils me jetaient un seau d'eau glacée pour que je me réveille et accomplisse mon devoir jusqu'à la nuit tombée. Lorsque nos entrejambes gonflaient, recouverts de cloques, que notre postérieur saignait, et que la douleur nous empêchait de marcher, ils injectaient de l'opium dans nos veines, huit ou neuf doses le week-end, pour répondre à la demande croissante.

La nuit, les unes chuchotaient aux autres, dans notre langue maternelle, leurs souvenirs doux-amers, qui nous faisaient sourire, parfois mourir de rire, puis pleurer. Yongmal semblait ne jamais être à court de mots. C'était une grande bavarde, de celles que rien ne peut faire taire. Les premiers jours, elle s'était même obstinée à parler coréen devant Jobasan et les soldats, jusqu'à ce qu'ils lui arrachent une autre dent de devant et la fassent boiter pour toujours. À cause de ses deux dents manquantes, Yongmal prononçait les *s* « ch », ce qui nous faisait souvent glousser. Elle le savait et le tournait à son avantage lors de nos bavardages nocturnes – « Ce chtupide chalaud de Jobachan ! » s'était-elle une fois exclamée, entraînant des éclats de rire réprimés, qui se répandirent comme un feu de brousse. Nous ne nous lassions jamais de ses histoires. J'enviais tant l'enfance qu'elle avait eue, et le talent avec lequel elle la dépeignait.

Elle était née dans une riche famille d'agriculteurs du nord du Pyongan. Le père de Yongmal, qui avait hérité de son oncle un grand verger de poiriers, était un homme à la voix veloutée, d'un naturel calme, aux yeux aussi ronds que ceux d'un veau. Sa mère, qui dirigeait la maisonnée et la ferme d'une main de fer, avait le flair d'un homme d'affaires et des avant-bras robustes, faits pour le travail. Malgré leurs natures différentes, les parents de Yongmal veillaient sur un foyer chaleureux, empli d'amour, de rire et de nourriture. Elle avait même un cheval. Son nom était Baram, ce qui signifie « vent » et « souhait » en coréen. Baram était un bec sucré – encore pire que Jayoung, ajoutait Yongmal, d'un sourire effronté. Elle peinait à le satisfaire, et devait souvent lui donner ses propres friandises, qu'elle cachait sous son oreiller pour leurs séances d'entraînement. Il lui arrivait de chaparder dans la cuisine un peu du sucre blanc hors de prix de sa mère, ou d'acheter au marché du caramel à la citrouille avec son argent de poche. Contrairement à la plupart des hommes, qui trouvent vulgaire qu'une femme monte un cheval à califourchon, son père était heureux de la voir avec Baram, enjouée et ravie.

L'histoire que nous préférions était celle où, selon la légende, Yongmal avait quitté la ville le matin de ses noces – une histoire racontée à d'innombrables occasions. Un jour, à sa grande surprise, elle avait découvert que ses parents avaient arrangé son mariage. Un coup d'œil à la photo de son futur époux la remplit d'effroi : c'était un homme pâle et dégingandé, plus âgé, le visage marqué par deux cicatrices de variole au-dessus du sourcil droit, en forme de point-virgule. Il s'avéra être un tailleur nanti originaire de Pyongyang, un veuf de treize ans son aîné, et dont le père était un ami d'enfance de son père. Yongmal se sentit profondément trahie – comment son père, le gentleman libéral au regard de colombe, avait-il pu concevoir un plan si archaïque derrière son dos ? Il lui expliqua que c'était pour son bien.

– On dit que les Japonais enlèvent les filles qui ne sont pas encore mariées, dit-il, une inquiétude inhabituelle fronçant ses sourcils.

À présent, elle ne saisissait que trop bien ce dont il parlait, mais la jeune fille d'alors était trop innocente pour le comprendre. La seule chose qu'elle put entrevoir, vêtue d'une robe de taffetas rouge sang le matin de son mariage, fut l'espoir d'une rébellion. Laissée seule dans sa chambre, tandis que toutes les femmes de la maison s'affairaient à préparer le banquet, elle s'extirpa de sa robe cramoisie. Tel un serpent glissant hors de sa mue, elle sortit de sa chambre par la fenêtre donnant sur le jardin, courut jusqu'à l'étable et enfourcha Baram. Ils atteignirent le portail noir sans être remarqués. Et lorsqu'ils rejoignirent le sentier à travers les bois, elle lança son cheval au galop, le laissant, pour la première fois de sa vie, faire honneur à son nom.

Ils filaient vers le pont, à seulement une dizaine de mètres de la sortie de son village, quand ils aperçurent la minuscule silhouette. C'était un homme, petit et replet, les épaules ployant sous les deux énormes paquets bruns qu'il portait. Son regard était fixé sur elle.

– La scène que ça devait être, chuchota Yongmal. Une jeune fille sur un grand cheval, vêtue de sous-vêtements en soie, qui filait vers lui comme l'éclair !

Elle vit les genoux de l'homme trembler, puis un paquet tomber d'une de ses épaules, déversant son contenu poudreux sur le pont. Elle ne ralentit pas. Mais Baram se mit soudain à siffler. Il poussa un hennissement puissant et s'arrêta brusquement, catapultant Yongmal dans les airs. La rivière glacée frappant sa nuque fut la dernière chose dont elle se souvint avant de s'évanouir. Elle se réveilla plus tard dans sa chambre, entourée de ses parents, des domestiques, d'un médecin et de l'homme replet du pont. C'était un colporteur, qui apportait les sacs de sucre blanc commandés par sa mère pour le dessert du banquet de mariage. Pendant que Baram se délectait de la poussière neigeuse qui recouvrait le pont, le colporteur la sortit de la rivière. Ainsi, à son grand désespoir, le mariage eut lieu comme prévu – malgré les éternuements à répétition de Yongmal et le gonflement de sa lèvre supérieure, de la taille d'une noix. Et, les jours suivants, le pont saupoudré de sucre constitua un haut lieu pour les chiots du village et les mules de passage.

Nous attendîmes, avec curiosité et horreur, le récit de sa première nuit avec cet époux non désiré. Elle savait vaguement ce qu'il était censé se passer, et était prête à se battre bec et ongles – même avec les bougies allumées dans la chambre, si besoin.

– La vie est pleine de surprises, murmura Yongmal. Il ne m'a pas touchée.

Il déclara, d'une voix douce et claire, qu'elle avait besoin de repos après une telle journée. Ce à quoi elle s'était attendue n'arriva ni le lendemain ni le surlendemain. Et elle s'aperçut peu à peu qu'il n'était pas aussi laid qu'elle l'avait pensé : sa silhouette dégingandée et maladroite paraissait en réalité soignée, élégante même, dans le costume occidental bordeaux qu'il avait lui-même confectionné. Elle aimait la façon dont ses yeux souriaient avant sa bouche. Elle s'étonna aussi qu'il s'adresse à elle en employant le style honorifique malgré leur différence d'âge. Elle aimait parler avec lui, sa voix suave coulant en cadence, comme pour réciter un poème. Elle en vint même à trouver attachantes les deux cicatrices au-dessus de son sourcil – elles lui donnaient un attrait supplémentaire, comme si le sourcil était irrémédiablement froncé par la curiosité ou l'étonnement face au monde qu'il décrivait avec tant de passion. Il adorait Pyongyang, et pensait qu'elle l'aimerait, elle aussi, mais assurait qu'il n'y avait aucune raison de se précipiter.

– C'est vous qui déciderez, lui dit-il, les yeux brillants.

Certains détails de l'histoire variaient légèrement à chaque rappel : un jour, Baram était un poney, pas un cheval – lapsus –, et le pont sur la rivière semblait parfois ressembler davantage à des pierres de gué alignées sur un ruisseau. Ces changements n'ébranlèrent en rien notre amour pour l'histoire. Nous soupirions toujours de contentement, avant de regretter le monde que nous avions perdu. Nous ne lui demandions jamais de répéter ce qu'il s'était passé après : Yongmal et Mija, la domestique de la maison de Yongmal qui avait grandi à ses côtés comme une petite sœur, disparurent alors qu'elles allaient au marché acheter des douceurs pour Baram.

– J'aurais dû prendre mon mari dans mes bras, murmura Yongmal tout bas, la voix rauque de regret, et lui dire à quel point je m'étais attachée à lui, même en si peu de temps.

Mija fut prise de sanglots saccadés. En silence, nous entreprîmes d'absorber une part de son chagrin, et de la garder enfouie dans nos ventres. Jayoung, allongée près de Mija, la serra fort contre sa poitrine. Puis elle chercha à tâtons un bout de caramel dans l'obscurité, et le glissa doucement dans sa petite main.

Yongmal et moi étions semblables à bien des égards. Nous étions toutes les deux intelligentes et têtues. Nous parvenions à ne pas verser de larmes face à nos agresseurs. Et nous nous ressemblions : de taille et de poids similaires, nous avions toutes deux de hautes pommettes et un menton légèrement carré qui attiraient l'œil des hommes tout en les rebutant.

– Vous, les filles, vous pourriez facilement passer pour des sœurs, lança une fois Jobasan après m'avoir appelée Anzu par erreur.

Nous partagions également une passion pour les histoires.

Cependant, contrairement à Yongmal qui s'accrochait aux histoires de chez elle, j'évitais de m'attarder sur les miennes. Les derniers souvenirs de maman surtout. Comme elle s'était peu à peu désagrégée après la mort de père. Comme son ventre gonflé avait semblé lui ôter la raison, sa vivacité d'esprit. Ce n'était pas l'histoire de maman que je voulais conserver. C'était un abîme trop vaste pour que je puisse le combler – entre la maman bien-aimée, une femme moderne, intelligente, qui amenait sa jeune fille à un cours d'anglais donné par des missionnaires étrangers, et la femme aux yeux gris, dont le désir de vivre s'était flétri avec la disparition de son oppresseur.

Ma vie misérable était emplie de violence. De ses poings, de sa bouche, père avait consumé mon enfance. La Station prit mon adolescence. Mais je ne me sentais pas femme pour autant. Je voyais un vieil homme dans mes yeux – recroquevillé, ne s'étonnant de rien, n'attendant rien de l'existence, excepté son inéluctable fin.

De temps à autre, pourtant, lorsque je m'efforçais désespérément de m'accrocher à la raison, je pensais à la terre de mon village natal, Heoguri. Je pensais à son bosquet de bouleaux, où les feuilles d'un vert moussu gardaient le sol humide et chaud toute l'année. Enfant, je mangeais sa terre. J'adorais savourer sa texture, à la fois tendre et granuleuse. Son goût de noix renfermait une note métallique inattendue, plus amère. Après la mort de père, après l'avoir enterré dans le bosquet, j'avais renoncé à manger de la terre. Je ne recommençai qu'à la Station, après la mort d'une fille de réconfort. C'était Soori : le mal du pays l'avait emportée la première. Le soir de sa disparition, je fus prise d'une furieuse envie de manger de la terre de la Station, dans l'espoir que cela m'aiderait à renouer avec le monde extérieur, autrefois familier, avec le bois de mon village. Mais la terre de Semarang n'avait rien à voir avec celle de Heoguri. Elle était trop fine, trop soyeuse, sa texture s'apparentait à de la poudre ou à de la craie, dénuée de l'amertume métallique piquante dont je rêvais.

Lorsque manger de la terre me décevait, je me réfugiais dans l'asile d'une autre, me perdais dans les histoires de Yongmal, m'imaginant vivre son enfance, même pour un bref instant. Dans cette échappée, j'étais elle, la fille chérie dont la vie n'avait connu aucun mal avant la Station, et je donnais à son histoire une autre fin : un retour auprès du père au regard de colombe, de la mère robuste, et dans les bras délicats de l'amant élancé, qui n'avait jamais cessé de l'attendre.

La réalité n'était pas aussi belle que les histoires que nous nous racontions la nuit en secret.

Certaines d'entre nous tombèrent enceintes, nos bébés et utérus nous furent arrachés. Par miracle, nous survécûmes, mais nous perdîmes la chance de pouvoir enfanter.

Ce fut la chute de Soori qui nous fit toutes nous demander qui serait la prochaine. Soori fut la première à perdre le sens de la réalité. Elle se mit à appeler chaque soldat *appa*, « papa » en coréen, et à jaser continuellement sur sa famille d'une voix enfantine glaçante, entrecoupée de gloussements rauques et de halètements. Elle semblait avoir oublié le japonais, incapable de répondre dans cette langue, y compris à Saori, son prénom japonais. Face à ses jacassements incessants, l'officier Kaneda décida un jour de la faire taire. D'abord en fourrant le canon de son arme dans sa gorge. Puis en fracassant sa mâchoire inférieure de son poing.

Nous savions qu'elle n'y survivrait pas. Ils n'enlevèrent pas son corps. Ils le laissèrent là, près de l'entrée de la Station, à portée de nos yeux. Il fallut presque deux jours – la respiration gazouillante, tel un nouveau-né, la moitié de son visage, une toile de sang aplatie, convulsant par intermittence – jusqu'à ce que son corps se vide de tout son sang dans une mare de silence.

Puis Mija tomba, les mains agrippées à son ventre. Petite et douce, Mija était la dernière que nous aurions souhaité perdre. Mais un anneau de douleur dans ses reins la plaqua au sol. Elle passa le petit matin à gémir, recroquevillée par terre telle une crevette. Des filets de sang ruisselaient jusqu'à ses genoux. Lorsque Jobasan et le médecin l'emmenèrent, nombre d'entre nous sanglotèrent, surtout Yongmal, bien sûr. Une demi-heure plus tard, Mija revint – les bras entourant toujours son ventre, les épaules basses, mais souriante. Il s'avéra, à notre immense soulagement, qu'elle n'était pas gravement malade : c'étaient ses premières règles, ses premières crampes. Yongmal la tint dans ses bras pendant dix longues minutes, sans un mot. Mija avait douze ans.

L'ange de la mort descendit sur une autre fille. Ce fut Nami, un mois plus tard. Nami, la plus brillante, celle qui parlait le mieux japonais, le petit génie qui voulait devenir la première femme médecin de sa ville natale une fois la guerre finie. Son ventre était ballonné, il saignait depuis des semaines. Lorsque sa fièvre, de plus en plus forte, la fit s'évanouir, le médecin l'emmena, pour la ramener seulement une heure plus tard, à demi consciente, tordue de douleur. Quoi qu'ait fait le toubib, son état ne s'était pas amélioré, s'il n'avait empiré. La peau entre les jambes de Nami était d'un noir violacé, comme un ciel d'orage. Elle mourut une semaine plus tard.

Alors que la guerre s'éternisait, émoussant nos espoirs déjà minces, la cruauté des soldats s'amplifia. Raclées et injures accompagnaient les viols. Et notre courte paix nocturne fit place à des visites, de plus en plus fréquentes, d'officiers ivres, hurlant. Cela sentait la peur – une pointe de fragilité déguisée en dureté. Ce n'est qu'à ces moments-là qu'ils paraissaient un tant soit peu humains.

Une nuit, l'officier Kaneda vint me voir, complètement soûl.

– Enlève mes vêtements, Kaiyo, me dit-il d'une voix étonnamment douce.

Je savais ce qu'il voulait : il voulait que je joue à être sa tendre concubine, s'empressant de le débarrasser de sa tenue imbibée de combats, de laver ses pieds fourbus, tout en lui susurrant que tout allait bien se passer. Je refusai.

– Non, je ne le ferai pas.

S'ils me violent, ils me violent, pensai-je, je n'ai aucun moyen de les arrêter. Prendre soin de leurs états d'âme, en revanche, était une autre histoire. Ses yeux comme deux fentes, les pupilles d'un noir brillant comme une peau de phoque. Ce qui suivit ne me surprit en rien : claques et coups de poing, la saveur chaude et métallique du sang suintant de mes gencives. J'entendis l'écho de mon « non » sortir, d'une voix de fausset moqueuse, de ses lèvres tordues. Il enroula ses doigts autour de la poignée de son épée, et la sortit de son fourreau dans un long chuintement.

C'était mon tour. Je fermai les yeux.

Ils se rouvrirent au son d'une voix :

– Vas-y, découpe-moi, dit-elle.

Une voix mystérieuse, dans laquelle je reconnus pourtant le tintement rauque et sifflant.

– Vous n'êtes pas censé couper la tête des soldats ennemis avec ça ? poursuivit-elle. Vous n'allez pas répandre le sang d'une petite Josenpi sans défense sur cette précieuse épée décernée par l'Empereur, n'est-ce pas ?

Kaneda était immobile, la mâchoire pendante. La pointe de son épée était déjà baissée, malgré lui. La voix artificielle de Yongmal poursuivit :

– Quelle sorte d'homme êtes-vous ? Vous osez prétendre être un officier de l'armée impériale ? Honte à vous.

Le corps émacié de Yongmal se tenait en face du mien, son pelvis ressortant à gauche – vers l'épée baissée.

Le visage de Kaneda devint livide. Le choc, visiblement, se dissipait.

– Espèce de Josenpi crasseuse, aboya-t-il, sa voix tremblant le long des murs. Comment oses-tu mentionner l'empereur avec ta bouche infecte ?

Le bout des doigts de plus en plus pâle, ses mains se resserrèrent sur la poignée de l'épée. Puis il la leva lentement, portant sa pointe arrondie près du menton de Yongmal.

Elle haussa un sourcil, un sourire feint se peignit sur son visage. Une pensée me traversa l'esprit : *elle veut mourir.*

– Vas-y. Fais-moi sentir ce que ça fait. Mon cœur est juste ici.

Elle baissa l'encolure lâche de son chemisier, exposant le côté gauche de sa poitrine, la peau d'un jaune parchemin, marbrée de brûlures de cigarette.

Le lendemain, je tâchai de comprendre. Était-ce sa voix mystérieuse, emplie d'une sérénité sinistre ? Était-elle vraiment prête à mourir ? Pourquoi avait-il hésité ? Surtout, pourquoi avait-il rangé son épée ? Comment avions-nous pu survivre à cette nuit ?

Peu de temps après, je vis Yongmal cracher un épais caillot de sang.

– Ne vous approchez pas ! nous cria-t-elle.

C'était la tuberculose. Elle s'était développée après un épisode de malaria.

– Il ne me reste pas beaucoup de temps. Je connais mon corps, murmura-t-elle.

Puis elle laissa échapper un souffle – soupir ou rire, je l'ignorais.

– C'est pour ça que tu n'avais pas peur, dis-je – autant à son intention qu'à la mienne.

– Oh là là, j'avais si peur, répondit-elle en souriant. J'ai cru que mon cœur allait bondir hors de ma poitrine, pour tout t'avouer.

– Mais alors, comment ?… lui demandai-je.

– Eh bien, je me suis dit que j'allais mourir de toute façon, alors quelle différence est-ce que ça aurait fait ? En plus, ce lâche sait que j'ai la tuberculose. Il ne voulait pas que mon sang l'éclabousse.

Elle me fit un clin d'œil, élargissant son sourire édenté. Ce sourire désarmant reflétait l'effronterie et l'innocence de l'enfance, une image à laquelle je l'associerai à jamais. Yongmal mourut un mois plus tard.

Les histoires de Yongmal ne purent la sauver, bien qu'elles aient sauvé la vie à beaucoup d'autres à la Station, dont moi.

Mais la vie après sa mort ne fut plus la même. Nos bavardages nocturnes étaient souvent ponctués de silences. Aucune de nous n'était une conteuse aussi enthousiaste ou talentueuse qu'elle. Le calme de nos nuits nous rappelait constamment son absence. Et Mija en perdit sa langue. Elle cessa de parler. Elle semblait s'être résignée, donnant ainsi à voir l'unique rage muette qu'elle pouvait exprimer.

Lorsque Yongmal était tombée malade, l'officier Kaneda s'était mis à me rendre visite la nuit. Après sa mort, ses visites devinrent quotidiennes. Je savais que j'étais un second choix, un substitut de sa favorite absente, avec qui je partageais la même tendance à l'esquive, tout aussi enrageante qu'alléchante, les mêmes traits qui invitaient ses coups élaborés, les hautes pommettes dressées, blanches sous la lampe à gaz. De cette sorte qu'il aimait torturer, apprivoiser, baiser. Durant une de ces nombreuses nuits d'ivresse, il laissa échapper qu'il nous avait créées, Yongmal et moi.

– Je l'ai nommée Anzu, et toi Kaiyo, marmonna-t-il, me demandant si je savais ce que signifiait mon prénom.

Je lui répondis que je ne voulais pas savoir.

– « Pardon », Kaiyo – « pardon », me déclara-t-il néanmoins.

Ses yeux emplis d'une nostalgie moite me fixèrent, comme s'il attendait que j'acquiesce. « Pardon » était probablement l'un des mots que j'aimais le moins, lui dis-je. Un nom hypocrite et faux, pour être précise. Mes seins endurèrent une dizaine de brûlures de cigarette cette nuit-là.

Une vie de désespoir vous conduit parfois à trouver de la beauté dans des recoins inattendus. Après la mort de Yongmal, et l'insoutenable silence de nos nuits, je parvins à résister à la folie grâce à une image, terriblement banale pour tant d'autres. Je la voyais, une fois par semaine, en dehors des murs de la Station, lorsque nous étions envoyées à l'hôpital militaire en ville pour l'examen médical de rigueur. Accroupie à l'arrière du camion militaire, le duvet de mes avant-bras sous le soleil du Pacifique, je dévorais des yeux les habitants. Leurs visages d'un noisette éclatant me remplissaient de joie. C'étaient les seuls visages humains que je voyais, à l'exception de ceux des soldats gémissants. J'avais le sentiment qu'ils étaient mes alliés les plus proches, des amis intimes à qui je pouvais confier mes secrets les plus sombres et mes chagrins. L'image d'eux vaquant à leurs affaires quotidiennes – un grand-père édenté conduisant lentement un triporteur dans la brume ; des fermiers aux rires rauques bavardant en allant travailler ; une mère trapue portant un bébé enveloppé sur sa poitrine et un autre sur l'avant-bras – constituait l'essence d'une banalité délicieuse. Parfois, lorsque le camion ralentissait pour laisser passer une multitude de buffles d'eau lourdement chargés, je pouvais même les entendre parler dans leur langue maternelle, si douce et réconfortante que mes yeux s'embuaient. Sa musique, gaie et joueuse, parvenait à mes oreilles telle une comptine que ma mère aurait fredonnée, intime, et porteuse d'une indicible consolation. Le temps n'importait plus durant ce trajet cahoteux de huit minutes ; ce moment éphémère m'offrait une dose hebdomadaire de force, d'espoir et de beauté, qui me permettait de survivre à une autre semaine en enfer, me rappelant que mon cœur était encore mien. Le moment était tout à moi – quelque chose qu'ils ne pouvaient souiller, ne pouvaient m'enlever. Je m'y accrochais comme à la vie elle-même.

L'examen médical hebdomadaire, bien sûr, m'apportait également une aide pratique.

Bien qu'il y ait une infirmerie à l'intérieur de la base, l'augmentation des maladies vénériennes parmi les soldats nous força à subir un contrôle régulier mené par un médecin de l'hôpital militaire de la ville. Le docteur Mitsuyama, lors de ma quatrième visite, me révéla son vrai nom : Kim Young-soo. Né et élevé à Séoul, il finissait sa formation médicale à Tokyo lorsqu'il avait été enrôlé dans l'armée japonaise.

– Nous essayons tous de survivre à un champ de bataille qui n'est pas le nôtre, me chuchota-t-il en coréen, ses yeux enfoncés luisant de chagrin.

C'est grâce à lui que je pus commencer à amasser des pilules : *keumgyerab*, pour la malaria, à base de quinine. À chaque visite, j'en demandais à voix basse une ou deux. Mon objectif était d'en rassembler quarante. L'idée m'était venue après la mort de Yongmal : cela me semblait être l'unique acte digne à ma portée, mettre fin à ma propre vie, le jour où tout espoir m'aurait quittée.

C'est alors que s'annonça le début de la fin. L'air autour de nous s'épaississait chaque jour : le souffle aigre et sinistre de la peur. Nous le sentions dans leurs cris d'ivrognes. Nous le voyions dans les regards abattus qui émergeaient parfois de leur façade dure. Même les fantassins arrivaient ivres à la Station en pleine journée. On racontait que certains officiers passaient plus de temps à se défoncer à l'opium qu'à établir des tactiques militaires. Pour la première fois, l'officier Kaneda, sous la double influence du whisky et de l'opium, s'évanouit devant moi. Jayoung m'apprit qu'un soldat de 2e classe au tempérament instable avait commis le *seppuku* dans la caserne – un suicide par éviscération, autrefois pratiqué par les samouraïs japonais ayant perdu une bataille.

– Les Yankees arrivent, murmura Jayoung d'une voix haletante.

Le docteur Kim, les sourcils froncés, m'avait dit une fois que la fin des choses venait d'abord graduellement, puis soudainement. Le jour où il me tendit le quarantième *keumgyerab*, il m'annonça que la fin était proche.

– Les forces américaines vont bientôt attaquer la base, ce pourrait être demain, ou dans un mois, chuchota-t-il.

Mon cœur palpita tel un oiseau en cage tandis que je le remerciais. Il arbora un mince sourire. Puis il m'appela par mon nom coréen une dernière fois, et me fit signe d'approcher. Il me demanda à mi-voix de lui promettre une chose.

– Une fois que l'attaque sera lancée, les Japonais vont vous rassembler, vous, les filles, dans l'abri antiaérien. Ne les suivez pas dans l'abri. On leur apprend à ne jamais reconnaître la défaite. Ils n'épargneront personne, pas même eux. Tu comprends ?

Cette nuit-là, l'officier Kaneda me rendit visite – à demi ivre, une fois encore. Comme toujours, il apporta son verre et des bouteilles bleues de liqueur bon marché. En voyant son désespoir, en respirant son insécurité, je réalisai soudain qu'il y avait tant de choses dans le monde que Kaneda ignorait. Il serait d'abord surpris de me voir faire quelque chose sans y être forcée : j'allais remplir son verre des deux mains, les yeux baissés. Il ignorait que j'allais le laisser se vautrer dans ma prétendue reddition, savourer sa conquête, tandis que j'acquiescerais sans bruit à ses réminiscences alcoolisées de Yongmal et de sa gloire passée.

– Puisque je t'ai créée, murmurerait-il, tu vas mourir en étant mon petit pardon, Kaiyo, tout comme Anzu est morte en étant mon petit abricot sucré.

Puis, pris d'un rire détraqué mêlé de larmes, il tracerait sur mon flanc un abricot aux contours déchiquetés avec la lame de son petit couteau militaire, accoutumé au goût du sang. Il ignorait que je supporterais tout, sans un mot.

Comme il me connaissait peu – après toutes ces années à déchirer chaque recoin de mon corps. Cette prise de conscience m'arracha un rire silencieux, de ceux empreints de pitié. Ce qu'il ignorait, c'est que j'étais une conteuse. Tout comme lui et Yongmal. Bien sûr, c'était moi qui avais tramé la fin de mon propre père : une fois sa violence à l'égard de maman devenue insupportable, provoquant la perte de son œil, j'avais imaginé un plan pour y mettre fin. Je l'avais empoisonné, en créant un contexte plausible pour les villageois. J'avais enterré en secret son corps dans le bosquet de bouleaux et dit aux voisins que mon pêcheur de père était de nouveau parti à la pêche à la baleine, avant de me faire parvenir un mois plus tard un télégramme m'annonçant qu'une tempête en mer avait eu raison de lui. Bien que j'aie abhorré la réalité physique de la mort que j'avais dû causer, élaborer une histoire m'était venu naturellement. Des années plus tard, je m'étais demandé si mon impudence avait contribué à rendre maman confuse après la mort de père – le choc à l'idée que sa petite fille chérie était capable d'un tel forfait sans ciller.

Ce qu'il ignorait aussi, c'était que Kaiyo n'était pas le premier nom de substitution à m'avoir été donné. Avant lui, il y avait déjà eu un homme plus âgé, un homme blanc, qui m'avait baptisée d'un nom étranger. J'avais été appelée Deborah par le pasteur Peltier, le missionnaire canadien qui donnait des cours d'anglais près de notre village, auxquels ma mère m'amenait chaque semaine quand elle était encore la jeune femme brillante et moderne que j'admirais. Ainsi – et cela Kaneda l'ignorait tout autant – le japonais n'était pas la seule langue étrangère que je connaissais. Dans mon enfance, en tant que Deborah, j'avais appris à parler et à écrire l'anglais. Oui, une écrivaine, c'était précisément ce que j'étais ; lorsque le docteur Kim avait découvert mon talent caché, il m'avait demandé de l'aider à écrire une note cruciale – un appel à l'aide, sur une minuscule fiche jaune, destiné aux forces américaines qui décrivait l'emplacement et la situation générale de la base militaire japonaise à Semarang – qu'il comptait remettre furtivement au blanchisseur local afin qu'il le donne à son tour à un éclaireur yankee.

Il me restait encore une autre histoire à tisser, de mon plein gré cette fois. Kaneda avait inventé mon nouveau nom ; j'écrirais sa fin secrète. Je n'avais pas le choix, la mort venait à ma rencontre des deux côtés. Avec mon plan, il me restait au moins une chance, si mince soit-elle, de me venger et de survivre. Je jouerais la concubine ultime, la geisha soumise qu'il voulait si désespérément que je joue pour lui. Je lui verserais du vin, allumerais la pipe en épi de maïs emplie de la fleur coupable, tout en agrémentant à la dérobée ses bouteilles de whisky de pilules de quinine écrasées chaque fois que, d'un pas chancelant, il irait uriner, jusqu'à ce que son corps cède, s'abandonnant lentement à un sommeil nauséeux. Le docteur Kim m'avait prévenue que la mort par *keumgyerab* était salissante : on saigne abondamment, par tous les orifices du corps. Aussi, pour masquer la profusion de sang, j'allais devoir perpétrer un dernier acte de soumission en sa faveur : le *seppuku*, un suicide par éviscération. J'étais assurée de mourir s'ils découvraient que je l'avais empoisonné. Mais s'ils pensaient qu'il avait accompli leur propre rituel, digne d'un guerrier, j'avais peut-être une chance de survivre.

Le docteur Kim avait raison. Comme il l'avait philosophé, la fin vient graduellement, puis soudainement. L'épée de samouraï de Kaneda dans les mains, je regardai son corps au sol, ses membres convulsant en silence, menant le dernier combat qu'il ne pourrait gagner, contre la grande trinité de l'alcool, de l'opium et de la quinine. Je levai l'épée au-dessus de ma tête, sa pointe dirigée vers le côté gauche du bas-ventre de Kaneda, abasourdie par mon calme, la fermeté glaciale de ma poigne. Je me demandais quel genre de pensées auraient traversé son esprit si ses petits yeux avaient été ouverts lorsque j'entendis le premier fracas.

À partir du coin est de la base, il se propagea en un bruit sourd – irréel et intangible, comme si ce fracas venait d'ailleurs. Le second survint telle une gifle en plein visage, capable de laisser votre oreille dans un long silence épais. Celui-ci était proche, je le savais, le sol tremblait sous mes pieds nus. Puis la sirène hurla. Je lâchai l'épée et quittai la pièce en trombe.

– Hé, vous, les filles, si vous voulez vivre, courez jusqu'à l'abri antiaérien ! s'écria un homme parmi les sirènes.

Une autre bombe s'écrasa. Des mottes de boue sèche tombaient du toit, remplissant les couloirs d'une brume cireuse. Des quintes de toux résonnaient. Des grognements étouffés, des gémissements.

– À l'abri antiaérien ! Maintenant ! hurla de nouveau la voix d'homme, suivie par le claquement sec d'un fusil que l'on charge.

Baissée au sol, je haletais pour retrouver ma voix.

Bientôt, une vague de petits bruits de pas désordonnés se répandit dans la Station. Des filles courant pour rester en vie. En réalité, elles couraient vers la mort. Ma tête tictaquait comme une horloge, je voulais aboyer la vérité. Mais un soldat japonais tenait une arme à deux pas ; à l'entrée de la Station, un autre gardait un œil sur chaque fille sortant par la porte brisée. Je m'accroupis, cachée derrière le coin le plus proche du couloir principal. J'attendis. Puis je fis un croche-pied à la première paire de jambes qui apparut. La fille tomba au sol à côté de moi, dans un bruit sourd. C'était Jayoung. Je pressai aussitôt ma main sur sa bouche. Puis je la regardai dans les yeux, secouant doucement la tête. Les yeux grands ouverts, Jayoung acquiesça. Je montrai du doigt les latrines près de la porte de derrière, et nous commençâmes à ramper ensemble dans sa direction.

– Je pense qu'on est les dernières ici, chuchota-t-elle, la respiration sifflante. J'étais en train de chercher Mija.

Alors que nos corps s'enfonçaient dans la flaque couleur tabac, les coups de feu se mirent à rugir. Ils venaient de l'abri antiaérien. La première rafale de balles fut rapide et précise, la seconde relâchée et discontinue. Jayoung et moi restâmes muettes, immobiles, espérant que le toit en chaume de la remise ne s'effondrerait pas sur nous. Un fracas plus grand, des coups plus puissants, que vous pouviez sentir dans votre gorge. Puis un tremblement de terre qui engloutit un coin des latrines, invitant les rayons de l'aube enragée. Le sifflement des balles, le fredonnement des obus perçant l'air, les râles gutturaux des hommes mourants. Nos oreilles survécurent à l'heure de vacarme mortel qui parut une éternité, jusqu'à ce qu'elles puissent de nouveau discerner le silence.

Le silence, semblable à du brouillard – un son fantomatique, morne et strident.

Le bruit muet que l'on ne peut percevoir qu'après un raid aérien.

Lorsque Jayoung et moi sortîmes doucement, par le gouffre béant au coin de la remise, les ourlets de nos robes dégoulinant d'excréments, la base entière semblait s'être tue.

L'air était empli d'une fumée piquante de poudre à canon. De l'odeur fétide de la chair en train de brûler. Le parfum sarcastique, cuivré et musqué, de tout le sang projeté, versé, en décomposition.

Seules se dressaient encore notre remise bancale et l'extrémité nord de la Station. L'extrémité sud, où gisait le corps de Kaneda, n'était plus qu'un monticule de pierres, d'éclats d'écorce noircie et de branches. Même à travers la fumée, je pus reconnaître l'avant-bras épais qui en dépassait. Une flaque de crasse huileuse se formait à côté, d'une couleur sang de bœuf, sa surface irisée par le lever du jour.

Jayoung et moi étions en larmes. Que mon corps frêle ait survécu à cet impossible était gratifiant sur un plan profondément animal. Pourtant, un chagrin massif commençait à se propager dans mon ventre. « Graduellement, puis soudainement », avait dit le docteur Kim. Je retournai dans ma tête le mot « soudainement ». Je me demandai comment ce qui nous avait semblé impossible, mettre un terme à cet esclavage, avait été réalisé avec tant de facilité par les forces américaines, presque en un clin d'œil. La Station de réconfort, l'imprenable fort du mal, était tombée en ruine si brusquement, si volontiers.

J'avançai vers l'abri antiaérien en trébuchant, les mains en l'air en signe de reddition. Jayoung suivit en silence. Les soldats japonais avaient dû manquer de temps : deux pieds poussiéreux étaient déjà visibles à l'entrée. Ils n'avaient pas attendu que les filles se dissimulent dans l'obscurité de l'abri. Ils avaient commencé à tirer dès que la dernière fille avait passé le seuil. Toutefois, après l'empressement de la première rafale, ils avaient pris leur temps, vérifiant chaque petit corps, tirant au moindre signe de vie. Ils étaient restés fidèles à leur devise jusqu'à la mort : « Ce qui se passe dans la Station meurt dans la Station. » Mais je parie qu'ils ne s'étaient pas attendus à ce que la pire souris parvienne à détaler : l'escroc conspiratrice, la conteuse.

Nous trouvâmes Mija sans difficulté. Je reconnus ses petits pieds avant d'apercevoir son visage – dans les chaussures en cuir moisies de Yongmal, trop grandes d'une pointure. Les pieds paraissaient désormais pâles et alanguis dans leur sommeil. Je retirai les chaussures. Je n'en avais pas, et souhaitais les garder en souvenir. Les yeux de Mija regardaient dans le vide. Jayoung s'assit à côté de son corps, lissa ses cheveux ébouriffés. Puis elle plongea une main dans sa poche, et un dernier morceau de caramel enrobé d'un papier d'aluminium apparut. Elle le déballa, puis glissa doucement la friandise dans la petite main figée.

Nous sortîmes de l'abri d'un pas lourd. Le ruisselet de sang provenant de l'entrée s'était épaissi, plus sombre et plus vaste, teintant le sol d'un grenat profond. Je m'accroupis et fixai la terre nouvelle. Absorbant le sang éprouvé des consolatrices, le sol soyeux de Semarang, bien que fade et docile, s'était endurci – l'amertume métallique encore gorgée de lutte, sa saveur chaude et mordante. Je plongeai mes doigts profondément dans la terre sombre. J'attrapai une poignée, et l'avalai.

LA QUATRIÈME VIE

Pour un grain de beauté
1955

C'est l'histoire d'un grain de beauté.

À peu près de la taille d'un petit pois, d'une teinte aubergine clair. Il se souvient encore de la sensation sous ses doigts : rebondi et ferme quand on le pressait, et pourtant si enclin à s'assouplir sous la caresse. Une singularité qui lui ferait toujours penser à elle.

Comme il savourait toutes les particularités de son corps – qu'elles étaient attachantes à ses yeux. Ses hautes pommettes et sa mâchoire légèrement carrée, deux traits peu communs que les hommes n'apprécient que rarement sur un visage de femme. Quant à ses épaules anguleuses, deux vagues qui déferlaient avec avidité chaque fois qu'elle laissait échapper un rire rauque… Le son tournait en boucle dans sa tête.

Il s'était imaginé la revoir, certain qu'il la reconnaîtrait instantanément. Il avait rêvé de ce moment où il la repérait dans la foule à d'innombrables reprises. Une fois c'était une foule rouge assourdissante dans les rues de Pyongyang, célébrant l'anniversaire du dirigeant suprême ; une autre fois, un ensemble de visages informes dans la vallée de Daedo, où avait vécu une colonie de lépreux clandestine. Quelles que soient les circonstances, il ne manquait jamais de la repérer aussitôt.

Dans la réalité, toutefois, c'est elle qui le reconnaît en premier.

Lorsqu'elle arrive chez le tailleur, elle voit trois hommes derrière la vitre. Alors qu'elle passe la porte, les trois paires d'yeux convergent vers son visage. Les hommes portent des costumes, tous gris foncé, tous grands et minces. Pourtant, elle se dirige droit vers son époux. Elle sait ce qu'elle doit chercher : deux cicatrices de variole au-dessus du sourcil droit, semblables à un point-virgule.

Elle entoure son visage de ses mains, comme pour caresser un animal délicat.

– Mon mari. Mon mari.

Elle le dit deux fois. Le premier se clôt sur une note aiguë, en forme de question ; le second plonge, tel un soulagement profond et chaud. Ses yeux sont emplis de larmes. Mais elle sourit.

Un fantôme. Une apparition. Pendant quelques secondes, il doute de ses yeux. Mais il ne peut douter de ses doigts posés sur ses joues. Il explore son visage, en quête des signes. Ces pommettes proéminentes et la mâchoire anguleuse – tout est là.

C'est elle. Yongmal. Sa femme.

Sa compagne bien-aimée, si éphémère, qui s'était, un jour, évanouie. Un songe confus – sans un au revoir, sans une trace. Cela faisait plus d'une décennie. Elle avait quitté la maison avec sa domestique, en disant qu'elle allait au marché acheter quelques douceurs pour son poney.

Certains avaient dit qu'elle s'était enfuie, pour échapper au mariage arrangé. Tout le monde dans le village savait qu'elle avait déjà essayé. Au petit matin de leur jour de noces, elle avait mis en œuvre sa première évasion : elle s'était faufilée par la fenêtre, puis par la porte de derrière, afin de s'éloigner du village avant le début de ce compagnonnage non désiré. Cette tentative avait échoué, cependant – elle était tombée dans la rivière en traversant le pont – et le mariage avait eu lieu.

Mais sa seconde disparition était différente, pense-t-il. Bien que leur relation ait été le fruit d'un accord, comme tous les mariages traditionnels, ils étaient parvenus à tomber amoureux. Calme et introverti, il avait pris goût à son audace, tandis que Yongmal, pleine d'entrain, s'était trouvée séduite par sa patience et sa douceur. Ils s'attiraient, tels les pôles opposés d'un aimant. À chaque jour qui passe, ils s'ouvraient davantage l'un à l'autre. Plus nombreux étaient ses rires à elle, ses regards de côté à lui, qui protégeaient son cœur enflammé. Et quelques secrets en commun. Le murmure de leurs conversations se muait en sourires complices. Au cours de leurs trois premiers mois de mariage, ils étaient devenus amants.

Étais-je le seul à être épris ? Étais-je à ce point aveugle ? Bien qu'il ait d'abord été convaincu de leur affection mutuelle, il n'avait cessé depuis de s'interroger.

Jusqu'à aujourd'hui.

Le premier jour de retrouvailles passe dans la stupéfaction.

Leurs têtes sont dans un nuage, tous deux abasourdis par la chance qui leur est accordée, la félicité si vive qu'elle les engourdit.

Pourtant elle doit avoir les idées claires. Elle sait que c'est à elle de raconter des histoires. Elle est obligée de combler les trous béants qui comprennent deux guerres, la Seconde Guerre mondiale et la guerre de Corée, ses dix années de disparition. Elle ne lui dira que la vérité. Reste à savoir quoi laisser de côté.

Quand le dire est un autre sujet important. Par chance, elle le connaît bien. L'une de ses particularités, qu'elle chérit plus que tout, est qu'il sait attendre. Sa patience lui est déjà familière : bien qu'il en ait eu tous les droits aux yeux de la loi et des traditions, il n'avait jamais touché sa jeune femme sans son consentement.

– C'est à toi de choisir, Yongmal, lui avait-il dit, pas à moi.

Elle sait que l'aimer, c'est finir trempée par une bruine : cela arrive au fil du temps, petit à petit. Mais au moment où elle le voit dans sa boutique, elle sent déjà l'averse.

À dire vrai, il la prend par surprise. Il est bien plus séduisant que ce qu'elle avait imaginé. Elle s'attendait à voir un vieil homme dégingandé au teint cireux. Mais il n'en est rien. C'est un homme svelte au dos droit, à la posture aussi élégante que celle d'un flamant rose. Et elle est sensible à son allure d'un autre temps : ses cheveux poivre et sel se marient bien avec le costume gris graphite. Elle aime regarder les mèches argentées de ses cheveux miroiter, chaque fois qu'il penche la tête, sous les lampes incandescentes de sa boutique. Son sourire, en revanche, n'a rien de surprenant : aussi charmant qu'il devait l'être, il s'étire de ses yeux jusqu'à sa bouche, et non l'inverse, comme chez la plupart des gens. Ayant survécu à deux guerres, elle a oublié depuis longtemps ce à quoi ressemble un sourire sincère.

C'est mon mari, murmure-t-elle encore, dans sa tête. Bien que les apparences lui importent peu lorsqu'il s'agit d'amour, elle se délecte de la beauté physique inattendue de son époux. Elle ne croit pas à sa chance : elle n'a jamais imaginé que quelqu'un qu'elle apprécie pour son esprit et sa chaleur puisse être aussi séduisant.

Pour la première fois de sa vie, elle ressent un déferlement de désir pour un homme.

Elle se demande combien de temps elle peut repousser leur première nuit – leur mariage n'a jamais été consommé. Elle ne sait pas comment lui révéler son nouveau corps. Elle ne se soucie pas trop des cicatrices, l'obscurité de la nuit les dissimulera. Sa véritable inquiétude est ailleurs : avant sa disparition, le corps de Yongmal n'avait connu aucun homme. À présent, il en a connu des milliers. La première guerre avait forcé cette initiation répétée. Comment son corps peut-il feindre l'ignorance ? Comment peut-elle désapprendre ce qu'elle a été contrainte de faire pendant des années ? Une pensée la rassure : son corps n'a jamais fait l'amour. C'est la pure vérité. Sous cet angle, elle n'a pas à prétendre quoi que ce soit : elle n'a rien à désapprendre. Sous cet angle, ce sera la première nuit, sa première nuit, fidèle à ce qu'elle signifie.

Elle observe de nouveau le visage de son mari. Elle s'est déjà attachée à ses cicatrices au-dessus du sourcil. Elle aime leur texture. Cela fait partie des quelques signes qui font qu'il est lui, pense-t-elle. Ressentirait-il la même chose à propos des siennes, s'il savait ? Elle pense que oui. Mais elle ne veut pas prendre de pari, pas encore. Elle préfère s'assurer que ses sentiments pour elle redeviendront aussi puissants et forts, avant de révéler quoi que ce soit de trop troublant.

Elle est émue qu'il ait remarqué ses chaussures. Il ne lui a fallu qu'un regard. Ce sont elles qui lui ont fait prononcer son prénom. Yongmal ! Il l'a articulé en silence, à peine audible, la voix rauque, les yeux humides. Les chaussures ont certainement été l'élément décisif. Il les avait fait faire pour elle. Il avait choisi le vélin, la couleur marron foncé. Il avait demandé que leurs bouts soient arrondis, pas pointus comme la plupart des chaussures de femmes à l'époque, afin qu'elle puisse même monter à cheval avec. Elles ne ressemblent désormais plus à rien. Usées par le temps et les guerres, leur marron luisant est devenu un moutarde piqué. Leurs talons sont quasiment des trous. Pourtant, il peut encore les voir telles qu'elles étaient, ou telles qu'elles ont toujours été. Sans surprise, son attention la touche. La touche profondément.

Paradoxalement, cette attention même peut aussi l'alarmer. Elle choisit alors de lui parler la nuit. Ils s'allongent face à face, elle a appuyé son dos contre la fenêtre, pour laisser le clair de lune frapper le visage de son mari, tandis que le sien reste immergé dans l'ombre. Ainsi, elle peut étudier ses traits, chacune de ses réactions, tandis que les siennes restent illisibles. Elle doit avant tout tester sa crédibilité. Elle décide de le faire aussitôt, directe et effrontée.

– J'ai beaucoup changé ? J'ai l'air différente ? lui demande-t-elle d'une voix aimable et posée, alors que son cœur gronde dans sa cage thoracique.

– Oui, lui répond-il doucement.

Il se rappelle, plus tôt dans la journée, avoir vu des petites choses sur son visage qui n'étaient pas là avant. De minuscules points ronds semblables à de petites cicatrices de variole. Ou à des marques de brûlure dues à la projection de braises. Il trouve la seconde explication convaincante, les bombardements infinis de la guerre à l'esprit, douloureusement frais dans sa mémoire.

Sa voix aussi est différente. Elle semble s'être adoucie. Elle a perdu un peu de sa vigueur d'antan. Et pourtant elle était adolescente quand elle a disparu. C'est une femme adulte à présent. Certains changements sont naturels et inévitables, se dit-il. Ce qui importe, c'est ce qu'il ressent pour elle. Il ressent toujours la même énergie, la même joie. L'affection est peut-être même devenue plus profonde en son absence, alors qu'il l'attendait.

– Tu es encore plus belle.

Son cœur se serre de nouveau, alors que la joie et la tristesse s'unissent pour le frapper. Elle laisse échapper un rire étrange, une sorte de gloussement d'enfant. Elle se sent heureuse, très anxieuse aussi. Mérite-t-elle ce bonheur ? Elle aime à penser que oui.

Elle apprend vite. Le Pyongyang d'après-guerre est un lieu idéal pour quelqu'un comme elle. Il y a deux ans, la ville était entièrement en ruine : les bombardements intensifs des forces américaines pendant la guerre de Corée n'avaient laissé que des fatras de structures brûlées çà et là. En l'absence de vainqueur triomphant, une impasse sanglante avait conduit à l'armistice signé entre les États-Unis et la Corée du Nord, laissant le pays coupé en deux. Les habitants de la Corée du Nord sont pleins d'espoir, cependant, grisés par l'idéologie et la propagande du parti communiste, alors en plein essor. Le Parti dit qu'ils sont prêts à s'en sortir seuls, contrairement à leurs frères du Sud déloyal, qui se sont déjà tournés vers l'aide étrangère, celle des Yankees en particulier. Les gens et les machines travaillent à l'unisson afin de faire de leur pays la plus grande nation au monde. « Le paradis des travailleurs sur Terre », c'est inscrit en rouge éclatant au-dessus de chaque entrée d'usine et de laboratoire, à l'instar des autres slogans louant le père fondateur divin de la nation, Kim Il-sung. Le Parti abreuve le peuple de déclarations et d'images contre son frère désormais ennemi ; le peuple sait, comme s'il s'agissait d'un fait établi, que les rues de Séoul sont remplies d'orphelins et de mendiants affamés, tandis que dans sa ville des merveilles, Pyongyang, un nouveau bâtiment moderne flambant neuf se construit chaque jour. Comme beaucoup d'autres, elle apprécie la ville, même si elle ne croit guère à la propagande qui domine le paysage urbain : elle connaît trop les langues étrangères, s'est trop frottée au monde pour y croire sincèrement. Mais elle n'a aucune difficulté à jouer le jeu, percevant la capitale comme un abri pour la famille stable et aimante qu'elle n'a jamais eue.

Ils vivent dans l'un des nombreux appartements harmonica de Pyongyang. Ils ressemblent aux anches de l'instrument, un ensemble de lignes droites qui se croisent à angles droits : tout pour l'efficacité, rien pour l'intimité. Tels les grains d'un épi de maïs, les logements sont séparés par des cloisons, écouter ses voisins devenant ainsi partie intégrante du quotidien, tout comme respirer l'air vicié des longs couloirs étroits, des wagons de marchandises rarement touchés par la lumière du soleil. Parfois, quand le vent nocturne s'engouffre depuis l'une des extrémités du couloir, on entend un hurlement en voix de tête, celui d'un harmonica.

À ses yeux, pourtant, c'est un foyer heureux. C'est leur endroit à eux, où le tendre mari est accueilli chaque soir par sa femme aux yeux grands ouverts. En public, c'est un taiseux. En réalité, de nombreux officiels du Parti, les principaux clients de sa boutique de tailleur, le respectent pour son savoir-faire et, plus que tout, pour sa discrétion. Chez eux, en revanche, une fois les lumières éteintes, il devient l'interlocuteur le plus charmant qui soit. Il partage avec elle sa vision honnête, parfois dangereuse, de la vie, du monde. Une nuit, il baisse la voix pour lui chuchoter à l'oreille que le vrai cinéma lui manque beaucoup.

– À l'époque, les films pouvaient s'intéresser à tout.

Il parle de films européens et même américains qu'il a vus étant jeune, l'histoire captivante de Scarlett O'Hara, de Dorothy et de son magicien, et de Metropolis, la ville souterraine imaginaire qui, ironiquement, ne semble pas si différente de leur chère capitale.

– Le bon cinéma peut transporter le spectateur sans effort dans une époque et un lieu différents, dit son mari dans un soupir nostalgique.

Quel dommage que le Parti formate chaque film pour qu'il corresponde à sa politique. Elle acquiesce à sa réflexion blasphématoire, se retenant de révéler ses propres histoires de cinéma, celles racontées par sa mère qui avait grandi à Séoul. D'habitude, elle n'a aucune difficulté à l'écouter toute la nuit. Elle adore la façon dont il parle : comme s'il écrivait, ponctuant ses phrases de mots et de métaphores que la plupart n'utilisent que rarement dans une conversation. Cela lui rappelle sa mère : une femme exceptionnelle pour son époque, cultivée et à l'élocution soignée – une collectionneuse de mots. C'est fascinant pour elle, ce que la famille signifie et qu'elle vient de découvrir – comment l'union d'un homme et d'une femme devient plus que la simple somme de deux individus.

Une famille. Il n'y a pas d'autre mot pour le décrire, songe-t-elle.

La routine. Quotidienne. Hebdomadaire. Elle l'exécrait dans son ancienne vie. À présent, c'est un ensemble de petites particules dans lesquelles elle ne se lassera jamais de respirer. En semaine, son mari revêt souvent un costume trois-pièces céruléen ou un costume croisé d'un gris soyeux, tous deux ajustés à la taille mais larges aux épaules, ce qui met en valeur sa silhouette, aussi soignée et élégante que celle d'un lévrier. En congé, il enfile sa vieille veste en tweed, ample et usée aux coudes. Elle aime sa couleur cannelle et prend plaisir à renifler la légère odeur d'essence laissée par le lavage à sec. En semaine, elle l'appelle *yeobo*, un terme d'affection qu'emploierait n'importe quelle autre épouse coréenne ; le week-end, elle l'appelle par son prénom, Young-min. Elle aime que leurs prénoms partagent les mêmes initiales, Y et M.

Son moment préféré de la journée est le crépuscule. Parfois elle attend Young-min chez eux. Le plus souvent, elle va le chercher à la boutique et le raccompagne. Elle s'est déjà liée d'amitié avec M. Shin, un tailleur sur mesure en formation, qui travaille pour son mari. M. Shin est un homme discret, grand et fin comme son époux. Son visage paraît quelque peu austère. Lorsqu'il sourit, pourtant, il ressemble à un gentil garçon de la campagne tout juste arrivé dans la grande ville, l'air naïf, facile à duper. Elle savoure le moment où elle observe les deux travailleurs dans la boutique, jusqu'à ce qu'ils la remarquent. Une fois qu'ils l'ont vue, ils s'arrêtent et sourient. Elle franchit alors la porte de verre, sentant le soleil, caramel et insouciant, lui chatouiller la nuque. Tandis que son mari et elle sortent bras dessus, bras dessous en saluant M. Shin, le visage de Young-min rayonne comme du miel, baigné dans l'or du couchant. Elle perçoit un léger pincement d'envie dans le sourire de l'employé, qui la ravit encore davantage. Bien qu'ils soient au nord, la lumière du soleil semble plus chaude. Chaque jour, ce rituel donne un sens à sa vie.

Elle a trouvé un emploi grâce à des connaissances de son époux. Elle travaille au bureau de change de Pyongyang. Ce n'est pas un travail de rêve pour les dames bien nées de la capitale, mais elle en est satisfaite, car elle peut mettre discrètement la main sur des devises étrangères et des biens haut de gamme. Sa connaissance des langues étrangères est un atout. Son bon anglais et son français correct, qu'elle a appris, enfant, auprès du missionnaire franco-canadien, lui permettent de lire et de comprendre des manuels écrits en espagnol et en italien – faisant d'elle une responsable compétente, qui peut expliquer comment conserver et apprécier les cigares cubains, comment laver les tricots italiens sans compromettre leur douceur naturelle. Même l'acquisition forcée du japonais s'avère pratique lorsqu'elle vend des téléviseurs japonais aux femmes à la mode des cadres du Parti. Et c'est ainsi qu'elle se rend compte de l'ironie de la situation : alors qu'en apparence tout ce qui est japonais est considéré comme diabolique dans leur pays autosuffisant, les produits nippons sont très demandés parmi les gens de pouvoir, qui les estiment bien supérieurs en qualité comparés aux produits chinois ou soviétiques.

Une fois par mois, son mari et elle vont à Hyesan, la ville la plus au nord, près de la frontière chinoise. C'est un voyage familial et d'affaires : ils s'y rendent pour voir la sœur de Young-min, Young-shim, qui y gère un commerce contrôlé par le Parti, au travers duquel son frère a un accès rapide aux tissus importés. Ils obtiennent des permis de voyage facilement, grâce aux liens de Young-min avec ses clients cadres du Parti, l'unique classe du pays à pouvoir se permettre de suivre la dernière mode sans craindre la persécution. Elle trouve Hyesan fascinante. Bien qu'elle n'ait nul désir de la traverser, être près de la frontière l'excite. Elle sait d'où lui vient cette exaltation : l'impression de mobilité, qu'elle soit illusoire ou non. En tant qu'ancienne experte du passage des frontières, à la fois littérales et métaphoriques, elle connaît la sensation d'évasion, la proximité de nouveaux horizons. Son lieu favori est l'étroit méandre du fleuve Yalu, la frontière naturelle qui sépare la Corée de la Chine, situé à moins de cent mètres de la maison de Young-shim. C'est un endroit où se font d'innombrables échanges, principalement entre les marchands chinois et nord-coréens. C'est un repaire de trafiquants légaux, avait dit une fois Young-min, un sourire malicieux aux lèvres. Il est choquant d'observer, même pour une femme réaliste comme elle, à quel point il est facile de se procurer des produits étrangers qui sont censés ne pas exister dans le pays, avec un peu de chance et des pots-de-vin.

Parfois, elle sort la nuit pour observer le fleuve Yalu. Sous la pleine lune, il semble mener sa propre existence. Alors que le clair de lune frappe la surface, l'eau se scinde en milliers de petits corps noirs scintillants – des carpes de jais, pour certains, ou une simple armée de serpents, ou encore une colonie de petits phoques, constamment en mouvement, tous dans la même direction. Le fleuve fredonne avec vigueur tandis qu'il suit son cours, respirant au travers de ses milliers de branchies obscures. La vue et le son lui semblent magiques. Au matin, pourtant, le soleil redonne à l'eau sa teinte verdâtre habituelle.

Elle décide que la sœur de Young-min ne l'aime pas. Young-shim est une femme raisonnable à qui rien n'échappe, dotée d'un corps épais, l'opposé de son petit frère. Elle trouve sa belle-sœur étrange et l'a déjà fait savoir. Young-shim l'a peut-être vue se faufiler dehors la nuit, pense-t-elle. Elle s'efforce de ne pas en faire toute une histoire. Leur pays est un lieu de paranoïa. C'est un sport national : se montrer suspicieux à l'égard des autres, espionner et dénoncer. Ils y sont entraînés depuis la petite enfance. Cela commence dès l'école élémentaire lors du « temps de purification de vie », autrement dit une séance d'autocritique pendant laquelle les enfants doivent se confesser de tout acte ou de toute pensée impure à l'encontre du Parti, puis rapporter tout méfait commis par leurs amis et voisins, qu'ils sont censés observer de près. Mais elle ne peut blâmer les autres, car elle-même écoute parfois aux portes les conversations de Young-shim et Young-min.

– Elle a tellement changé, a chuchoté un jour Young-shim. Comment savoir ce qu'elle a bien pu faire pendant toutes ces années ?

– Ne t'inquiète pas, ma sœur, a-t-il doucement répondu. Je connais bien ma femme. Elle n'a que de bonnes intentions.

Il a raison. Elle n'a que de bonnes intentions. Ce qu'elle a fait est pour son bien et pour celui de son mari (la seule personne importante qui aurait pu s'en soucier est déjà morte). Ils s'aiment. Ils sont heureux ensemble. Ce lien lui apporte quelque chose qu'elle n'a jamais connu auparavant : un bonheur durable. Bien que ses souvenirs d'enfance de sa mère soient emplis d'amour et de joie, ils sont ponctués par les coups de son père, figés par le temps dans une odeur de *soju* et de sang. Sa relation avec Young-min lui a appris que la vie quotidienne peut être une série de plaisirs stables, un ennui bienheureux dont on peut se plaindre d'un sourire. Toute sa vie on lui a refusé un tel bonheur. À présent elle l'a enfin mérité, et elle en savoure chaque instant. Lorsqu'il fait encore chaud, ils se promènent le long du fleuve Taedong au coucher du soleil ; en hiver, ils y patinent, la neige poudreuse réveillant les enfants qu'ils étaient ; les soirs venteux, alors que les rafales du nord s'engouffrent dans leur appartement harmonica, ils regardent des films de contrebande, américains ou sud-coréens, sous les couvertures, les mains moites et suaves de sueur ; sous ces mêmes couvertures, d'innombrables nuits, ils font l'amour.

La première nuit. Qu'elle l'a crainte et désirée. Elle s'est assuré que trois mois étaient passés – la même durée que celle de la vie que Yongmal avait menée avec lui avant sa disparition. Mais la peur l'a immobilisée deux mois de plus. Et un mois encore, en raison de sa lâcheté persistante, jusqu'à ce qu'un soir elle réalise qu'elle ne pouvait le repousser davantage. Si elle voulait mener cette vie, elle devait y faire face. Révéler son nouveau corps révélerait son passé, dont elle ne dirait que la vérité – entrecoupée de blancs et d'impasses.

Après cette nuit, elle en est venue à l'aimer plus encore. Il a laissé les blancs être des blancs. Il n'a pas remué les impasses de sa mémoire. Après l'acte, il a pleuré. Sans bruit, juste des filets de larmes ruisselant le long de ses joues. Il a attrapé ses pieds malmenés et les a étudiés d'un regard triste. Puis il les a embrassés.

– Tu te souviens quand je t'ai dit que j'en ferais faire une nouvelle paire si elles devenaient trop petites ?

Elle a acquiescé. Il est resté silencieux les jours suivants. Il l'a tenue dans ses bras, pourtant, encore plus qu'auparavant. Lorsque ses mots et sourires sont revenus, il s'est mis à l'appeler *yeobo*, ma chère épouse, et non plus par son nom.

Il lui a fallu du temps pour apprécier le sexe. « Faire l'amour », disait-elle afin de le séparer de son passé, mais cela ne fonctionnait pas toujours. L'acte semblait lui rappeler l'endroit à même la peau : le goût obscène de la jungle ; l'humidité qui s'accroche à tous vos pores, étouffante. La mémoire de cette sensation semblait ne jamais devoir s'estomper.

Pourtant, la métaphore de Yongmal a de nouveau fait mouche : on peut se mettre à apprécier certaines choses petit à petit – *c'est comme se faire tremper par une bruine.* Et une bruine constante – pas le bombardement d'averses – était exactement ce dont son corps avait besoin. Cela a commencé par de petits changements, subtils. Comme s'habituer aux mouvements des hanches. Le va-et-vient rythmé des fesses de l'homme, qu'elle n'avait jusqu'ici associé qu'à de la révulsion. Au fil du temps, avec Young-min, l'acte se libérait peu à peu de l'effroi. Cela lui a paru gênant, puis ridicule… et cocasse. Dans la douceur des murmures de son amant est né un sentiment d'intimité. Bientôt, ces mouvements réguliers lui ont semblé étrangement apaisants. À la fin de l'année, elle était capable de lâcher prise.

Elle se souvient de la première nuit de plaisir intense. C'était l'une des nombreuses nuits qu'ils passaient à Hyesan, près de la frontière. Une vision l'a réveillée – la vue enchanteresse du fleuve Yalu, palpitant sous le charme nocturne. Elle mourait d'envie de le revoir. Elle savait quoi faire : elle devait sortir ses pieds, l'un après l'autre, en silence, hors de la couverture. Au lieu de quoi, elle s'y est enfoncée plus profondément. Ses doigts ont cherché le triangle de poils laineux au-dessous de son nombril. Elle l'a doucement caressé. Il s'est réveillé. Elle a pressé sa main contre sa bouche – ils ne pouvaient pas réveiller sa sœur, qui dormait à côté avec sa fille. Dans un silence tendu, deux peaux agrippées l'une à l'autre, telles les pages reliées d'un recueil poussiéreux que personne n'ouvre, perdu dans le temps.

À présent, je le connais, et il me connaît, comme un livre ouvert – presque, pense-t-elle en souriant intérieurement. Désormais elle préfère être appelée *yeobo* plutôt que Yongmal. Jusqu'ici, les noms ont peu compté pour elle ; elle en a eu trois différents et chaque fois elle a accepté qu'on les lui impose, sans protestation. Mais Yongmal était différent. Yongmal était le premier nom à ne pas lui avoir été donné – elle l'avait pris. Elle rêvait de le posséder ;

elle rêvait de le devenir. Maintenant qu'elle y est parvenue, pourtant, elle commence à lui en vouloir un peu. Elle commence à se sentir prise au piège, comme si l'amour qu'elle mérite était divisé entre qui elle est et l'ombre qu'elle a elle-même créée.

Elle se demande ce qu'il sait réellement. Ils n'ont fait l'amour que dans le noir, il n'a donc pas pu voir clairement les cicatrices, mais il a dû les sentir. Elle lui a dit toute la vérité à propos du commencement : qu'elles ont été enlevées par des Japonais dans la rue du marché. Elle lui a ensuite donné une version légèrement altérée, simplifiée, de l'histoire, qui n'est pas entièrement un mensonge : qu'elles ont été emmenées dans un camp de travail au Japon, où chaque jour elles étaient forcées d'effectuer des tâches physiques, qui ont fini par ôter la vie à d'innombrables captives, dont Mija, sa domestique, et qu'un petit nombre de survivantes ont été libérées, renvoyées dans leur pays natal par les soldats américains. L'endroit n'est pas falsifié, argumente-t-elle en elle-même. La Station se trouvait à Semarang, en Indonésie, mais une grande partie de l'Asie du Sud-Est était gouvernée par le Japon impérial, donc pourquoi ne pas l'appeler Japon ? Il en va de même pour la nature de leur travail. Ce sont les détails qu'elle a laissés de côté. « Une blessure encore trop grande pour être touchée » – c'est ce qu'elle lui a donné, des paroles remises à plus tard. Il a paru l'accepter sans le moindre doute, comme l'homme patient et tendre qu'il est. Je suis en sécurité à présent, se dit-elle. Personne ne peut l'accuser de bluffer : ceux qui auraient été les plus difficiles à convaincre, les parents, sont décédés entre les guerres. Elle a déjà gagné – ou regagné, du point de vue de Yongmal – la partie la plus importante du jeu : la confiance de son mari.

Elle se demande quand cela a vraiment commencé, ce jeu de sa part.

Ce n'est pas quand elle est entrée dans la boutique de Young-min. Cela a commencé quand son nom était encore Kaiyo.

Kaiyo était son nom quand elle a rencontré Yongmal. On avait aussi donné à Yongmal un nouveau nom, Anzu, mais elle refusait de l'utiliser. La graine était plantée, peut-être, depuis le tout début, quand les autres femmes de réconfort de la Station se sont mises à les appeler, Yongmal et elle, les sœurs d'os. Elles faisaient à peu près la même taille, plutôt grandes pour des adolescentes, fines mais d'une carrure large. Les filles disaient qu'elles riaient toutes les deux avec leurs épaules – elles les faisaient monter et descendre au rythme saccadé de leurs éclats de rire. Plus important encore, elles partageaient les mêmes mâchoires et les pommettes tenaces, qui deviendraient plus tard un symbole de leur entêtement – une cible pour de nombreux coups. Ce n'était pas étonnant que Jobasan, à moins d'un mètre d'elle, l'ait appelée « Anzu ! », que Kaneda, l'officier japonais qui torturait Yongmal, se soit mis, après la mort de celle-ci, à venir la voir dans sa cellule.

Elle adorait Yongmal. Yongmal lui avait sauvé la vie. Plus d'une fois, et de nombreuses façons. Ses histoires lui ont appris qu'il restait encore de la beauté dans ce monde : quelque chose qui valait la peine de vivre, et pas seulement de survivre. Elle a aussi appris que certaines voix ne pouvaient se taire, préférant mourir plutôt que d'être réduites au silence – ce que Yongmal avait fini par choisir. D'une certaine façon, elle avait la sensation de l'avoir connue mieux que personne, car elles avaient passé ces dernières années ensemble à se murmurer des histoires. Au sein de la Station, Yongmal était leur sage et elle, leur scribe enthousiaste. Dévouée à son rôle, elle s'est efforcée de graver chaque lubie du conte dans sa mémoire. C'est ainsi que Kaiyo a survécu : immergée dans le passé de Yongmal, rêvant d'être à sa place.

Pourtant, même quand elle a pris les chaussures de Yongmal, l'idée ne s'était pas encore emparée d'elle. Avant de mourir, Yongmal avait donné ses fameuses chaussures sur mesure, le cadeau de mariage que lui avait fait son mari aimant, à sa jeune amie, Mija. Et lorsque celle-ci a perdu la vie pendant le raid aérien, Kaiyo les a enfilées. Elle voulait simplement un souvenir. L'idée s'est mise à germer en elle au cours de la deuxième guerre lancée sur son chemin, alors que tout autour d'elle n'était de nouveau plus que soufre et flammes. Elle cherchait une lueur d'espoir, mais il lui fallait quelque chose de plus puissant cette fois. Elle s'est promis de partir en quête du plus grand bonheur qu'elle ait jamais connu, même si cela impliquait pour elle de vivre par procuration. *J'ai pris ses chaussures – pourquoi pas sa vie ?* Dans ce jeu, pensait-elle, si l'on joue bien, personne ne sera blessé et tout le monde sera gagnant. Elle voulait y voir un ultime cadeau de Yongmal.

Pourtant, à présent, elle s'interroge : vais-je partager ce bonheur avec son ombre – toute ma vie ?

Auparavant, elle était heureuse de sentir qu'une partie de Yongmal, même longtemps après sa mort, vivait toujours en elle, comme un enfant qu'on aurait échangé. Maintenant qu'elle a gagné l'amour qu'elle a tant désiré, ce qu'elle a vu comme une bénédiction commence à lui peser, tel un squelette de plus.

C'est l'histoire d'un grain de beauté.

À peu près de la taille d'un petit pois, d'une teinte aubergine clair. Il se souvient encore de la sensation sous ses doigts : rebondi et ferme quand on le pressait, et pourtant si enclin à s'assouplir sous la caresse. Une singularité qui lui fera toujours penser à elle.

Aussi, quand la lumière s'éteint et que les vêtements glissent au sol, ses doigts tentent de retrouver le chemin jusqu'à ce repère. Ses mains se rappellent clairement ce que sa tête trouve brumeux. Ellcs glissent et se précipitent derrière le ravin entre ses omoplates, ses petits seins boudeurs – elles ne s'arrêtent pas, ni ne reculent, sur le relief des cicatrices, un tourbillon de papier de verre déployé autour de son nombril – et viennent enfin flâner du côté droit de son pubis. Pour être exact, l'endroit où le bas de l'os rencontre le pli qui, si on le suit plus avant, mène à sa toison duveteuse. C'est là que se trouve son charmant grain de beauté.

Mais il n'est pas là.

Incrédule, il replie ses mains sur le côté gauche, fouinant dans ce périmètre en quête d'un signe de la minuscule bosse. Mais il échoue encore.

Il se demande s'il a été à ce point aveugle.

Il connaît déjà la réponse.

Elle était la même, mais différente. La même forme de visage, d'épaules, les mêmes rires, la finesse d'esprit familière. Pourtant, elle était étrangement timide : il l'avait vue l'observer, voire rougir parfois ce faisant. Elle ne le quittait pas des yeux lorsqu'il portait son costume occidental, une dent de devant ébréchée sortant de ses lèvres entrouvertes, comme si elle ne l'avait jamais vu vêtu ainsi. Néanmoins, dans son esprit, seul le temps était coupable. On dit qu'une décennie peut changer une montagne et une rivière, se disait-il pour se raisonner. En réalité, cette nouvelle facette d'elle est plutôt charmante. Il la trouve aussi plus belle. Il aime sa peau plus sombre et plus brillante, aguerrie par le soleil. Il aime son sourire, enfantin et confiant, et son visage inondé de joie lorsqu'elle entre dans la boutique. Son énergie semble contagieuse : même le réticent M. Shin, pris au dépourvu, cueille ce sourire pour l'arborer à son tour. Le petit pincement de jalousie qu'il ressent le surprend, mais l'excite aussi.

Elle écoute davantage. Auparavant, en dépit de sa jeunesse, Yongmal parlait bien plus qu'elle n'écoutait, souvent désireuse de mener la conversation dans la direction de son choix. Il lui remettait volontiers les clés et laissait ses pensées dériver dans le courant, bercé par le goût pour l'hyperbole et la désarmante honnêteté de sa femme. Depuis son retour, en revanche, elle n'a pas beaucoup parlé d'elle. Elle semble préférer écouter les innombrables récits de sa vie banale, les diverses listes de ses désirs au présent et au passé – les accès de nostalgie d'un vieil homme peut-être, ou une humble révolte à travers laquelle on s'efforce de trouver du sens dans un monde absurde.

Parfois, au cours d'une conversation murmurée, il surprend un éclat ardent dans ses yeux : ils deviennent plus grands, puis clignent deux fois, rapides et assurés. Il peut sentir qu'elle meurt d'envie de dire quelque chose. Mais elle se retient, toujours. Il veut la supplier de s'en défaire, de le laisser partager avec elle le fardeau. Il n'ose pas. Il craint de l'effrayer, d'ajouter un poids à son esprit déjà meurtri. Il ne peut se permettre de la perdre de nouveau. Il ne se le pardonnerait pas. Il doit donc attendre. Jusqu'à ce qu'elle prenne elle-même la décision. Et quelle que soit la vérité qu'elle choisira de dire, quel que soit le moment où elle choisira d'en parler, il est prêt à l'accueillir ainsi. Sans question, sans condition. C'est ce qu'il a toujours pensé en son absence : que rien d'autre ne compterait, tant qu'elle revenait, vivante.

Que ferait-elle si elle savait qu'il savait ? Peut-être s'en doute-t-elle au fond, tout en étant trop effrayée pour l'admettre. Il connaît le doux réconfort du déni, la tentation de différer toute confrontation avec la réalité. Il sait, vaguement, ce à quoi étaient destinées ces jeunes filles enlevées – c'est la raison pour laquelle le père de Yongmal l'avait mariée à la hâte – car, pour une raison ou pour une autre, les rumeurs survivaient alors que les filles, elles, n'en revenaient jamais. Aucune n'avait été suffisamment chanceuse pour s'enfuir et rentrer, pour répandre la vérité viscérale de ce qu'avait subi leur corps. Même si elles étaient revenues, il devine qu'elles n'auraient jamais osé l'exposer en public. Leur propre société, leur patrie coréenne, les aurait réduites au silence, les qualifiant de prostituées. Ce récit, bien moins blessant pour leur fierté mesquine, leur aurait permis de ne pas regarder la réalité en face : l'échec de la patrie à protéger les siens. Sans victime, pas de crime. Il n'en ignore rien.

Ce qu'il n'a pas vu venir, toutefois, c'est la possibilité qu'elle ne soit plus qui elle était, littéralement.

Il y a eu un autre signe infaillible, avant l'absence du grain de beauté.

Et il l'a volontiers ignoré.

Il a su les reconnaître, même en lambeaux – les chaussures en cuir qu'il avait fait faire pour Yongmal. Il les avait dessinées, pratiques et esthétiques, pour lui faire plaisir, pour répondre à ses besoins d'adolescente. Il avait choisi ce vélin coûteux pour lui offrir la meilleure qualité. Il avait opté pour une teinte marron, se doutant qu'elle rejeterait tout mélange de couleurs tape-à-l'œil, trop petite fille à son goût. Il les avait voulues sans talons et rondes afin qu'elle puisse monter à cheval, marcher avec son poney dans les bois.

Et il les avait choisies pour qu'elles lui aillent parfaitement. Comme elle était encore jeune, ses pieds pourraient grandir un peu, réduisant les précieuses chaussures à un ensemble de lanières de cuir inutile. Mais c'était précisément la raison pour laquelle il avait offert ce cadeau de mariage à Yongmal : il voulait qu'elle sache qu'il serait toujours là, grandissant et changeant avec elle, pour l'aider à chaque étape de sa vie d'adulte.

– Je serai heureux de te faire faire une nouvelle paire si elles deviennent trop petites, lui avait-il dit, et les yeux de son épouse rayonnaient de joie.

Aussi, lorsqu'il a posé le regard sur les chaussures usées jusqu'à la corde, il s'est senti plus heureux que triste. Il s'est mis à imaginer une nouvelle paire de bottines : quelque chose de simple, soigné mais solide, d'un cuir noir souple, qu'elle pourrait porter chaque jour pour travailler et se promener avec lui le long du fleuve Taedong. Par ce cadeau, il voulait lui dire qu'ils prenaient un nouveau départ, et que le passé n'importait pas.

Il voulait que ce soit une surprise. Il a donc attendu qu'elle semble profondément endormie, le corps recroquevillé comme un fœtus. Il s'est accroupi, a soulevé prudemment un coin de la couverture, puis a placé son mètre près de son pied droit. Il a alors remarqué un changement – qui n'était pas inattendu. La pointure dont il se souvenait avait changé. Mais il n'avait pas prévu qu'elle diminuerait d'une taille et demie, et non l'inverse.

Il a vérifié à trois reprises, le cœur battant tel un train de nuit, froid et lourd.

L'une des choses qu'il a apprises durant sa carrière, en travaillant aux côtés d'autres tailleurs et cordonniers, c'est que le pied de quelqu'un de si jeune peut grandir, mais jamais rapetisser.

À présent, le grain de beauté.

Son esprit ne parvient pas à élaborer une autre explication.

Il regarde de nouveau ses pieds. Ils semblent aussi fatigués que les chaussures de Yongmal, qui ont survécu à la guerre, mais ils ont trois ongles de moins. Il avait d'abord pensé que c'était dû à la croissance de ses pieds, sa douce insistance à porter le témoignage de leur amour. Et l'amour, pour lui, ne peut être compromis. En revanche, sa mémoire peut l'être, si nécessaire. Il s'était convaincu que son esprit grisonnant avait probablement mémorisé un nombre erroné. Si une pointure ne peut rapetisser, la mémoire d'un vieil homme, elle, peut s'embrouiller. Cet arrangement avec lui-même ne semble plus fonctionner puisque, de nouveau, ses doigts se rappellent clairement ce que sa tête trouve brumeux.

Qui est cette femme ? demande sa tête, quand le reste de son corps la connaît si intimement. Finalement, il la connaît depuis plus longtemps qu'il n'a connu Yongmal.

C'est certainement quelqu'un qui a été très proche d'elle, pense-t-il, pour connaître toutes ces histoires sur sa vie, sur leur mariage.

Mais pas suffisamment proche pour connaître le grain de beauté. Un secret rien qu'à eux.

Après leur première nuit, avant que Yongmal ne se faufile hors de la chambre de Young-min, elle avait murmuré que cela devrait rester un secret entre eux deux. Elle l'avait fait promettre.

C'était un mois après leur mariage. Le jour où ils avaient longuement marché dans le bosquet de bouleaux. Ils envisagèrent l'avenir. Elle lui raconta ses chevauchées à cheval. Il lui parla d'une vie à Pyongyang. Elle écouta avec un enthousiasme féroce pour la première fois. Leurs regards se posaient l'un sur l'autre, encore et encore. Il eut envie de lui prendre la main.

Cette nuit-là, Yongmal vint à lui. Malgré la lueur vacillante de la lampe à pétrole à son chevet, tout était plongé dans l'obscurité. Même les criquets avaient cessé de striduler. Le silence nocturne n'était ponctué que par le bruissement des feuilles d'automne et de langoureux *hou-hou.*

Elle lui fit signe de rester silencieux, d'abord en posant doucement l'index sur ses propres lèvres, puis la main sur sa bouche à lui. La pression salée de la paume de Yongmal sur ses lèvres – un geste si plaisant qu'il en oublia de respirer.

Il n'était, bien sûr, pas étranger à un corps de femme. Il savait comment s'y prendre, comment partager le plaisir. Il avait presque le double de son âge. Pourtant, l'aplomb de son épouse le rendit timide et nerveux tel un adolescent. Ses mains tremblaient. Il vit les siennes s'approcher de la lampe à pétrole. Mais au lieu d'éteindre, Yongmal orienta la lumière vers eux. Les yeux brillant d'une audace curieuse et déterminée, la tête légèrement penchée sur la droite, elle était semblable à un animal innocent, attentif. Elle tâta, parcourut de ses yeux ronds son visage et son torse nu. Puis elle passa les doigts, avec une terrible lenteur, dans ses cheveux luisant de sueur. Cela ne dura pas longtemps, comme s'il faisait l'amour pour la première fois.

Elle s'en fichait. Elle n'aimait pas beaucoup le va-et-vient. Ils passèrent bien plus de temps à étudier et à caresser le corps de l'autre, à l'instar d'adolescents amoureux.

– On devrait refaire ça, murmura Yongmal avant de sortir dans la pénombre de la nuit.

Et c'est ce qu'ils firent. Presque chaque nuit.

Bien que mariés et amoureux, ils conservèrent leurs chambres respectives. Yongmal le souhaitait. Chaque nuit, elle se faufilait dans sa chambre, tel un cambrioleur. Il ne lui demanda jamais pourquoi. Peut-être était-ce dû à sa réserve adolescente. Ou bien était-ce un acte de défiance, feignant l'indifférence à l'égard de l'arrangement conclu par son père. Peut-être aimait-elle simplement l'excitation du secret, de leurs rendez-vous clandestins.

Yongmal était ainsi, imprévisible et rusée.

Qui est-elle ?

Il lève la tête et se tourne vers la femme devant lui.

Une étrangère intime, qu'il connaît et ne connaît pas.

Une fille aux pieds meurtris et aux reins balafrés. Avec une dent de devant ébréchée. L'arête de son nez saupoudrée de minuscules traces de brûlure.

Un sourire d'enfant.

Peux-tu prendre le risque de la perdre ?

Il pleure en silence. Puis il embrasse ses pieds.

– Tu te souviens quand je t'ai dit que je t'en ferais faire une nouvelle paire si elles devenaient trop petites ? lui demande-t-il.

Elle acquiesce.

Il réalise que la tromperie, comme l'amour, est un acte qui se joue à deux. Pas de duperie sans dupe. Comme il désirait croire – si ardemment, si désespérément.

Il sait ce qu'il va faire.

Ce qu'il sait faire le mieux – ce qu'il a toujours fait, et fera toujours.

Il attendra.

LA SIXIÈME VIE

L'espionne qui écrit en jaune
2005

– Alors, comment devient-on une espionne ? demande M. Park de sa voix monotone.

Je souris, amusée par son ton de philosophe ou de poète. Une fois de plus, je m'émerveille de son calme, qualité que j'ai appris à apprécier au fil du temps. Bien qu'il m'ait déjà posé la même question à une dizaine de reprises, il parvient toujours à donner l'impression que c'est la première fois. Le secret repose probablement dans la formulation : c'est un homme peu bavard, mais dont le vocabulaire est riche. Il n'aime pas utiliser les mêmes mots encore et encore lorsqu'il parle d'une même idée. Cela m'amuse, car cela me rappelle quelqu'un que toi et moi aimons tant.

– De la même façon qu'on devient mère, monsieur Park, dis-je sans cesser de sourire.

Un silence, glissant comme de la glace, découpe l'air entre nous deux.

Mon sourire s'efface tandis que je lis son visage. J'ai appris à être illisible, mais ces trois mois d'observation se sont avérés précieux. Je vois les muscles de ses mâchoires se tendre brièvement près de ses oreilles, les veines de ses tempes s'éveiller. Son index tapote doucement le bureau – une fois, deux fois.

Il pense que je le fais encore marcher. Ce n'est pas le cas. Je choisis la meilleure métaphore possible. Qu'il ne saisisse pas m'attriste. Mais je suis suffisamment intelligente pour suivre son mouvement et connaître mes limites.

– C'est juste une figure de style, monsieur Park. Ce n'est pas pour vous contrarier. Et si vous voulez la version conventionnelle de cette réponse, vous l'avez déjà entendue d'innombrables fois.

Un léger soupir lui échappe – ce n'est pas mauvais signe.

– Vous savez comment ça marche, madame Choi. Racontez-moi encore.

« Racontez-moi encore » ?

Ça a été ta phrase préférée tout un temps, après l'année consacrée au « Pourquoi ? ».

Tu me demandais de te raconter les mêmes histoires encore et encore, même si tu en connaissais les moindres détails, chaque boulon de leurs structures narratives, chaque virgule et chaque soupir, simplement parce que c'étaient tes préférées. C'était une forme de divertissement pour toi, et un rude exercice de patience pour moi. Et cela devenait plus difficile à chaque fois, car tu ne manquais jamais de me poser une nouvelle question pour m'embêter : « Pourquoi la femme de Nolbu a frappé Heungbu avec une palette de riz ? Pourquoi pas un panier en osier, ou une canne ? », « Une pie ou un pigeon ne peuvent pas aider ? Pourquoi est-ce que ça doit être une hirondelle ? », « Pourquoi est-ce que le dirigeant suprême n'a pas nourri Heungbu quand il avait si faim ? Il nous nourrit toujours, n'est-ce pas ? ».

Au début, ces échanges étaient fascinants puis, au bout de quelques mois, exaspérants. Parfois j'étais terrifiée, car je savais que dans notre société la voie qui mène au peloton d'exécution est pavée d'interrogations.

Les questions. Oh, tu les aimais tant. Dès que tu as su aligner deux mots pour former une phrase, tu t'es mise à nous questionner. Et tu n'as jamais cessé jusqu'à l'adolescence. Tu t'es ensuite davantage tournée vers tes camarades, les considérant sans doute comme une source d'information plus avertie, plus dans l'air du temps.

On dit que chaque mère trouve que son enfant est un génie, mais qu'elle ou lui finit par se révéler un enfant normal. J'étais différente : je n'ai jamais pensé que tu étais un génie. Mais je te savais bien plus intelligente que la plupart.

Quels enfants de trois ans posent des questions sur la mort ?

Un jour, tu nous as demandé pourquoi tu n'avais pas de grands-parents.

– Geumjoo a deux grands-pères, pourquoi est-ce que j'en ai zéro ? as-tu ronchonné.

J'ai répondu qu'ils étaient décédés. Cela nous a entraînées dans un questionnement en boucle, interminable.

– C'est quoi, « décédés » ?

– Ça veut dire qu'ils sont morts.

– Qu'est-ce que ça veut dire, « ils sont morts ? »

– Personne ne sait vraiment, Mihee.

– Pourquoi ?

Je n'aurais pas dû utiliser cette vieille expression coréenne, « monter au ciel », l'euphémisme de la mort. Ils l'avaient bannie, car ils lui avaient trouvé une connotation religieuse et, bien sûr, la religion n'avait aucune place dans notre société. Je recourais toujours à cette métaphore, pourtant. Je pensais que, pour ton jeune esprit, cela rendrait l'idée de la mort plus facile à saisir.

Quelques mois plus tard, tu as vu ton premier avion de près. Nous passions près de la porte de l'aérodrome de Hyesan. C'était bien avant le début de la fin et il y avait encore quelques avions qui allaient et venaient. Tu as d'abord remarqué le bruit. Le grondement d'un tonnerre lointain t'a immédiatement mise en alerte – tu as baissé la tête, serré ma main. La seconde d'après, nous nous tenions sous un engin colossal, observant son bas-ventre lisse et gris se hisser de plus en plus haut dans le ciel, jusqu'à ce que le reflet du soleil sur sa queue disparaisse dans une mer de nuages. Fascinée, tu es restée immobile un moment, bien après la disparition de la traînée blanche de l'avion.

Le reste de la journée, tu es restée tranquille – une tranquillité inhabituelle.

Le soir, lorsque je t'ai bordée, tu as posé une nouvelle question, tes doigts cramponnés au bord de la couverture.

– Maman, tu as dit que mon grand-père était monté au ciel, c'est ça ?

– Oui. Tous tes grands-parents, en fait. Avant que tu sois née.

– Un avion peut voler haut dans le ciel.

– Oui, comme tu l'as vu aujourd'hui.

– Alors si je prends un jour l'avion, je pourrai retrouver mon grand-père là-bas ?

– Vous savez, je n'ai jamais sauté d'un avion en plein vol ou d'un bâtiment en feu. Contrairement à ce que les gens imaginent, l'aptitude physique n'est pas vraiment la priorité. Ce n'est pas comme ça que la plupart d'entre nous commencent, dis-je à M. Park.

– Alors par quoi commencez-vous ? Quel est l'élément déterminant ?

– Les langues.

M. Park penche la tête, juste un peu, à droite. Cela signifie que je dois poursuivre.

– Le point de départ classique est l'université des langues étrangères de Pyongyang. Ils y sélectionnent les étudiants les plus brillants, ceux qui excellent en langues. Ils mènent une enquête approfondie sur leurs origines. Les gamins doivent être issus de familles de la haute société, dont la plupart des membres sont encore vivants, afin d'éviter qu'ils ne soient tentés de passer à l'ennemi pendant qu'ils travaillent là-bas.

– Mais ce n'était pas votre cas. Vous n'êtes jamais allée à l'université.

– Bien sûr que non. J'étais une marginale. Toujours.

« Marginale ». Je remarque que j'ai prononcé le mot avec une fierté feinte.

Ses yeux se sont détournés. Ils dérivent pour se poser près du coin droit de la pièce, tacheté de moisi. Son visage reste sans expression. Cette fois, je ne parviens pas à le déchiffrer. J'ignore s'il réfléchit intensément, ou s'il s'ennuie.

– Quand je suis revenue au Nord, continué-je, j'étais très heureuse de retrouver mon mari, que je n'avais pas vu depuis une décennie. Ça a été la plus belle période de ma vie. Vivre avec lui à Pyongyang. L'économie allait bien, à l'époque. Les enfants dans la rue avaient encore les joues roses et le corps potelé.

Malgré moi, mes yeux s'embuent. Mon incapacité à me maîtriser m'irrite. Je serre les poings sous la table. Mes ongles s'enfoncent dans mes paumes, laissant de minuscules croissants de lune. Une légère douleur pour me réancrer ici et maintenant.

Cela semble réveiller également M. Park. Bien qu'il reste silencieux, ses yeux le trahissent : ses pupilles s'assombrissent et s'arrondissent, comme celles d'un chat la nuit.

– J'imagine que nous étions trop heureux, et donc un peu stupides. Trop de bonheur peut faire ça. On se détend, on baisse sa garde. Avec le recul, ça aurait été étrange qu'ils ne se méfient pas de moi dès le début. Comment ai-je pu être si aveugle ? Une femme qui réapparaît comme ça après dix ans d'absence ?

– Qu'est-ce qu'ils ont trouvé de plus suspect chez vous ?

Le ton est sec. M. Park connaît déjà la réponse. Il veut acheminer la conversation plus vite vers sa destination.

– Les langues, bien sûr.

– C'est-à-dire ?

– Je connais l'anglais. Je le parlais déjà couramment.

– Avant, vous ne pouviez pas.

– Non, pas du tout. Et aussi le japonais. Même si je connaissais un peu cette langue avant, quand je suis revenue je savais le lire et le parler parfaitement.

– Comment ont-ils découvert vos nouveaux talents linguistiques ?

– J'imagine que c'est à cause de ma vanité. Je travaillais au bureau de change de Pyongyang, où les gens bien nés peuvent acheter légalement des produits étrangers. Je traduisais souvent les modes d'emploi en coréen pour les clients. Je pensais les aider tout en affichant mes compétences de façon inoffensive. Certains d'entre eux ont dû le rapporter à Bowibu. J'admets avoir été naïve. Ou complètement stupide.

L'aéroport. L'endroit où tu as vu ton premier avion. C'est aussi l'endroit qui a tué ta naïveté. Tu n'as plus été une enfant après ça.

À l'aérodrome de Hyesan tu as vu ta première exécution publique. Tu avais tout juste onze ans.

Ils s'assuraient que chaque enfant y assistait tôt. C'était leur méthode éducative préférée, conçue pour inspirer la peur et l'obéissance.

C'était étrange de voir la mort au soleil. La lumière du jour vive et forte, comme le haut-parleur de propagande.

Il y avait deux jeunes hommes, leur tête, leur torse et leurs chevilles attachés à un poteau en bois. Leurs yeux étaient couverts. L'un d'eux avait été arrêté pour avoir regardé de la pornographie tournée en Amérique, l'autre un film romantique, introduit en contrebande via la Corée du Sud. Tous deux étaient condamnés à mort.

Ils ont tiré trois fois, chaque tir visant à briser les cordes retenant les corps aux poteaux. Au premier tir, les têtes ont explosé. Le deuxième a fait s'agenouiller les corps, comme s'ils demandaient pardon. Le troisième les a plaqués au sol. Cela a été rapide. De fines gouttes roses flottaient encore autour des poteaux en bois zébrés de sang chaud.

Dans un monde sain d'esprit, j'aurais couvert tes yeux.

Deux mois plus tard, tu as eu onze ans. Tu nous as annoncé le cadeau que tu souhaitais. Un vélo.

– Rien d'autre, as-tu dit.

Nous t'avons offert une paire de mocassins rouge brillant à la place. Tu étais furieuse.

– Tu sais à quel point c'est rare ? a dit papa.

– Les autres filles de ton âge mourraient pour avoir des chaussures comme ça, ai-je ajouté.

Nous n'avons pas pris la peine de te dire la vérité, que les filles n'avaient pas le droit de faire du vélo. Nous avions l'impression que tu le savais déjà, et que c'était précisément la raison pour laquelle tu avais tant insisté pour avoir ce cadeau en particulier. Le monde autour de nous considérait que le corps d'une fille sur un vélo relevait de l'impudence – ses cuisses ouvertes, chevauchant la selle comme un garçon de ferme sur un cheval, tandis que son petit derrière se dandine de chaque côté pour pédaler. Une vision horrible et obscène, disait-on.

Tu en as quand même fait. Tu partais en douce sur le vieux vélo japonais de ton père, qui était encore beaucoup trop grand pour toi. Tu es tombée au bord du fleuve Yalu et tu as failli te casser la clavicule. Papa et moi savions que nous ne pouvions pas t'arrêter. Nous avons donc fini par t'acheter le petit vélo que tu voulais. Nous t'avons fait promettre de ne pas en faire en présence d'autres gens.

Mais tu l'as fait. Les gens t'ont vue sur ce vélo et ont commencé à parler. Certains garçons t'ont insultée. Plusieurs personnes âgées t'ont crié dessus alors que tu slalomais à côté d'elles dans la rue principale. Ton institutrice m'a convoquée pour un sermon, empli de son haleine aigre :

– Ça va déchirer son derrière ! Ne laissez par votre fille perdre sa virginité sur une selle de vélo !

La scène de l'exécution publique a eu un étrange effet sur ton esprit. Un effet secondaire qu'ils n'avaient pas recherché. Tu as commencé à vouloir un bout de ce pour quoi ces jeunes hommes avaient risqué leur vie. Par chance, tu étais maligne. Tu connaissais tes faiblesses et tu savais quand reculer. Je te l'avais appris.

Papa et moi savions que tu irais te frotter à l'interdit. Des choses bien plus risquées qu'une virée à vélo – qui était socialement taboue mais pas passible d'une peine criminelle. Si nous t'avions simplement demandé de ne pas le faire, tu t'en serais moquée. J'ai dû te dire de ne pas te faire prendre. Je t'ai appris à faire semblant et à duper, le savoir-faire que j'avais acquis en survivant à deux guerres.

L'une des premières choses que je t'ai enseignées a été de raconter des histoires. À l'école, intelligente comme tu étais, tu excellais dans tous les domaines, sauf un : la purification de vie. C'était la séance hebdomadaire d'autocritique, durant laquelle tous devaient confesser à tour de rôle les péchés qu'ils avaient commis contre le Parti – toute déviance mentale, comportementale ou verbale contrevenant aux idéaux du dirigeant suprême. Cela commençait à l'école primaire, il s'agissait d'entraîner les enfants à s'espionner les uns les autres, mais aussi à se surveiller eux-mêmes. Le Parti parlait d'« introspection » quand le reste du monde aurait appelé cela de l'« autosurveillance ». « Barbant » : tel a été ton choix.

– Maman, la maîtresse me force à me confesser même quand il n'y a rien à confesser ! Ensuite elle se fâche contre moi, me hurle que je suis justement en train de pécher en mentant, en ne disant pas la vérité !

– L'art de raconter des histoires, t'ai-je répondu. Imagine que c'est le nom du cours, Mihee.

L'astuce a fonctionné pour toi, car tu étais une lectrice zélée, passionnée de fiction. Cela a été un travail délicat d'inventer des histoires pour la séance d'autocritique. Il faut inventer des petits méfaits crédibles et suffisamment graves pour être confessés, mais suffisamment innocents pour éviter d'être puni sévèrement ou d'être inscrit sur la liste noire. Tu as vite appris. Tu es devenue une machine à raconter des histoires. « Ce matin, avant de partir à l'école, j'étais encore endormie et j'ai oublié de m'incliner devant les portraits sacrés de notre grand dirigeant et du cher dirigeant. S'il vous plaît, pardonnez-moi ce pitoyable laisser-aller. Quand nous avons appris la doctrine du Juche de notre grand dirigeant en cours d'histoire, j'ai réalisé que j'avais commis un crime l'autre jour en échangeant mon stylo contre l'effaceur du camarade Young-hye, et maintenant je suis morte de honte, car je pratique sans le vouloir le vil capitalisme yankee. Quand j'ai reçu des bougies et de nouveaux vêtements le jour de l'anniversaire de notre dirigeant suprême, j'étais si heureuse que j'ai embrassé mon papa et lui ai dit "merci", en oubliant que ces cadeaux sont en réalité ceux de notre dirigeant respecté, pas de mon père ! »

Je t'ai aussi appris à pleurer. En grandissant, les enfants devaient faire preuve de plus en plus d'enthousiasme lors des séances d'autopurification. Cela finissait parfois en transe collective, avec force hoquets et gémissements. Les élèves commençaient par verser de petites larmes de culpabilité, puis étaient pris de gros sanglots, qui les conduisaient à s'agenouiller et à balancer le torse d'avant en arrière, les poings cognant le sol. Pour toi, élaborer une histoire était une chose, simuler des pleurs en était une autre.

– Comment est-ce que je peux pleurer de culpabilité, maman, alors que je n'en ressens aucune ?

Un vendredi sur deux tu revenais frustrée et furieuse, une tentative de pleurs manquée encore douloureuse dans la voix. Mais je t'en savais capable Tu avais besoin d'un autre carburant. Je t'ai dit d'utiliser ta colère.

– Pense aux gens qui te mettent en colère – par exemple cette petite brute qui a envoyé un caillou sur ton vélo, t'a fait tomber puis t'a traitée de petite conne gâtée. Transforme ce sentiment explosif en larmes, ma chérie.

Je t'ai aussi proposé une astuce physiologique au cas où la psychologie échouerait.

– Baisse la tête et couvre tes yeux comme si tu pleurais, mais garde tes yeux grands ouverts, sans cligner. Au bout d'une minute, ils vont commencer à piquer, puis à brûler, et ils vont finir par larmoyer, que tu le veuilles ou non. Une fois la première tournée de larmes passée, le reste n'aura plus qu'à couler. Tu verras.

Le cours de pleurs s'est avéré utile, surtout plus tard, lorsque le dirigeant suprême, que les gens avaient tacitement considéré comme immortel, est finalement mort. La nation entière s'est effondrée sous le coup d'une hystérie apocalyptique. Les gens s'amassaient devant les immenses statues de bronze de Kim Il-sung, aussi hautes qu'un immeuble à quatre étages, afin de verser toutes les larmes de leur corps. Le trottoir en bitume était en ébullition sous le soleil de juillet et la chaleur mordante de millions d'individus agités par le chagrin. D'innombrables personnes se sont évanouies. Certaines sont mortes. Pendant ce temps, le conseil formé par l'*inminban* gardait tout le monde à l'œil. Le *banjang*, surveillant chaque classe et chaque unité de travail, comptait les fois où ses membres venaient pleurer en public, et notait comment ils pleuraient. Ne pas réussir à pleurer revenait à jouer avec la mort.

Maintenant j'écris ce journal, ou cette lettre si tu préfères, en jaune. La semaine dernière, c'était en violet. La semaine précédente, en rouge. Quand je me suis plainte du rouge auprès de M. Park, déclarant que j'en avais marre de voir des textes en rouge, il a compris et m'a donné un stylo violet à la place. Je me suis encore plainte, demandant à en avoir un noir, un normal. Il m'a alors dit, de son ton monocorde, que le violet est une couleur noble, un symbole de royauté.

– Vous savez, il y a longtemps, les teintures violettes naturelles étaient si rares que seul un petit nombre de gens, ceux de la haute société, pouvaient les utiliser.

Il a ajouté que cette exclusivité, ayant persisté au fil du temps, avait fait du violet un emblème du sang bleu. J'aimais son histoire – ce que je lui ai dit en souriant. Pour moi, le violet était la couleur de la faim, des visages morts et des membres empilés dans les gares, dans les rues du marché de Hyesan.

Bien sûr, je savais que M. Park racontait n'importe quoi. Je savais qu'il me donnait le violet parce qu'il ne restait pas beaucoup de stylos. Mais son n'importe quoi avait du style, assorti de cette jolie petite histoire. J'aime cette facette de lui, capable d'éloquence. Aussi, lorsqu'il m'a rendu le crayon violet tout décati, j'ai accepté de l'utiliser.

C'est plus un marqueur qu'un stylo. Rien n'est pointu ou coupant dans cet objet. Le bouchon a été remplacé par de la cire colorée, et le bois par de fines couches de papier que l'on peut décoller, faute de les pouvoir les tailler. Un hybride : mi-crayon, mi-stylo, fait pour le coloriage des jeunes enfants ; mais c'est le seul outil d'écriture qui me soit autorisé. Aucun objet coupant, quel qu'il soit – ni crayon, ni stylo, ni fourchette, pas même des baguettes en bois –, ne peut entrer dans ma chambre. Ils ont dû se faire une idée extravagante de moi, comme si j'étais capable de descendre un homme en faisant cliquer un stylo à la façon d'un James Bond ou d'un MacGyver. Bien qu'il me soit arrivé d'utiliser des armes et du poison au besoin, ce genre de mission n'était pas vraiment ma spécialité.

Ma spécialité, c'est de tisser une histoire, tout comme je t'écris cette lettre maintenant. M. Park l'a compris avant tout le monde : c'est lui qui a suggéré que je couche ma vie par écrit. Il savait que j'étais de plus en plus agitée la nuit, l'esprit vrombissant sous les pensées.

– Écrire est le meilleur moyen de trouver un sens à vos pensées confuses, madame Choi, ainsi que de passer le temps. Vous pouvez écrire ces pensées sous la forme d'un journal, ou sous celle d'une lettre si cela vous met plus à l'aise.

Depuis, je me sers de ces stylos de couleur faits de cire et de papier, qui ne peuvent blesser personne. C'est un jeu gagnant-gagnant : cette occupation me permet de rester saine d'esprit, et eux testent ma crédibilité en lisant mes textes. Ils passent au peigne fin mes témoignages successifs, déterminés à y trouver le moindre accroc ou la moindre incohérence – avant de décider si je suis ou non un agent fiable.

Au début, je détestais le jaune. Je me suis plainte auprès de M. Park, lui expliquant qu'un texte jaune sur du papier blanc se lisait mal, surtout avec mes yeux vieillissants. Il m'a alors répondu que le jaune est la couleur de l'espoir.

– Quelque chose dont nous avons tous deux grandement besoin à présent, a-t-il dit tout en arborant son sourire réservé, contredit par le froncement de ses sourcils et de ses lèvres.

Le jaune pour l'espoir. Dans la bouche d'un autre, je l'aurais taxé de cliché. Mais comme je te l'ai écrit, M. Park a une façon de dire les choses qui leur donne du poids. Même quand ce sont des banalités.

Auditeur laconique, il sait quand se taire et quand parler. Avec sa voix veloutée, ses sourcils pensifs. Tout comme ton papa.

Tu avais deux ans. Un matin, tu es venue jusqu'à moi, tu as pris mon visage entre tes mains potelées et tu m'as doucement embrassée, comme si j'étais la chose la plus délicate et attachante au monde. Puis tu m'as dit : « Comme papa embrasse maman. »

Nous avons peu de souvenirs de toi avant tes deux ans. Je ne sais pas quelle sensation cela fait de tenir un paquet de joie dans ses bras, enveloppé dans son propre sang. Flot de félicité et de terreur, larmes d'une connexion corporelle, brute – je n'ai rien eu de cela. J'ai eu besoin de temps pour te connaître. Pour t'apprécier, t'aimer. Je suis devenue ta mère petit à petit, par étapes. Je suis devenue une mère par la pratique, par l'entraînement.

Nous n'avons jamais su qui était ta mère biologique. Ta première mère adoptive était Young-shim, la sœur de ton père, que tu connais aujourd'hui grâce aux vieilles photos de famille sous le nom de tatie Young-shim. Son corps, comme le mien, ne pouvait pas porter d'enfant. Je savais seulement qu'elle avait adopté le bébé illégitime d'une fille mineure de son quartier, qui avait songé au suicide. Bien qu'elle fût veuve, rien n'aurait pu empêcher Young-Shim de t'adopter. Elle a dû beaucoup t'aimer.

Nous avons dû te prendre avec nous quand Young-shim est morte dans un accident de train. Ton père a dit que nous devions t'adopter et t'élever comme notre fille. J'avais peur de ce grand changement dans nos vies, devenir parents par accident. Je n'étais pas sûre d'être capable d'aimer quelqu'un que le hasard jetait dans notre existence, sans l'avoir d'abord désiré. Nous avons dû quitter Pyongyang pour emménager à Hyesan et reprendre le poste de responsable des échanges commerciaux avec la Chine, qu'occupait Young-shim.

Cela n'a pas été l'amour au premier regard : le lien s'est tissé au coup par coup. Comme pour apprendre à parler une langue étrangère. Plus on apprend, plus on se sent investi, et plus on y prend du plaisir. Il faut beaucoup de pratique et de patience. L'amour croît en vous peu à peu, à chaque berceuse fredonnée, à chaque colère apaisée, à chaque cuillerée de bouillie avalée ou recrachée. Les récompenses m'ont prise au dépourvu : la toute première fois que tes lèvres m'ont appelée « maman » ; des dessins de bonhommes me représentant, intitulés « Ma meilleure camarade » ; des embrassades soudaines et suffocantes, et des

« je t'aime » endormis au lit sans crier gare. Jamais de ma vie je n'avais rencontré une créature si vulnérable et pourtant si ouverte, prête à aimer et à faire confiance sans condition.

En me comportant comme une mère aimante, j'en suis devenue une.

Et c'est quand tu as dit « Comme papa embrasse maman » que j'ai senti pleinement la présence de cet amour en moi. Avec ton baiser doux, tes minuscules doigts potelés sur mon visage.

S'agissant de l'amour, ton père était l'exact opposé de moi. Il était comme un bébé : un donneur-né, prêt à se rendre sans réserve – dès le commencement. Tel un tout-petit, il avait le courage de se montrer vulnérable et ouvert. C'était ainsi qu'il m'aimait, ainsi qu'il t'aimait aussi. Comme si un interrupteur s'était allumé au moment où tu es entrée dans nos vies, l'amour est apparu dans ses yeux quand il te regardait. Il parlait d'ores et déjà la langue ; il n'avait nul besoin de s'entraîner.

Lorsque je l'ai rencontré pour la première fois, il avait le double de mon âge. Pourtant, il me parlait et m'écoutait comme il l'aurait fait avec un professeur estimé. C'était un homme humble doté d'une langue noble. Un rebelle romantique qui n'avait pas peur de tenir la main de sa femme en public, de lui dire « je t'aime » chaque matin. Le sacrifice ne signifiait rien pour lui lorsqu'il s'agissait de sa famille : déménager à Hyesan impliquait d'abandonner sa vie privilégiée de tailleur à Pyongyang, pourtant il l'a fait sans hésiter.

– Pour un vieil homme comme moi, c'est le moment parfait d'avoir une nouvelle raison d'être, a dit ton père avec enthousiasme.

Comparé à son travail de tailleur pour la haute société, rempli de rendez-vous avec les fonctionnaires du Parti, s'occuper des échanges commerciaux à Hyesan était plutôt aisé. De plus, grâce à ses relations de Pyongyang, importer et distribuer des tissus étrangers pour les nantis fonctionnait mieux que jamais, ce qui lui permettait de passer plus de temps en famille.

Lorsque je partais en entraînement ou en mission, ton papa jouait à la fois le rôle de mère et de père. Et il était une meilleure maman que je ne l'ai jamais été. J'en ai d'abord été jalouse. Je me sentais un peu comme un premier enfant sur le point de perdre sa mainmise sur l'amour qu'il avait jusqu'alors monopolisé. Je t'enviais également en tant que fille : je n'ai jamais eu le père que tu as eu ni l'enfance que tu as vécue. Mon père n'a jamais été quelqu'un de généreux : c'était un faucheur de douleur, dont l'existence se nourrissait de la souffrance des autres – l'origine de mon côté obscur. Ce n'est guère étonnant que j'aie été attirée par ton père rien qu'en entendant parler de lui, bien avant de le rencontrer en personne. Je voulais l'aimer et être aimée de lui. Et en secret, je voulais le protéger. Tu sais, je disais à ton père presque chaque jour que l'avoir pour mari faisait de moi la femme la plus chanceuse de Chosun. Dans le même temps, je pensais qu'il était chanceux de m'avoir. Un homme comme lui ne peut pas s'en sortir seul dans ce monde. Il a besoin de quelqu'un comme moi à ses côtés : une femme à la fois bonne et mauvaise, capable d'un amour inépuisable et prête à commettre un meurtre pour le défendre. Une femme qui connaît le langage des hommes fous.

– Parlez-moi du bureau de liaison 130, demande M. Park.

– C'est là que j'ai été formée.

– Dites-moi comment fonctionne le processus de formation, madame Choi.

– Vous savez que je ne peux pas parler pour tout le monde sur ce sujet. Mon cas était vraiment inhabituel.

– Je souhaiterais le réentendre. S'il vous plaît.

Aujourd'hui, le « s'il vous plaît » de M. Park est aussi insipide qu'une plante artificielle, comme s'il se montrait ironique. Je suis surprise de voir à quel point cela me blesse. Suis-je sur le point de devenir un cas pathétique du syndrome de Stockholm ? Je suis à l'isolement depuis trop longtemps, avec un seul homme à qui parler. Toutefois, je m'efforce de ne pas me laisser envahir par des pensées négatives à l'encontre de mon unique allié. Peut-être se sent-il simplement épuisé aujourd'hui. Peut-être ne rêve-t-il que de rentrer chez lui pour retrouver sa femme et ses enfants, s'installer sur le canapé et regarder la télé, laisser le travail de côté.

– La mienne a commencé par la torture. Ils m'observaient depuis quelque temps. Certaines personnes m'avaient déjà signalée comme hautement suspecte. Une décennie d'absence, un retour soudain. Et la connaissance de langues étrangères. Ils pensaient que j'étais une espionne venue du Sud, ou du Japon. Plus tard, à ma grande stupéfaction, j'ai appris que l'un des mouchards était M. Shin, un jeune tailleur en formation qui travaillait pour mon époux lorsque nous vivions à Pyongyang. Il travaillait aussi en tant qu'informateur pour la police secrète. Sa tâche principale était d'écouter les conversations entre les clients cadres du Parti et mon mari. Même le pouvoir en place n'est pas complètement épargné par la surveillance. Même si j'ai toujours senti que le camarade Shin nous observait de près, mon mari et moi, je pensais que c'était dû à l'envie. Je pensais qu'il était simplement jaloux d'un couple aussi amoureux, et heureux.

Je soupire. Je ne peux m'empêcher de grogner aussi un peu. Confrontée à ma propre bêtise.

– Peut-être était-ce le cas, dit M. Park dans un murmure grave, le regard baissé, comme s'il s'adressait à lui-même.

Il lève les yeux vers moi.

– Poursuivez.

Sa voix s'assèche de nouveau.

– Ils m'ont torturée jusqu'à ce que je sois couverte de bleus. J'ai tout confessé, mais ils ne m'ont pas crue au début. J'imagine que c'était le genre d'histoire qu'ils s'étaient attendus à entendre. Il leur a fallu du temps pour comprendre ce qu'il se passait. Pour saisir ce que la vérité a d'absurde.

– La vérité ?

– Que j'étais une imposture, pas une espionne.

M. Park me fixe du regard, muet.

– Je n'étais pas Yongmal, la fille qui avait épousé Young-min, mon mari, dix ans plus tôt, avant de disparaître soudainement. J'ai rencontré la vraie Yongmal à la Station de réconfort à Semarang, en Indonésie. L'un des nombreux sites de l'armée impériale japonaise pendant la Seconde Guerre mondiale. Yongmal et moi, ainsi qu'une dizaine d'autres jeunes filles coréennes, avons été enlevées et amenées à Semarang pour servir de femmes de réconfort. Un euphémisme pour esclaves sexuelles. C'est ainsi que j'ai pu perfectionner mon japonais.

Tout le monde à la Station disait que nous nous ressemblions comme des sœurs, Yongmal et moi. Nous sommes devenues de bonnes amies. Yongmal aimait beaucoup parler. Et je l'aimais pour ça. Elle m'a tout raconté sur sa vie en Corée. Sa famille, son village natal, son mariage récent. Son mari. Je l'adorais et je l'enviais. Elle est morte de la tuberculose à la Station. J'ai survécu. Je suis revenue en Corée. J'avais perdu la trace de ma famille, ma mère et ma petite sœur. Aussi, l'idée de trouver celle de Yongmal m'est venue à l'esprit. Je l'ai fait. Et je suis devenue Yongmal. Je suis devenue la femme de son mari. Mon mari.

– Et vous l'avez fait avec succès.

– Oui.

– Votre époux ne l'a jamais remarqué.

– Non, ai-je répondu en regardant à mon tour M. Park. Je suis douée.

Début août. Un jour d'été étouffant comme il y en a peu à Hyesan. L'humidité s'étendait sous tes aisselles, gouttait le long de tes tempes. Je me sentais éreintée. Ton papa et toi aviez déjà vu deux cadavres sur le chemin de la gare. Vous étiez venus m'accueillir. Je revenais d'un « déplacement professionnel » à Pyongyang. Je ne t'avais pas vue depuis près de six mois.

Une agitation s'est fait sentir à l'extrémité sud du quai. Une mère et un enfant voyageant sans permis, attrapés par un policier en civil. De plus en plus de gens prenaient le risque de voyager illégalement car la nourriture commençait à manquer.

Le jeune policier a ordonné à la femme de lui donner le paquet qu'elle transportait. Elle a refusé. Confus, il a sorti son pistolet, s'est mis à lui hurler dessus. Et tout à coup, la femme s'est lancée sur lui, à quatre pattes, comme une bête. Derrière elle, son petit garçon courait en serrant le paquet contre lui. Un coup de feu a éclaté. Un cri aigu a traversé la gare.

Une alarme s'est déclenchée dans ma tête, faisant battre mon sang, cogner mon cœur contre ma poitrine. Mais mes mains sont restées immobiles. Rien dans mon corps n'a tremblé. Les muscles de mon visage se sont détendus. Je suis même parvenue à esquisser un sourire. Bientôt, mon cœur en a fait autant. Revêtue d'une armure, affichant un calme maîtrisé, j'ai contourné le lieu de l'agitation.

Le visage de ton père est entré dans mon champ de vision. Puis j'ai entendu ton cri – « Maman ! » – derrière moi.

Ton père criait mon nom. J'ai reconnu l'horreur dans ses yeux.

Je me suis retournée. Je t'ai vue sur le sol. En larmes. La moitié de ton visage jaune, recouverte d'une fine poussière. Du sang coulait de ta bouche ouverte.

J'ai couru jusqu'à toi et ai essayé de te relever, mais tu m'as repoussée.

Ton père est arrivé et t'a prise dans ses bras. Il a essuyé ton visage avec ses manches. Puis vous m'avez tous les deux regardée. D'un regard de chiot blessé – teinté de dégoût.

Au bureau de liaison 130, j'avais été formée à me faire passer pour une étrangère. Une Japonaise, une Chinoise, même une Américaine d'origine asiatique si une mission l'exigeait. Maîtriser les langues étrangères ne suffit pas : on vous entraîne à renier votre langue maternelle pour ne pas griller votre couverture en y réagissant. Pendant des mois, j'avais été poussée à vivre et à rêver dans d'autres langues, donnant mon avis ou le dissimulant uniquement à l'aide de mots étrangers. Chaque fois que je tournais la tête ou réagissais lorsqu'on m'interpellait en nord-coréen, j'étais punie. « Camarade ! Eh ! Vous là-bas ! Bonjour ! Excusez-moi ! Attention ! À l'aide ! » Parmi ces cris, « Maman ! » avait été particulièrement difficile à ignorer.

L'entraînement a fini par payer. Lorsque le coup a été tiré à la gare, tu as couru vers moi, tes petits bras ouverts, en hurlant « Maman ! ». Tu voulais me protéger, t'assurer que j'allais bien. Tu voulais me sauver ; et tu voulais que je te sauve aussi.

Mais je suis passée à côté de toi comme si tu étais invisible. Tu es restée immobile, stupéfaite. Une bande de soldats, alarmés par le coup de feu, est arrivée en courant. Les spectateurs se sont dispersés tels des lapins effrayés. Ils t'ont poussée et tu es tombée, te blessant au visage. Tu as relevé la tête et tu as crié « Maman ! » jusqu'à ce que ta voix se casse.

– Comment ont-ils changé d'avis et décidé de vous engager ?

– Ça a commencé quand je leur ai dit comment j'avais appris l'anglais. Je l'ai appris enfant, auprès d'un missionnaire canadien qui dirigeait une usine d'allumettes dans mon village natal, en Corée du Nord. Je l'ai perfectionné plus tard, en travaillant pour des soldats américains pendant la guerre de Corée.

– Quelle était la nature de votre travail pour les Américains ?

La voix de M. Park, lorsqu'il prononce « nature », tremble légèrement. C'est inhabituel chez lui.

– Je jouais le rôle d'interprète entre des Coréennes et des militaires américains, dans ce qu'ils appelaient la Maison du singe. Une installation assez semblable à la Station de réconfort. Vous remplacez les soldats japonais par des Américains, et la Seconde Guerre mondiale par la guerre de Corée.

Ma voix s'assourdit. Les yeux de M. Park se plissent.

– Comment vous êtes-vous retrouvée à travailler dans la Maison du singe ? Le genre d'endroit qui vous avait réduite en esclavage un peu plus tôt.

– Je ne savais pas où ils m'amenaient. Déguisée en garçon, je m'efforçais de survivre seule à la guerre. À Busan, j'ai approché des soldats américains pour trouver du travail, en leur disant que je parlais anglais couramment. Je mourais de faim et n'avais nulle part où dormir.

Mes yeux ont dérivé par-dessus la tête de M. Park et se sont posés sur le carreau près du plafond. La petite ouverture carrée, qui n'est qu'une illusion. Seule un peu de lumière fanée y filtre, aucun son. Une double fenêtre, du verre trempé. Treillissée de barreaux d'acier, elle ressemble davantage à une bouche d'égout.

– Concentrez-vous, madame Choi, s'il vous plaît. Nous n'avons pas beaucoup de temps. Dites-nous pourquoi le RGB a changé d'avis.

– Une fois qu'ils ont appris ce que j'avais fait à la Maison du singe.

Penser au Reconnaissance General Bureau, le service de renseignements nord-coréen, renvoie mes yeux sur les barreaux, sur le carreau. Je les ferme. *Concentre-toi.*

– Je l'ai brûlée. La Maison. Après je suis retournée au Nord.

– Qu'est-ce qui les a fait croire à votre histoire ? insiste M. Park.

– Ils ne m'ont d'abord pas crue, je vous l'ai dit. Ensuite ils ont fait une enquête et ont découvert qu'il y avait bel et bien un rapport qui concordait avec mon histoire. Un bâtiment militaire américain près de Busan avait brûlé – quelques soldats avec. Et un jeune garçon orphelin, qui avait travaillé pour la Maison en tant qu'interprète, avait disparu. Le Sud en avait donc déduit que j'étais un espion envoyé par le Nord. J'étais recherchée par les forces alliées. Un terroriste. Un guérillero. Dans le Nord, ça a aussitôt fait de moi une héroïne. Leur attitude à mon égard a changé du jour au lendemain. Ils voulaient que je sois leur espionne, officiellement. C'était plutôt une bonne affaire pour eux. J'étais un agent formé, qui n'avait pas besoin de beaucoup d'entraînement. Je connaissais les langues étrangères, savais comment survivre à l'impossible, à tromper et à me faire passer pour quelqu'un d'autre. Une voleuse d'identité déjà couronnée de succès. J'étais une chance que le RGB n'aurait jamais laissée passer. Ils m'ont donc fait une offre que je ne pouvais pas refuser.

Je prononce la dernière phrase d'une fausse voix de ténor. Une tentative de légèreté humoristique, car le pauvre M. Park passe une mauvaise journée. Mais il ne relève pas ma plaisanterie. Ces derniers temps, il devient de plus en plus solennel. Et je ne peux m'empêcher de me demander si cela va tourner à mon avantage, ou non. Sont-ils sur le point de prendre une décision ? Le simple fait d'y penser accélère mon rythme cardiaque.

– Ils ont réduit mon entraînement au strict minimum. Ils nous ont même laissés, moi et mon mari, continuer à gérer l'affaire d'import-export avec les Chinois. Ils avaient estimé que mon statut de femme d'affaires jouerait à mon avantage en tant qu'espionne, me permettant de traverser des frontières et d'entrer plus librement en contact avec des étrangers. Surtout, ils ont promis que mon secret serait bien gardé si je choisissais de travailler pour eux. Ce qu'ils entendaient vraiment par là, c'était que, si je refusais, ils révéleraient ma véritable identité à mon mari bien-aimé. Je n'ai pas eu le choix : j'ai accepté leur offre et suis devenue leur espionne.

– Les filles, murmure M. Park.

Je regarde sa pomme d'Adam monter et descendre.

– Pardon ?

La pluie s'est mise à battre contre la minuscule fenêtre. À point nommé.

– Les filles, madame Choi. Ces Coréennes à la Maison du singe. Qu'est-ce qui leur est arrivé lorsque vous avez brûlé les lieux ?

Premier jour d'entraînement au 130.

Ils m'ont fait monter, ainsi qu'une dizaine d'autres futurs agents, dans le bus noirci. Un véhicule blindé – mi-tank, mi-navette, aux étroites fenêtres sombres, pareilles à des verres de lunette de soleil. Pourtant ils nous ont bandé les yeux. L'intérieur sentait l'huile rance. Le bus s'est ébranlé lentement. Un bruit sourd, lourd et froid, nous a mis sur le qui-vive, j'ai senti un picotement parcourir mes doigts et mes orteils. Je pouvais localiser tous ceux qui avaient pris place dans le véhicule simplement par leur respiration. Le bruit sourd a de nouveau retenti, légèrement allongé, et suivi cette fois par de l'écho. Les portières du coffre de marchandises étaient fermées. Et le bus a entamé sa descente.

Cela a semblé durer une heure, une dizaine de kilomètres. Mais je me suis rappelé que l'obscurité se joue du temps, trop cireux et perfide pour être saisi. Quand on est privé de vue, d'autres sensations s'émoussent. J'y étais habituée, ayant survécu aux guerres dans les ténèbres de la captivité.

Lorsque le glissement métallique s'est enfin apaisé, réduisant au silence toute l'agitation humaine, une odeur grise a assailli mes narines. C'était l'odeur d'un trottoir en béton sous la pluie, une odeur fruste de renfermé ; ou celle d'un sous-sol plein d'étagères moisies. Des souvenirs loin d'être déplaisants. Pourtant, la peur n'a pas tardé à m'envahir. J'ai alors essayé de comprendre ce que pouvait être cet endroit, ce monde souterrain gargantuesque profondément enfoui au-dessous de Pyongyang. Tout en marchant dans le noir, attentive au bruit caverneux de mes pas, je maintenais mon esprit occupé grâce à des conjectures. J'ai songé à un abri antiaérien. Ainsi qu'à quelques autres endroits que je ne souhaitais pas imaginer, tels qu'un centre de rééducation ou un camp de travail – des variantes de l'esclavage.

Le retrait des bandeaux m'a aveuglée. La douce teinte bordeaux de la lumière filtrant à travers le tissu noir plié se changea en explosion blafarde qui en fit miauler certains comme des chatons blessés.

Devant moi se déployait la rue illuminée de Myeong-dong, le plus grand quartier commercial de Séoul, en Corée du Sud. Ses lumières se sont imposées avec allégresse, me laissant chancelante, la bouche sèche et saumâtre. De chaque côté de la rue, des rangées de vastes vitrines absorbaient et reflétaient sans fin l'intense éclairage ; il se réverbérait dans toutes les directions, ne laissant aucun coin dans la pénombre. Derrière elles, des mannequins portaient des tenues occidentales modernes, à l'instar du flot de piétons arborant jean, tee-shirts aux logos anglais chic, baskets Nike, lunettes de soleil noires, mini-jupes, talons hauts, et rouge à lèvres. Pas un de ces produits n'était autorisé par le Parti ; les porter en public condamnait à un aller assuré pour les camps. Le rouge à lèvres rouge, en particulier. La dernière fois que j'en avais vu, c'était à la gare de Hyesan. La famine avait poussé les mères à la prostitution. De nombreuses jeunes femmes, exclues par le système de caste du *songbun*, avaient choisi de vendre leur corps afin de ne pas laisser leurs enfants et leur famille mourir de faim. La prostitution étant considérée comme un crime majeur à l'encontre du Parti, ces femmes racolaient en faisant les yeux doux aux passants dans la gare, les lèvres peinturlurées – leur lettre écarlate pour survivre.

Près de Myeong-dong se trouvait Osaka. Les panneaux lumineux de la rue Dotonbori ont de nouveau submergé ma vue. Bien après avoir fermé les yeux, ces lumières vives ont continué d'éblouir mon esprit. Le gigantesque Running Man était là, avec ses bras en l'air accueillants, aussi irréel et impressionnant que la statue de bronze haute de vingt mètres de Kim Il-sung à Mansudae. De l'autre côté d'Osaka s'étendait le Ve arrondissement de Paris, comprenant un mini-jardin du Luxembourg et des bouts du Quartier latin, où quelques étudiants imbéciles, des bourgeois bohèmes las de leur vie d'Occidentaux privilégiés, se moquaient encore de l'idée du communisme.

Situé sous Pyongyang, ce monde souterrain était leur simulacre du monde. Un parc à thème hyperréaliste, ou un terrain d'entraînement à fond de train, où les meilleurs étudiants de l'université de langues étrangères de Pyongyang se transformaient en agents secrets de la République populaire démocratique de Corée.

La plupart du temps je prenais mon petit déjeuner tôt à Paris avec Amandine, une Française d'âge moyen enlevée à Paris au début des années 1970, grâce à qui je pratiquais le français dans une conversation de tous les jours ; je déjeunais à Osaka avec Yuki, une jeune femme réservée, kidnappée sur le rivage de la préfecture de Niigata à l'âge de douze ans, tout en apprenant de l'argot et d'anciens proverbes japonais ; le dîner avait lieu à Washington avec Malcolm, un déserteur américain originaire de Hunstville, dans l'Alabama. Contraint de fuir au Nord après avoir accidentellement tué son sergent pendant la guerre de Corée, il m'aidait à peaufiner mes connaissances de l'histoire américaine et mon vocabulaire militaire anglais.

Souvent, la nuit, on m'entraînait à être sud-coréenne. J'apprenais à parler, manger, sourire, marcher et penser comme telle (et cet exercice éprouvant m'a fait prendre conscience du fossé qui s'était creusé entre le Nord et le Sud). Toute erreur était sanctionnée. Par chance, j'apprenais vite. Deux mois après mon arrivée, lorsqu'ils me réveillaient au beau milieu de la nuit, j'étais capable de marmonner avec un parfait accent sud-coréen.

Ma première fois au 130, le regard fixé sur la rue baignée de lumière de Myeong-dong, j'ai pensé à ta grand-mère. Ma mère, que je pensais morte depuis longtemps. Avec la guerre, les souvenirs que je gardais d'elle avaient été profondément refoulés, au-delà de ma conscience. Originaire de Séoul, elle m'avait raconté avec tant d'affection son enfance dans la capitale, colorée par ses théâtres et bibliothèques, ses marchés de rue et ses crèmes glacées. Après avoir épousé mon père, elle avait déménagé dans la campagne du Nord, où elle m'avait mise au monde, coupée de la vie citadine qu'elle adorait. Je me demandais ce qu'elle aurait dit si elle avait pu poser les yeux sur ce sosie troublant de sa ville natale, sur cette ironie secrètement enfouie sous le cœur battant du Nord. Je me demandais ce qu'elle aurait ressenti.

À présent, je me demande quelle a été ta réaction, le jour de ta première fois au 130.

Je t'imagine terriblement exaltée plutôt qu'intimidée ou perdue. Et suffisamment futée pour dissimuler ton excitation.

– Le week-end, nous devions accomplir diverses tâches dans le Séoul du 130. Des activités quotidiennes auxquelles seuls les habitués du capitalisme se livreraient. Tout ce qui concernait la banque, ouvrir un compte, faire un virement, mettre à jour un livret. D'autres tâches, plus faciles – et un brin plus amusantes –, comprenaient la location de films et le shopping. Des natifs sud-coréens, qui avaient été pour la plupart enlevés près de la zone frontalière démilitarisée, jouaient différents rôles, incarnant des piétons, des employés de banque et des commerçants, rectifiant nos gestes ainsi que notre diction et notre intonation.

– Leurs noms ?

– On leur avait donné de faux noms, bien sûr. Mais vous pouvez facilement trouver leurs dossiers d'après les descriptions que j'ai fournies, ce que vous avez probablement déjà fait.

Je lève les yeux. M. Park détourne brièvement le regard. Un éclair de culpabilité. J'ai envie de lui dire que le remords n'a pas lieu d'être, que nous faisons tous notre travail. Au lieu de quoi, je l'interpelle. Une improvisation. Un raccourci.

– Et qu'en est-il des autres noms ? demandé-je avec audace.

– Quels noms ?

Je souris. Je l'ai pris par surprise. Et je sais qu'il sait. Ses lèvres, pressées l'une contre l'autre, forment un minuscule *o*.

– Monsieur Park, je vous demande simplement si vos supérieurs sont prêts à me faire confiance.

Je tourne la tête vers la droite et lance un regard noir au large miroir gris qui occupe près de la moitié du mur – un miroir qui, de l'autre côté de la cloison, fait office de fenêtre.

M. Park prend une longue inspiration. Puis il me regarde droit dans les yeux. Comme s'il me poussait à poursuivre.

– S'ils sont prêts à connaître les noms que je suis venue révéler, monsieur Park. La liste des agents du Nord envoyés, comme moi-même, travailler sous couverture ici, en Corée du Sud.

Je pensais que ton ressentiment vis-à-vis de mes absences durerait.

Mais bientôt, intelligente et affectueuse comme tu étais, tu en as fait autre chose.

Lorsque tu avais deux ans et demi, tu as déclaré que tu épouserais ton papa ; à huit ans, tu voulais être moi quand tu serais grande.

– Je serai une femme d'affaires, comme toi, maman, as-tu affirmé de ta voix sévère – la voix d'actrice que tu utilisais pour attirer notre attention.

Je t'ai demandé si tu savais ce qu'exigeait mon travail. Tu m'as répondu qu'il était cool. Qu'il me faisait porter beaucoup de jolis vêtements, me laissait voyager dans plein d'endroits du monde que la plupart des gens n'avaient pas le droit de voir.

J'ai soupiré et souri à la fois. Et t'ai dit que seules les personnes très intelligentes pouvaient devenir des femmes d'affaires.

– Tu dois travailler dur à l'école, mon trésor, surtout en langues. Dans les affaires, ce sont les outils avec lesquels on négocie pour parvenir à ses fins.

Tu étais une élève enthousiaste, moi une professeure colérique. Grâce à ta soif d'apprendre, que seul un jeune esprit peut posséder, tu assimilais chaque élément linguistique que je t'enseignais. Et tu réclamais toujours plus, haut et fort. Tu t'es même mise à établir de nouvelles règles, telles que les week-ends en anglais seulement, les vendredis en chinois et le mois d'août en japonais. Je ne t'ai jamais appris l'accent sud-coréen, mais j'ai supposé que tu t'y étais déjà mise de ton côté, comme la plupart des enfants privilégiés de ta génération, qui regardaient et partageaient en douce des copies de séries télé sud-coréennes.

Je t'ai appris tout cela parce que je voulais que tu deviennes une femme d'affaires. Pas la version fourbe et clandestine que j'étais, mais une version réelle qui savourerait son succès en plein jour. Je pensais que tu pourrais même devenir diplomate – pourquoi pas ? J'espérais que tu ferais partie de l'élite classique à laquelle je n'avais jamais eu la chance d'appartenir. Je voulais que tu sillonnes la route de la soie.

Aussi, quand j'ai appris que tu avais été acceptée à l'université de langues étrangères de Pyongyang, j'ai fondu en larmes. J'étais si fière de toi. Bien sûr, c'était de l'euphorie par procuration. Je profitais, au travers de ta réussite universitaire, de quelque chose que je n'étais pas parvenue à accomplir moi-même.

J'ai aimé pouvoir être une snob éhontée pour une fois.

Les mains sur les hanches, il se tient figé. Il me tourne le dos. Je l'entends soupirer, avec une lenteur atroce, deux fois.

Jamais M. Park ne s'est montré si théâtral. Ce n'est pas inattendu, toutefois. J'attends qu'il brise le silence en premier.

– Pourquoi voulez-vous faire de votre unique allié un ennemi ? demande-t-il.

Son ton est las. Il pose une feuille de papier sur la table, sous mon nez.

– Ma liste ne vous plaît pas ?

– Arrêtez de jouer, madame Choi, aboie-t-il.

Sa main droite forme un poing sur la table.

– Tout d'abord, ce n'est même pas une liste, madame Choi. Il n'y a qu'un nom. Qu'est-il arrivé aux autres noms que vous nous aviez promis ? Les noms de tous les agents secrets du RGB opérant en Corée du Sud que vous connaissez ?

– Je n'ai jamais appris leurs vrais noms. Je ne peux donner que leurs noms de code.

– Dites-moi, madame Choi, je suis censé gober toutes vos conneries sans ciller ?

– Vous m'avez écoutée, monsieur Park ? Ne vous ai-je pas dit que ma nation est une nation d'espions ? Dès que vous êtes en âge de sauter à la corde, on vous entraîne à l'école à vous méfier et à dénoncer tout le monde, jusqu'aux membres de votre propre famille. Ne vous ai-je pas dit que même le pouvoir en place était constamment surveillé ? La seule personne libre dans le Nord est Kim Jong-il. Ils ne font confiance à personne, et ils ne veulent pas que l'on se fasse confiance entre nous. Ils partent toujours du principe qu'il pourrait y avoir des agents doubles. Aussi, pour l'amour du ciel, croyez-moi, je vous dis la vérité. Je ne connais pas leurs vrais noms.

– Alors vous ne nous êtes d'aucune utilité.

– Faux. Je peux fournir leurs noms de code, décrire leurs missions, leurs visages, ce dont ils ont l'air. Vous pourrez creuser à partir de là. Vous l'avez déjà fait.

Son poing se détend. Ses yeux regardent de tous les côtés. Puis une nouvelle expiration.

– Donc l'unique nom de la liste, c'est un vrai nom, dit M. Park.

Plus une déclaration qu'une question.

– Oui.

– Ça n'a pas beaucoup de sens, n'est-ce pas, madame Choi ?

Il me regarde une fois de plus, la tête penchée, rappelant un corbeau. Je reste aux aguets. Et silencieuse. Il émet un son, mi-soupir, mi-gloussement réprimé.

– Choi Mihee. Ça ne vous semble pas un peu trop familier ?

Chaque mère comprend un jour qu'elle ne peut contrôler la vie de son enfant. Plus il grandit, plus elle récite cette réalité tel un mantra, afin de se protéger de la peur et de la déception. Dans un coin de sa tête, pourtant, sa foi aveugle dans ses propres pouvoirs persiste, telles des gouttelettes d'eau sur une toile d'araignée après une tempête, s'agrippant au mirage ténu qu'elle peut encore le sauver, qu'elle peut le ramener sur le droit chemin, là où il doit être.

Je pensais être différente des autres mères. Je ne t'ai jamais fait la leçon pour que tu ne tentes rien de dangereux. J'ai toujours su que tu étais destinée à essayer des choses nouvelles. Tu portais mon entêtement sous ta langue, après tout. À la place, je t'ai priée de ne pas te faire prendre. « Ne pas se faire prendre », telle était la devise tacite, que tu as mise en pratique avec tant de facilité.

Ta vie universitaire à Pyongyang était douce, mais la police secrète ne plaisantait pas. Ils pouvaient vous surprendre quand on s'y attendait le moins. Régulièrement, ils inspectaient au hasard des chambres d'étudiants. Et ceux qui se faisaient prendre en possession de biens de contrebande se retrouvaient face à un peloton d'exécution. Tu avais vu, l'année précédente, trois de tes camarades recevoir une balle dans la tête. Ils avaient laissé les corps pourrir dans la fosse ouverte pendant des jours, afin de rappeler à tous ce qu'il en coûtait de tromper le Parti. Deux semaines plus tard, les jeunes reprenaient leurs activités habituelles.

Cette nuit-là, tu étais au lit avec un amant défendu.

Tu regardais le mélodrame sud-coréen à l'eau de rose dans lequel l'élégant fils d'un *chaebol* géant de l'industrie et une fille sans le sou tombent amoureux contre toute attente (comme toujours, n'est-ce pas ?). Tu avais emprunté la cassette vidéo à un camarade de ton cours d'anglais, qui se faisait de l'argent de poche en copiant et en distribuant des vidéos illégales. Vous l'aviez surnommé « le Moine ».

La police secrète a commencé, au beau milieu de la nuit, par couper l'électricité dans tout le bâtiment. Puis ils ont rendu une petite visite aux étudiants dans chaque chambre, à l'improviste. Ils repéraient d'abord le lecteur de cassettes. S'ils sentaient la moindre source de chaleur sur la machine, ils remettaient l'électricité et lançaient le lecteur pour vérifier son contenu. Si la vidéo était considérée comme propre, un support de la propagande de la famille Kim, vous étiez tiré d'affaire. Toutefois, trouver un adolescent devant un film de propagande après minuit était aussi improbable que de croiser Bouddha dans un bordel.

Si la vidéo était considérée comme sale, vous étiez fichu. Impossible de retirer la cassette et de la cacher, car la coupure d'électricité l'avait piégée dans les entrailles de la machine. Si vous tentiez de la sortir de force, elle déversait ses tripes marron, donnant à voir aux yeux de tous votre perfidie. Même si par chance vous parveniez à l'extraire sans dommage, cela ne changeait rien. Ils avaient déjà touché le lecteur, ils savaient qu'il était chaud. Il n'y avait aucune issue.

Cela a été le sort du Moine, le pauvre garçon. Il s'est fait prendre et exécuter dès le lendemain. Il avait dix-neuf ans. Aux yeux du régime, la nature de son outrage était trop atroce : commettre ainsi que propager le crime de pensée. Une poignée d'étudiants ont également été criblés de balles ou envoyés dans un camp de travail pour la même charge.

Mais toi, Mihee, tu en es sortie indemne. Sans la moindre souillure.

Ne pas se faire prendre, telle était la règle. Tu étais toujours préparée à une descente. Aussi, tu avais deux lecteurs de cassettes prêts en permanence. Tu allumais les deux lecteurs vidéo en même temps et lançais deux cassettes distinctes : l'une faisait l'éloge de la vie d'exception de notre Big Brother tandis que l'autre fredonnait une chanson d'amour sud-coréenne maudite. Les deux machines étaient opérationnelles, réchauffant leurs corps embobinés, mais seule la seconde te captivait. La première n'était, bien entendu, pas branchée sur la télé.

Lorsque la police secrète a coupé l'électricité, les autres jeunes ont tous été pris de panique. Mais tu as gardé ton calme. Il ne te restait plus qu'à cacher le lecteur vidéo abritant la romance sud-coréenne dans ta penderie, et à connecter l'autre lecteur à la télé. Cela t'a pris un instant.

Précisément une minute et trente secondes après la coupure, les agents ont débarqué dans ta chambre. Ils ont posé leurs mains sur ton lecteur vidéo et ont senti la chaleur. Ils ont rallumé l'électricité, lancé la cassette. Ils ont vu à l'écran le large sourire bienveillant de Kim Jong-il, des milliers de gens en pleurs, l'acclamant au moindre frémissement de ses doigts. Tout était parfait. Tout était propre.

Lorsque les autres pensaient qu'il n'y avait pas d'issue, tu trouvais toujours une solution de repli. Une minuscule ouverture. Une brèche dans l'enceinte que personne d'autre n'avait remarquée.

Quand tu m'as raconté cette histoire, j'ai remarqué la lueur dans tes yeux. Celle que tu avais eue lors de notre première leçon d'anglais, ta voix rauque d'excitation récitant A, B et C – mais plus vive cette fois. Désormais, tu étais hors de mon contrôle.

Tu t'es alors mise à arborer cet étrange sourire en dedans. De nouveaux secrets que tu ne partageais plus avec moi.

Je t'ai donné le bon petit bois, tu brûlais désormais par toi-même. Et ce n'était pas à moi de l'arrêter.

Comme moi, tu étais une escroc. Mais plus pour le plaisir, moins pour la survie. Ce n'était pas dans ton sang : c'était sur et sous ta langue, autour des yeux qui m'avaient toujours admirée. C'était mon amour, ma vanité.

– Et le seul moyen de pouvoir légalement exercer ses talents était de faire partie des services secrets. Mihee était la recrue idéale. Le rapport de la police secrète, qui l'avait repérée, la considérait comme une révolutionnaire fonceuse obsédée par les films de propagande du dirigeant suprême. C'était aussi l'une des meilleures élèves de l'université de Pyongyang, qui parlait déjà plusieurs langues étrangères couramment. Sans surprise. Elle avait appris auprès de la meilleure. Finalement, revêtir différentes identités est un peu comme parler différentes langues. Lorsqu'on apprend une langue étrangère, on ne se contente pas de puiser dans son lexique. Au fil du temps, on absorbe ses humeurs et ses manières, et le discours des gens qui la parlent sans réfléchir. Quand on commence vraiment à sentir que l'on maîtrise la langue, elle vous maîtrise aussi, comme par magie. En changeant simplement de langue, vous pouvez vous transformer en étranger. Vous affichez un air différent. Vous pouvez voler l'histoire de la vie d'un autre sans même vous en apercevoir.

Je m'arrête pour reprendre ma respiration. J'ai parlé comme si j'écrivais. Comme si je prononçais un discours, au lieu de m'exprimer. Cela ne peut pas être mal vu par M. Park ; c'est un amoureux des mots soigneusement choisis. Je lève les yeux pour observer son visage. Je sais alors que mes paroles le convainquent. Pour le moment du moins.

– Vous m'avez interrogée une fois à propos des filles. Les Coréennes de la Maison du singe pendant la guerre de Corée. Vous m'avez demandé ce qu'il leur était arrivé quand j'ai mis le feu. À dire vrai, je ne sais pas. Je n'ai jamais reçu de nouvelles ni entendu parler d'elles depuis. Mais je peux dire avec certitude que j'ai bel et bien tenté de les sauver. J'ai détruit la Maison le jour de leur examen médical mensuel, le jour où on les amenait au grand hôpital militaire en ville. Ce matin-là, quand je les ai mises dans le camion, j'ai glissé une arme, que j'avais volée au gardien, dans la poche de l'une d'elles. J'ai fait des nœuds lâches à leurs poignets, qui se déferaient facilement. Je leur ai dit de se libérer les mains quand le camion militaire ralentirait sur le chemin montagneux, d'abattre le conducteur d'une balle dans la tête, de sauter du camion et de s'enfuir dans les bois. Je ne sais pas si elles ont réussi. Je ne peux que l'espérer. Quelques-unes, au moins.

« Ce que j'essaye de faire à présent n'est pas si différent. J'essaye de me sauver en me donnant une seconde chance, ainsi qu'à ma fille. J'en mérite une. J'ai traversé un enfer, puis un autre. Vous devez savoir maintenant que je me fous de l'idéologie, et il en va de même pour Mihee. J'ai fait du mieux que je pouvais avec tout ce que la vie m'a fait subir.

Seulement, cette fois, j'aurais bien besoin d'aide. Mais je ne suis pas malhonnête, et je ne demande pas qu'on me l'apporte sur un plateau. Vous m'aidez et je vous aiderai. Grâce à moi et à ma fille, vous en apprendrez plus sur le RGB qu'avec n'importe qui d'autre, sans parler de ces faux espions que vous avez coincés dans vos services, à la KCIA.

« Tout ce que je demande, c'est qu'elle et moi ayons des garanties, avec une immunité complète pour ce que nous avons fait jusqu'ici, en échange des informations précieuses que nous avons recueillies. Tout devra se faire dans la plus grande discrétion, bien sûr, sans médias, car si le RGB apprend que nous changeons de camp, ils modifieront chaque code secret, chaque protocole des opérations que nous connaissons, aussi vite que possible.

« Dès que vos supérieurs et vous accepterez ces conditions et garantirez notre sécurité, je ferai venir ma fille. Elle est encore plus précieuse que moi. Sa mémoire est plus fraîche, et ses infos plus actuelles.

Le silence s'installe de nouveau. Plus long encore. Mais cette fois il n'est ni froid ni cassant. Il est chaud et agité, tel un vertige. Il a besoin de temps pour assimiler. Je lui en laisse ; je lui ai déjà tendu la perche qu'il ne peut refuser.

– Je ne comprends pas.

Je peux voir des millions de points d'interrogation surgir à chacun de ses clignements d'yeux.

Il se tourne vers le grand miroir gris, comme s'il demandait du renfort, ou une confirmation.

– Pour commencer, comment êtes-vous restée en contact avec votre fille, madame Choi ? Vous l'avez dit, la surveillance est constante, toute forme de correspondance entre agents est censurée. Vous n'êtes pas censée révéler quoi que ce soit à un autre agent, à moins que vous ne fassiez partie de la même mission.

Je réprime un autre sourire.

– Nous avons utilisé la méthode la plus simple, monsieur Park. C'était l'idée de Mihee. Comme je l'ai dit, elle est très forte pour trouver les failles invisibles aux yeux des autres. Malgré tout ce que les nouvelles technologies ont accompli pendant la guerre froide, nous nous sommes tournées vers la forme de communication la plus archaïque qui soit.

« Des lettres. Manuscrites. Elle adore les rédiger. D'habitude, il y avait toujours un agent caché, une tierce personne, qui les réceptionnait à mi-chemin et censurait tous les mots susceptibles d'impliquer le RGB. Mihee était prudente, mais lorsque les lettres arrivaient jusqu'à moi, il y avait de temps à autre deux ou trois mots biffés.

« Bien sûr, Mihee le faisait exprès. C'étaient de petits leurres. Tout comme elle avait inventé ces offenses mineures pour la classe de purification de vie, juste pour complaire aux jaseurs et leur donner de l'occupation. Puis elle remplissait des pages de récits inoffensifs et banals sur sa vie, qu'elle souhaitait partager avec moi. J'adorais les lire.

« Elle écrivait les détails interdits, à propos de sa mission et de ses projets pour l'avenir, à l'intérieur de l'enveloppe. Une enveloppe en papier kraft moutarde. Celles que l'on trouve dans n'importe quel bureau. Elle l'ouvrait, la dépliait et écrivait son message secret à l'intérieur, avec une vieille bougie. Des bougies fines, facilement maniables, idéales pour écrire. Nous en avions toujours beaucoup, dispersées dans la maison, car les coupures de courant étaient fréquentes en Corée du Nord. Ces bougies étaient initialement blanches, mais après avoir été remisées longtemps dans un placard, elles s'asséchaient, prenaient une teinte jaunâtre. Cette couleur se fondait parfaitement dans la teinte naturelle de l'enveloppe. Même en la tenant sous vos yeux, vous ne remarqueriez rien.

« Tout ce qu'il me restait à faire, c'était de l'humidifier, de passer par-dessus n'importe quelle peinture aquarelle sombre à l'aide d'un pinceau, pour que le texte cireux et traître apparaisse et parle de lui-même.

Maintenant c'est à mon tour de laisser échapper un profond soupir – à la fois satisfait et épuisé.

Je remarque alors que mon cœur bat un peu plus vite. Une vieille horloge désaccordée.

Par chance, je sais comment le calmer, le tromper, pour qu'il se sente chez lui.

J'attrape le seul objet auquel j'ai droit dans cette minuscule pièce : le crayon jaune en cire décati. Un hybride, mi-crayon mi-stylo. Je le place entre mes doigts, et le frotte doucement contre la bosse osseuse de mon majeur – on l'appelle la bosse de l'écrivain – comme si j'écrivais. Le poids familier du calme m'apaise, je me sens ancrée et de nouveau entière, comme des mots sur une page.

LA SEPTIÈME VIE

Confessions d'un couple ordinaire
2006

ROUSSEAU

Aimé Adel a dit un jour que le mariage est un voyage depuis l'extraordinaire jusqu'à l'ordinaire.

Un voyage au long cours, où l'on découvre, goutte après goutte, que ce que l'on croyait si spécial n'est que médiocre. Cela ressemble beaucoup à la façon dont ma mère décrivait la fin de sa relation avec mon père – comme tout ce qu'elle avait trouvé original et excitant chez lui s'était avéré n'être que les appas habituels d'un coureur de jupons. Un cliché triste et pathétique, disait-elle.

La confiance avec laquelle il avait demandé sa main lors de leur premier rendez-vous. La fougue avec laquelle il s'était fait tatouer son surnom sur le biceps lors de leur troisième rendez-vous. La manière suave dont il l'avait fait danser un slow, pieds nus, sur le capot de sa Cadillac d'occasion, sur « Earth Angel (Will You Be Mine) », lors du cinquième.

Tous ces moments spéciaux, pourtant, n'étaient jamais seulement les siens. Père avait joué le même scénario avec plusieurs autres femmes – il avait même recyclé le sobriquet tatoué, « Mon petit chardonneret », pour au moins quatre d'entre elles. La dernière de ces filles était une strip-teaseuse du coin dénommée Angela Diabola. Quand j'ai eu neuf ans, il nous a quittés pour cette fille au drôle de nom.

Peu après le départ de mon père, Dieu m'a également quitté.

J'ai grandi dans une famille religieuse. Mes grands-parents avaient été missionnaires dans leur jeunesse, et ma mère m'amenait à l'église tous les dimanches. Tout jeune, j'avais une foi littérale dans la Bible, comme la plupart des enfants élevés dans un environnement chrétien strict. L'un de mes passages préférés était Matthieu 17:20 : « Je vous le dis en vérité, si vous aviez de la foi comme un grain de sénevé, vous diriez à cette montagne : Transporte-toi d'ici là, et elle se transporterait ; rien ne vous serait impossible. » Comme Philip dans *Servitude humaine* de Somerset Maugham, qui ne doutait pas un seul instant que Dieu réparerait son pied-bot, je croyais qu'Il nous renverrait mon père si je priais avec sincérité. Aussi, tout comme le petit Philip, j'ai fixé une date pour recevoir le miracle de Dieu, et j'ai prié. L'attente était grisante. J'étais certain que Dieu réaliserait mon vœu car avoir une foi absolue en Son pouvoir était l'unique condition requise pour Son miracle. Abriter ne serait-ce qu'une lueur de doute réduirait à néant ma bénédiction. Et, ma foi étant absolue, l'abattement que j'ai ressenti le matin du miracle tant attendu a été total. Dans l'histoire, le pied-bot de Philip n'est jamais guéri, et dans mon enfance mon père ne nous est jamais revenu.

Ma foi littérale en Dieu n'a pas tardé à s'effiler. Ma foi dans l'Église en tant que communauté, en revanche, a persisté. Des paroissiens de l'église de mes grands-parents nous ont aidés dans les temps difficiles : ils nous rendaient souvent visite pour s'assurer que nous avions de quoi manger, lorsque ma mère déprimée passait une grande partie du temps au lit. Lorsqu'elle a été rétablie et s'est mise à faire des doubles services pour nous faire vivre, ils m'ont invité chez eux pour le dîner, afin que je ne reste pas seul avec mes idées noires. Ayant grandi dans la camaraderie de l'Église, je me sentais lourdement redevable à leur égard. Et je sentais aussi qu'il me faudrait rendre la pareille quand je serais en mesure d'aider les autres. Ma passion pour la Bible a également survécu : lorsque j'ai cessé de la voir comme une source de vérité, elle s'est mise à me fasciner en tant qu'œuvre de fiction, si riche en récits de cape et d'épée enchanteurs et de leçons poignantes sur la folie humaine. Même si je ne croyais plus en l'omnipotence de Dieu, je continuais de jouer le rôle d'un bon chrétien lorsque j'étais avec les paroissiens. Entrer dans leur jeu me venait naturellement. Je connaissais déjà leur langue, les paroles de la Bible et les mélodies des cantiques évangéliques. Et bien que j'aie perdu la foi, je prenais toujours du plaisir à prier, une force de l'habitude qui m'offrait une consolation quand tous les autres moyens échouaient.

Je me demandais si, pour les gens ordinaires, le mariage était ce que la religion était pour moi depuis le départ de mon père : une compagnie à laquelle ils restaient fidèles, par habitude et loyauté, et qui, une fois la passion partie, continuerait de leur offrir du soutien et de la consolation. Une constance satisfaisante, faute d'être palpitante. Pas une si mauvaise façon de vivre, avais-je alors coutume de penser.

Mais je déteste nous considérer, ma femme et moi, comme des gens ordinaires.

J'examine ma mémoire pour déceler la première fissure dans notre mariage. Je me demande quand nous avons commencé à nous voir comme un simple couple marié, identique à ceux qui nous inspiraient autrefois de la pitié. Ceux qui fixent le vide au-dessus de l'épaule de l'autre plutôt que de se regarder au restaurant. Ceux qui, à la moindre tentative de conversation, se retrouvent à soupirer à l'unisson. Ceux qui se sont tellement désintéressés l'un de l'autre qu'ils ne prennent même plus la peine de se battre. Ceux qui n'arrivent pas à se souvenir de la dernière fois qu'ils ont fait l'amour. Ceux qui ne sont plus tenus que par leur enfant.

Il semblait que le monde autour de nous était rempli de ces couples malheureux, et chaque fois que nous en repérions un particulièrement morose, Seong-mi et moi faisions une tête de chiot battu, nous énonçant en silence « Je t'aime » l'un à l'autre. Notre façon de savourer notre supériorité romantique, entachée de culpabilité et pourtant – ou « de ce fait » – puissante.

– Si un jour je deviens l'une de ces femmes tristes et coincées, tu as intérêt à me tirer une balle dans la tête, me chuchotait-elle avec son accent nord-coréen exagéré, avant de feindre la mort dans mes bras.

Je l'embrassais alors délicatement sur le front et elle se réveillait pour me rendre un long et vrai baiser. Seong-mi pouvait vous surprendre comme ça : d'un naturel tranquille et pensif, elle peut sans crier gare devenir l'incarnation de l'audace, si vous êtes vraiment proche d'elle.

Si vous la comprenez, la connaissez réellement.

Je pensais être la personne sur terre qui la connaissait le mieux – jusqu'à ce que je découvre le court message, cruellement simple, qu'elle avait laissé sur ma table de travail.

Le bureau est la seule pièce de la maison où Aram ne peut pas débarquer ; l'humidité estivale a éclos autour des coins supérieurs de sa porte en bois, la rendant presque impossible à ouvrir à moins d'y mettre toute la force d'un adulte. La pièce nous a donc parfois servi de lieu de rendez-vous clandestins lorsque nous avions envie d'épicer notre vie sexuelle, un espace où nous pouvions jouer sans nous soucier à l'idée que notre jeune fils pourrait entrer.

J'ai besoin de partir un temps loin de tout. Seule.
S'il te plaît, prends soin d'Aram.

Pas de doute, c'est bien l'écriture de ma femme sur le message – nette et serrée, abrupte comme une falaise.

L'écriture est soignée, sans signe de hâte, elle n'était donc pas en danger physique quand elle l'a écrit – Dieu merci.

Si elle a été forcée de disparaître ainsi, il a dû y avoir pourtant une sorte de crise – si ce n'est physique, alors émotionnelle.

Mes émotions fluctuent tout au long de la journée : le choc d'abord, puis la stupéfaction, de celles qui engourdissent le cerveau et qui, au fil du temps, se transforment en colère, avant de se figer en un amalgame d'angoisse et de perplexité.

Si Seong-mi avait été déprimée, j'aurais dû le remarquer.

Comment ai-je pu être si aveugle ? Mais je le suis encore. Je ne connais pas la raison de la disparition de ma femme.

Je regarde Aram, notre chérubin métis, un an. Son grand sourire insouciant me rappelle qu'il y a au moins un soulagement dans tout cela : Aram est trop jeune pour que cet épisode se grave dans sa mémoire, le départ déconcertant de sa mère un matin en laissant une note d'à peine deux lignes.

J'ai honte d'admettre ne pas avoir remarqué quoi que ce soit d'inhabituel hier soir. Ni même ce matin lorsqu'elle m'a demandé d'amener Aram à l'aire de jeux, car elle ne se sentait pas très bien. Quand je suis rentré à la maison, notre aide ménagère, Mme Kwon, était là, mais aucun signe de Seong-mi.

J'ai couché Aram pour sa sieste. Je suis allé dans le bureau pour allumer l'ordinateur et ai trouvé son message près du clavier. J'ai couru dans la chambre et ai découvert que sa valise n'était plus là.

Seong-mi a disparu. Comme une illusion. *Seule*, a-t-elle écrit. *J'ai besoin de partir un temps loin de tout.*

Je ne me serais jamais imaginé inclus dans la catégorie du « tout » – quelle que soit la raison de ses difficultés. Je croyais être la première et la seule personne vers qui elle se tournerait et se confierait en cas d'épreuve. Je n'ai jamais pensé faire partie de la réalité triviale et suffocante qu'elle a voulu fuir.

Une illusion. Penser que l'on connaît vraiment quelqu'un. Que l'on peut lire dans le cœur de son épouse comme dans un livre ouvert, chaque page, chaque mot. On risque d'omettre ce qui se cache entre les lignes. Tant d'anciennes cicatrices griffonnées à l'encre invisible.

Qui est cette femme, cette étrangère ?

Bae Seong-mi. Je murmure lentement son nom, comme si je ne l'avais jamais entendu auparavant, comme si j'avais besoin de le mémoriser.

Seong-mi et moi sommes assez uniques, mais pas d'un point de vue banalement romantique. Nous avons chacun eu des débuts peu ordinaires dans la vie, bien que son parcours ait été nettement plus stupéfiant que le mien.

Je suis né à Durham, dans le Maine, d'un père français et d'une mère coréenne. Mon père était un ancien soldat qui avait immigré en Amérique dans sa vingtaine, et ma mère était une orpheline de guerre adoptée par un couple américain de missionnaires. Elle avait environ treize ans quand elle est arrivée aux États-Unis, mais mes grands-parents n'ont jamais connu son âge exact. J'ai hérité de mon père un nez busqué et des yeux enfoncés, et de ma mère des iris marron foncé, des cheveux noir de jais et une peau ocre, qui tourne au chocolat après quarante minutes au soleil. Dans une petite ville rurale du nord des États-Unis, où la plupart des enfants ont la peau claire et les cheveux blond-roux, je détonnais comme une mouche sur un gâteau de mariage.

Mes grands-parents étaient des gens intelligents et aimants qui m'ont pratiquement élevé avec ma mère. J'allais chez eux à Bangor tous les week-ends, où ils m'ont transmis des choses inestimables : leur amour de la littérature, leur vocabulaire anglais sophistiqué, et des histoires du monde qu'ils avaient parcouru en tant que jeune couple de missionnaires. Ils parlaient souvent avec passion de la Corée, ce pays que je connaissais à peine malgré mes origines. Mais en savoir plus sur la Corée n'était pas ma priorité à l'époque : je m'efforçais d'éviter tout ce qui pouvait me distinguer des autres. Je désirais être ordinaire, un enfant que personne ne montrerait du doigt en classe. Mais les choses ont changé tandis que je grandissais. Bien que mon apparence exotique ait continué d'attirer les regards, j'ai aussi commencé à en tirer avantage.

Le garçon que j'avais tant méprisé, ce garçon maladroit dépassant d'une tête les autres enfants de la classe, était devenu un homme svelte et musclé, avec des biceps dessinés, tout comme mon père. J'étais bon en sport, en particulier lorsqu'il s'agissait de lancer des balles. Même si mon corps n'était pas suffisamment puissant pour faire de moi un athlète professionnel, il repoussait efficacement les brutes, sans que j'aie à engager une bagarre. Et, à ma grande surprise, je plaisais à certaines filles de l'école. Pendant mon adolescence, je restais malgré tout dans mon coin, de crainte de redevenir le sujet de tous les ragots, d'attirer des projecteurs qui me feraient sortir du lot – mon éternelle zone de confort.

Seong-mi est peut-être la première chose extraordinaire que j'ai rêvé d'approcher.

Je l'ai rencontrée à Shenyang, en Chine, alors que je travaillais en tant que missionnaire à l'église de la Nouvelle Vie. Tout comme grand-père Nolan avant moi, je suis allé à Cornell après le lycée afin d'étudier l'anglais et le français. J'ai ensuite obtenu un master puis un doctorat de littérature anglaise. Après mes longues études, j'ai décidé de passer un an en Asie du Sud-Est pour élargir mes horizons, comme mon grand-père me l'avait conseillé. J'ai entendu parler par l'un de ses anciens amis de l'église de la Nouvelle Vie, une église protestante sud-coréenne installée en Chine, qui aidait secrètement les réfugiés nord-coréens à fuir en Corée du Sud. L'église cherchait un jeune Coréo-Américain capable de traduire de l'anglais et d'assister le pasteur, tout en enseignant l'anglais dans une école locale en guise de couverture. À l'époque, je n'imaginais pas que ce que j'avais pensé être une année de travail bénévole deviendrait un travail d'une demi-décennie consacré à accueillir et aider les réfugiés nord-coréens en Chine.

Seong-mi, transfuge nord-coréenne, s'est retrouvée un jour sur le pas de notre porte.

Seong-mi est née à Hyesan, l'une des villes les plus septentrionales de Corée du Nord, à la frontière avec la Chine. Elle est plus jeune que moi, mais ce qu'elle a vu lui a d'ores et déjà fait vivre plusieurs vies : elle a survécu à la famine qui a décimé la moitié de son village, à un mariage violent qui a fait d'elle une mère adolescente, au trafic de drogue et à la prostitution forcée. Et pourtant, elle n'a jamais perdu le goût de vivre. Dans sa vingtaine, elle a décidé de s'enfuir, seule, de sa patrie, la nation la plus totalitaire et la plus isolée du monde.

Ce que j'ai trouvé le plus extraordinaire chez elle, c'était son calme. Malgré les épreuves qu'elle a traversées, elle a conservé un sang-froid implacable ; cela me rappelait le moine vietnamien qui, dans les années 1960, s'était assis dans les flammes pour s'immoler, impassible. Bien que d'autres transfuges aient affiché la même tranquillité, ils finissaient tous par avoir leurs coups d'éclat, déclenchés par le souvenir de ceux qu'ils avaient aimés ou des traumas auxquels ils avaient survécu.

Quand nous nous sommes rencontrés pour la première fois, peut-être que je me suis, pour une petite partie, épris d'elle, en dépit de mes efforts pour ne pas céder ; j'avais peur de moi-même, je craignais de profiter d'un être humain ayant besoin de mon aide.

L'étrangère qui venait tout juste de rejoindre notre église en clopinant semblait lasse, comme un vieux fantôme piégé dans le corps d'une jeune femme. J'ai étudié son visage pendant qu'elle me racontait son histoire. Ses yeux, dépourvus de pattes-d'oie, étaient fatigués, fixes et dénués de remords, tels ceux d'un vieillard – beaucoup de chagrin, mais nul regret. Ils n'ont jamais erré ou papillonné comme souvent chez les jeunes qui se confiaient. Même quand elle décrivait les pages les plus douloureuses de sa vie – des années réduite en esclavage par son mari, des mois dans un bordel chinois –, ses yeux restaient calmes, téméraires. Elle ne serrait pas non plus ses mains nerveusement l'une contre l'autre ; elles reposaient sur ses genoux, doucement repliées, comme des fleurs de lotus entrouvertes. J'aimais qu'elle ne soit pas dépassée par son récit. Ses phrases restaient courtes et simples, et jamais elle ne cédait à l'exagération. J'ai senti instantanément de l'honnêteté dans sa façon de parler. Et son attitude réfléchie me plaisait. J'aimais être avec elle. J'étais agréablement touché par sa vie et sa présence tranquille. Nous lui avons fourni un abri et un emploi dans notre église et, peu après, elle est devenue mon assistante.

Aimé Adel a dit qu'un amour qui s'épanouit dans des circonstances extrêmes ne peut pas survivre à l'automne de la monotonie, du quotidien.

Je me demande si notre déménagement en Corée du Sud, le fait de s'installer ensemble afin de fonder une famille, n'a pas marqué à la fois notre réalisation et notre perte en tant que couple marié.

Depuis que nous sommes à Séoul, tout est devenu sûr et stable : elle n'est plus une réfugiée illégale ; notre amour est écrit noir sur blanc sur des papiers ; et ensemble nous sommes devenus parents, la marque de l'âge adulte et d'une vie équilibrée.

Je me souviens du jour où tout a commencé, notre vie d'adultes, notre engagement.

J'ai fait ma demande à Seong-mi lorsque nous nous sommes vus pour la première fois dans la capitale. Presque quatre mois avaient passé depuis sa fuite à Séoul, que j'avais organisée avec un passeur chinois que je connaissais depuis de nombreuses années. Elle venait tout juste de terminer sa formation de trois mois à Hanawon, le centre de soutien pour les réfugiés nord-coréens. Bien que certain de notre amour, j'ai attendu qu'elle arrive en sécurité à Séoul avant de la demander en mariage, afin qu'elle soit légalement libre de prendre une telle décision ; je n'ai jamais voulu qu'elle se sente poussée ou forcée à m'épouser simplement parce qu'elle avait besoin de moi.

C'est la seule fois où je l'ai vue pleurer. Dès que j'ai prononcé les mots, elle s'est jetée en avant et a entouré mon cou de ses bras. Elle a serré ma tête fort contre sa poitrine, comme s'il fallait que j'écoute les battements de son cœur, ou peut-être, me dis-je avec le recul, de la même façon qu'elle tiendrait plus tard notre fils d'un an dans ses bras.

– Tu ne veux pas m'épouser, espèce d'idiot, a-t-elle murmuré à mon oreille. Pas une misérable comme moi.

Son visage souriait, mais les larmes continuaient de couler le long de ses joues.

– Je ne dirai pas que le passé appartient au passé, parce que ce n'est pas vrai, lui ai-je murmuré à mon tour.

Son sourire et ses sanglots se sont figés.

– Ton passé m'inspire une telle admiration, Seong-mi, et personne ne m'a jamais fait ressentir ça auparavant.

Elle s'est alors remise à pleurer. Puis elle m'a embrassé. Une poignée de passants – pour la plupart des papis coréens aux sourcils éternellement froncés – nous ont lancé des regards noirs. Mais nous n'aurions pas pu moins nous en soucier.

Je pense ensuite à un autre commencement. Le moment – le jour ou le mois, difficile à dire – où l'extraordinaire a commencé à se défaire de sa mue, une écaille après l'autre, pour se métamorphoser en son antithèse : l'ordinaire.

La médiocrité. La destination finale de tout mariage, selon Aimé Adel.

Sa personnalité. Son caractère imperturbable, sa marque de fabrique, qui m'avait fait tomber amoureux d'elle.

La tranquillité énigmatique qui avait autrefois rendu toutes les autres jeunes femmes insipides et vaines en comparaison.

Au début, j'ai pensé que vivre une vie stable à Séoul ferait davantage ressortir son côté joyeux, la Seong-mi expressive que j'avais vue le jour de ma demande. Mais elle transportait son obscurité partout avec elle tel un brouillard invisible, une petite cape sous laquelle elle se retirait chaquc fois qu'elle le jugeait nécessaire. J'étais le seul à le percevoir. Son visage devenait vide, éteint, ses membres relâchés et lourds, comme si son corps était sous l'eau. Dans ces moments, il lui arrivait de ne pas répondre à mes appels : « Seong-mi, mon cœur. » Mais j'essayais de ne pas trop m'inquiéter, car après ces quelques secondes de blizzard elle me revenait toujours. Elle ne manquait jamais de répondre à l'appel la deuxième fois. Et comme dans un moment d'épiphanie, elle paraissait soudain ravie. Elle marchait jusqu'à moi et serrait ses mains derrière mon cou, puis ronronnait dans mon oreille, comme elle le fait avant de m'attirer au lit sans réveiller Aram. Je lui ai demandé plusieurs fois à quoi elle pensait. « À rien de spécial », m'a-t-elle répondu un jour. « Il vaut mieux ne pas savoir, chéri », a-t-elle répliqué une autre fois, d'un air faussement sévère, telle une prophétesse des temps anciens.

Lentement, sa profondeur a commencé à m'irriter – ce quelque chose qui m'avait autrefois charmé, attiré vers elle. Parfois, Seong-mi amenait les gens autour d'elle, y compris moi, à se sentir trop simples et naïfs, voire immatures, comme si elle les surpassait en expérience, bien qu'elle ait souvent été la plus jeune. À certains moments j'avais l'impression qu'elle était prête à s'ouvrir : je la surprenais à me regarder de loin, de ses yeux pensifs, la bouche entrouverte, à une milliseconde de prononcer l'imprononçable. Mais elle ne l'a jamais fait.

– Je suis là pour toi, mon cœur, dès que tu ressens l'envie de parler. Souviens-toi : quoi que tu aies fait par le passé, ça ne changera pas mon amour et mon admiration pour toi, lui ai-je dit un jour, aussi doucement que possible.

En réponse, j'ai eu droit à un long soupir, que ses mains ont écarté d'un geste désinvolte, suivi d'un sourire feint.

– Merci, chéri, a-t-elle dit en passant ses doigts dans mes cheveux comme si j'étais un petit garçon.

Un geste tendre et agaçant à la fois. Je pensais pouvoir lire dans son esprit, l'entendre murmurer : *Merci, mon cœur, mais il y a des choses que tu ne pourras jamais comprendre.*

Les marches, son passe-temps solitaire. Elles m'ont semblé belles un temps. À Shenyang, dès qu'elle a acquis une carte d'identité chinoise, elle s'est mise à faire régulièrement de longues marches jusqu'au parc voisin, toujours un livre à la main. Lorsqu'on lui demandait où elle disparaissait si souvent après son travail à l'église, elle répondait qu'elle aimait flâner autour du vieux marché, ou dans le grand parc public à plusieurs kilomètres de là.

– C'est quelque chose qu'une jeune femme ne peut pas faire dans mon pays natal, marcher seule, juste pour le plaisir.

Je la voyais rougir puis rayonner. Elle disait qu'elle aimait aussi lire au soleil, qu'il soit haut dans le ciel, ou suspendu et orange, bas sur l'horizon.

– Après tout, c'est un passe-temps qui ne coûte rien, ajoutait-elle.

Je ne pouvais m'empêcher de la dévisager, comme si elle était une créature sauvage rare dont on ignore l'existence. Le livre qu'elle tenait était un exemplaire en coréen du *Plafond ouvert*, un roman semi-autobiographique d'Aimé Adel, mon écrivain français préféré. C'était un ouvrage passé en douce que je rangeais dans mon bureau, auquel Seong-mi avait accès en tant qu'assistante. Le cœur battant d'excitation, je lui ai demandé ce qu'elle pensait de l'auteur.

– Je ne suis pas fan, m'a-t-elle aussitôt répondu, à ma grande déception. C'est un prêcheur qui ne peut pas mettre en pratique ce qu'il prêche, n'est ce pas ? Tu dois savoir ce que ça signifie puisque tu es toi-même un prêcheur.

Une semaine plus tard, je lui ai demandé si je pouvais marcher avec elle jusqu'à Dongling Park. Après un instant d'hésitation, elle a acquiescé. Un léger malaise planait depuis que nous avions parlé d'Aimé Adel. À l'époque de mes cours de français à Cornell, et probablement dans toutes les autres écoles de l'Ivy League, personne n'avait le droit de le critiquer. C'était un penseur européen majeur de la fin du XXe siècle : le pourfendeur du colonialisme européen et le porte-drapeau des mouvements des droits civiques, en particulier du féminisme. Tous les étudiants français avaient des autocollants noir et blanc de la photo d'Adel et de sa conjointe, Sandrine Mauraux, avec qui il avait vécu en union libre. Sur la photo, tous deux étaient au lit, émaciés et à demi nus, en grève de la faim pour soutenir le mouvement contre la guerre du Vietnam. Adel était un dieu et une rock star de la philosophie d'après-guerre ; personne, pas même les professeurs, n'avait le cran de le désapprouver ouvertement en cours, en face de jeunes étudiants révolutionnaires en colère. « Adel et Mauraux ont libéré les femmes des conventions du mariage ! » Beaucoup d'étudiantes décoraient fièrement leurs pare-chocs avec cette phrase inscrite sur des autocollants.

Mais cette réfugiée au visage de biche, sans le moindre diplôme ni statut, m'a dit tout en marchant avec nonchalance :

– En plus, ce truc du mariage libre, c'est du flan, n'est-ce pas ?

Je me suis senti à la fois blessé et follement épris d'elle. Je lui ai demandé pour quelle raison elle trouvait que le plus grand mariage philosophique du siècle était un canular. Elle a ri et a répondu qu'aucun des termes de leur union n'avait été posé par Mauraux.

– C'était l'excuse artistique d'Adel pour coucher à droite et à gauche, sans avoir à en assumer les conséquences. Tu couches avec toutes les femmes que tu veux tout en possédant la femme dévouée auprès de laquelle tu peux toujours retourner. Une vie rêvée que tous les rois et dictateurs ont vécue. La seule différence est qu'Adel se fait appeler « féministe » grâce à ça, a-t-elle résumé avec un léger mépris.

Franc-parler nord-coréen. J'étais fasciné, comme toujours, par le calme et la retenue de sa voix, alors même que ses mots étaient mordants. Leurs petites dents s'étaient plantées en moi, démangeant mes reins pendant des heures avant que je parvienne enfin à céder au sommeil ce soir-là. Dans un rêve agité, je me suis vu avec elle, ma bouche entre ses cuisses. Le lendemain matin, au bureau, je me sentais trop honteux pour la regarder dans les yeux : j'avais imaginé qu'une femme telle que Seong-mi, étant donné ses origines, n'aurait pas vraiment d'opinion sur des sujets métaphysiques – très éloignés de toute question de survie.

Je pensais que ses marches solitaires ne seraient plus solitaires une fois que nous serions mariés. J'ignorais que cette promenade crépusculaire à Shenyang, durant laquelle elle avait allègrement rejeté Aimé Adel, serait notre première et dernière marche ensemble. Elle disait que la promenade était quelque chose qu'elle préférait toujours faire seule, un livre à la main. Maintenant qu'elle vivait en couple, expliquait-elle, c'était plus important que jamais d'avoir ses moments à elle.

– Je suis ce que vous, les Occidentaux, appelez une introvertie, disait-elle, le visage plissé par une tristesse feinte.

Après la naissance d'Aram, son besoin de marcher seule semblait avoir grandi.

– J'ai besoin de ce temps pour rester saine d'esprit, pour rester une bonne mère et une bonne épouse.

J'ai donc fait en sorte qu'elle l'ait, pensant qu'elle en méritait chaque seconde. Dans le même temps, je me sentais rabaissé, exclu. Je me sentais seul, m'interrogeant à propos de tout ce qu'elle préférait peut-être faire en mon absence. Et je me suis méprisé pour avoir ressenti cela. Pour avoir été ce mari jaloux, mesquin, que je n'avais jamais voulu devenir.

Dans mes moments de dépit les plus sombres, je suis allé jusqu'à imaginer que Seong-mi avait un amant secret – peut-être quelqu'un du rassemblement de transfuges nord-coréens à Séoul, auquel elle assistait de temps en temps. Un camarade réfugié, né et élevé dans la rudesse de la Corée du Nord, tout comme elle. Un homme qui comprendrait sans effort sa souffrance. Un homme à qui elle n'aurait pas besoin de parler comme à un enfant. J'avais le sentiment d'être dans une compétition tragique et me savais voué à perdre. Cet homme imaginaire donnait à mon existence, qui m'avait jadis semblé compliquée, un caractère trivial.

Que sait-on réellement de la vie de son conjoint ?

Jusqu'où le connaît-on ?

Les Coréens utilisent le concept de *chon* pour mesurer l'intimité familiale. Par exemple, je ne suis qu'à un *chon* de mes parents, mais il y en a deux entre mes frères et sœurs et moi. Et les frères et sœurs de mes parents sont à trois *chons* de moi, tandis que quatre *chons* me séparent de mes cousins. La notion de *chon* est à la racine des termes coréens pour oncle et cousin, *Sam-chon* et *Sa-chon* ; *Sam* et *Sa* signifiant respectivement trois et quatre. Selon cette définition d'une poignante acuité, il n'y a nul *chon* entre un mari et sa femme. Cela renvoie à plusieurs strates de sens : en tant que couple lié par un amour physique et psychologique, ils font pratiquement un au pic de leur intimité ;

toutefois, un mari et sa femme ne sont, après tout, reliés par aucun lien biologique ; et de ce fait, n'ayant ni *chon* ni lien biologique entre eux, ils peuvent redevenir de parfaits étrangers, voire des ennemis, une fois que le lien légal du mariage est brisé.

Auparavant, je ne saisissais la pertinence de ce terme qu'en théorie. À présent, je le comprends viscéralement.

MIHEE

Mihee devait choisir entre deux identités.

– Les deux sont réelles, dit le camarade Cha.

Mihee lui demanda alors pourquoi ils avaient opté pour des personnes réelles, et non pour les personnages inventés qu'ils incarnaient habituellement.

Il répondit tout bas, une lueur de colère dans les yeux, que c'était simplement plus efficace. « Les statistiques le prouvent. » Les agents jouent mieux leurs rôles lorsqu'ils sont enracinés dans des vies réelles, même si, que leur couverture soit fictive ou non, ils sont toujours tenus de faire semblant.

Alors que les mots du camarade Cha étaient doux, son regard furieux pesait dans l'esprit de Mihee, lui rappelant qu'il leur déplaisait qu'une novice pose des questions.

– De plus, continua-t-il, si vous vous montrez à la hauteur, vous finirez par être envoyée en Corée du Sud, ce qui nécessite de toute façon que vous empruntiez une véritable identité.

La première option était un homme dénommé Kim Cheol.

– Ne laissez pas le sexe vous déstabiliser, dit le camarade Cha.

Ce n'était pas le cas : elle savait que la famine avait enfermé le corps de nombreux hommes dans une puberté différée à tout jamais.

– Kim Cheol est petit, menu, vous pouvez donc facilement le remplacer, si vous êtes douée.

Elle se demanda s'il s'agissait d'un test. Le camarade Cha ajouta que, si elle s'en sortait bien, ce pourrait être un grand avantage le jour où elle aurait besoin de disparaître sans se faire remarquer de son lieu de mission.

– Vous pourrez redevenir une fille, pendant qu'ils chercheront en vain un garçon.

Elle rencontra Kim Cheol dans sa cellule, la veille de son exécution. Ils lui offrirent un dernier dîner de son choix – des nouilles de sarrasin froides avec un œuf dur, et trois cigarettes – et il fut ravi de collaborer.

– Pour tout vous dire, mademoiselle, j'aurais de toute façon coopéré, avec ou sans repas, marmonna Cheol en souriant, l'extrémité incandescente d'une cigarette dansant entre ses lèvres couvertes de croûtes.

Consciente que son interlocuteur ne serait plus de ce monde le lendemain, elle ne réagit pas au « mademoiselle », qui l'avait pourtant agacée. Elle comprenait ce qu'il voulait dire. Toute vie, sur le point d'être anéantie, ressent le besoin de laisser une marque. Et tout ce que Kim Cheol avait jamais voulu était de laisser une trace dans ce monde, en racontant l'histoire de sa vie. Ce droit à un discours final le faisait paraître prétentieux par moments, comme s'il était un héros de guerre interviewé pour sa bravoure.

La vie de Cheol était définie par la faim. Il passa le peu de temps qu'il lui restait à parler de nourriture, des choses que l'on peut ou non manger, comme si tout dans ce monde pouvait être réparti dans l'une ou l'autre de ces catégories.

– Il n'y avait déjà plus de chiens, de chats et de lapins, alors on s'est tournés vers des choses plus petites, comme les souris, les rats, dit Cheol, et quand il n'y en a plus eu non plus, on a cherché des grenouilles et des crapauds, puis des cigales et des sauterelles.

La bouche entrouverte et le regard vide, Cheol baignait dans la nostalgie. Même des libellules rouges valsant dans le jardin de cosmos familial, un souvenir d'enfance de Mihee, n'aurait pu survivre à son appétit.

– Il faut retirer la tête, par contre, insista-t-il, car elles sont trop amères, mais sans les têtes, les libellules, avec leur goût de noisette, sont aussi bonnes que des anchois sautés.

Elle ressentait à la fois du dégoût et de la pitié pour cet homme.

Cheol était un *kotchebi*, l'un des trop nombreux orphelins engendrés par la période de famine de masse et de crise économique survenue dans les années 1990, qui avait décimé un quart de la population nord-coréenne. Il n'avait aucun souvenir de sa mère, qui l'avait abandonné quand il avait trois ans, et son père ouvrier au *songbun* bas les avait confiés, son frère aîné et lui, à un orphelinat. Son frère y était mort de la fièvre typhoïde, et Cheol s'était enfui peu après. Il n'avait jamais revu son père.

À onze ans, Cheol avait vivoté de tout ce qu'il pouvait trouver à manger, sautant de train en train, perdant et ramassant des compagnons, tout en volant et en étant volé. Il était passé maître dans l'art de chasser et de glaner à l'âge de douze ans. Et de troquer à treize. Depuis, devenu chiffonnier hors la loi, il vendait de la ferraille et du bric-à-brac nord-coréens aux Chinois de l'autre côté de la frontière. Il était rapidement devenu le jeune homme le plus riche du coin : des morceaux de fer et de cuivre, des poteries et bijoux nord-coréens obtenus pour un dollar en arrachaient quinze à un acheteur chinois. Le commerce avait prospéré jusqu'à ce que Cheol ait seize ans, l'âge de la majorité.

– J'avais déjà traversé illégalement la frontière une dizaine de fois à l'époque, dit-il en bombant le torse. Je connais les coins, le long du fleuve Tumen, où les gardes-frontières sont plutôt souples.

Grâce à une carte d'identité volée dans un tas de cadavres derrière une gare, il avait acheté un abri près du fleuve, où il avait planqué certains de ses biens et une réserve d'argent en cas d'urgence.

Finalement, ce n'est pas le passage de la frontière qui lui valut la peine de mort. Il avait été arrêté par la police secrète dans son abri alors qu'il récupérait un peu d'argent dans sa réserve. Il avait caché les billets à l'intérieur de deux cadres, derrière les portraits de Kim Il-sung et de son fils, Kim Jong-il. Cheol pensait que c'était une cachette ingénieuse où personne n'oserait farfouiller : toute représentation du père et du fils était considérée comme sacrée, et l'endommager équivalait à un acte de trahison. Lorsque la police secrète avait débarqué, Cheol avait lâché le cadre à demi défait de Kim Jong-il. Le verre s'était brisé sur le sol et un coin du portrait s'était déchiré, donnant au dirigeant suprême un inquiétant sourire de travers.

– Vous voyez, dit Cheol, on peut s'en tirer en traversant la frontière, mais on ne peut jamais s'en sortir en insultant notre grand commandant.

Jamais, surtout si on est majeur, pensa Mihee. En regardant Cheol, elle hocha la tête. Leur génération avait été abreuvée d'histoires de jeunes héros, qui avaient sauvé des portraits sacrés du père et du fils de bâtiments en feu ou de navires naufragés, risquant vertueusement leur vie.

Elle se demanda si elle serait capable de se montrer aussi calme que Cheol dans ses derniers instants. La mort impressionnait peu Mihee et Cheol : comme de nombreux Nord-Coréens qui avaient survécu à la famine, ils l'avaient trop vue, partout. Mais Mihee n'aurait jamais pu être indifférente à sa propre fin. Cette simple pensée – savoir que vous allez mourir demain – semblait impossible, trop monstrueuse pour être imaginée. Cheol se moqua gentiment quand elle lui demanda s'il avait peur.

– Plus rien ne m'atteint, mademoiselle, répondit-il. Après avoir vu ce que j'ai vu, avoir fait ce que j'ai fait, j'ai l'impression d'avoir mille ans déjà.

Il dit que s'il avait eu le choix il aurait préféré vivre.

– Mais je n'ai pas beaucoup de regrets, ajouta-t-il en haussant les épaules.

Ce qu'il avait vraiment redouté était de mourir de faim – une disparition lente, douloureuse et délirante, qui vous ôte toute humanité.

– La mienne va être rapide, des coups de feu, sans douleur, donc pas si terrible que ça. En plus, je vais mourir le ventre plein, un vrai repas de bouillon de bœuf et de vraies nouilles de sarrasin. Pas les fausses à base de feuilles de maïs, ou d'écorce de pin, vous voyez.

À ces derniers mots, il déglutit avec un sourire. Sur son visage, pourtant, l'ombre d'un chagrin planait, telle une volute de fumée.

La seconde option était une femme dénommée Bae Seong-mi.

Une grande femme émaciée. Un visage pâle comme du papier. Des yeux de chiot – les coins légèrement tombants. Des lèvres fines, mais une forte mâchoire.

Elle était plus jeune que Mihee, mais semblait bien plus âgée.

Contrairement à l'exubérant Kim Cheol, Bae Seong-mi parlait avec prudence. Elle dévoilait sa vie par fragments. Comme lui, en revanche, elle avait traversé la frontière sino-coréenne de nombreuses fois avant d'être arrêtée et envoyée en camp de travail. Elle avait vendu de la drogue : *bingdu*, de la métamphétamine.

– Avant tout ça, j'étais juste une mère ordinaire, dit-elle avec un sourire teinté d'amertume.

Seong-mi ne pleurait jamais. Chaque fois qu'elle mentionnait son fils, un long silence s'ensuivait. Elle parlait lentement, d'une voix menue et tendre, presque dénuée d'inflexions. Cela retint l'attention de Mihee. Toutes les fois où Seong-mi suspendait son histoire au milieu d'une phrase, comme consumée par l'intensité de sa mémoire, elle sentait son cœur bondir dans sa poitrine, envoûtée. Ces intermèdes offrirent à Seong-mi quatre jours supplémentaires avant son exécution, tandis que Cheol n'en eut qu'un.

Comme Mihee, Seong-mi était originaire de Hyesan, l'une des quatre villes les plus au nord, frontalières de la Chine. C'était un atout pour Mihee : elle n'aurait rien à étudier et à mémoriser à propos de la ville de son enfance. Cela lui ferait gagner beaucoup de temps. Seong-mi était née dans une famille au *songbun* bas et mariée à un homme de la haute bourgeoisie. Ce dernier était chargé de la propagande pour la station de radio de Hyesan.

– C'était un homme séduisant, baraqué, avec un rire chaleureux, racontait Seong-mi. Même s'il était vulgaire, il parlait bien, et était apprécié des hommes comme des femmes.

Les bons souvenirs s'arrêtaient là.

– Il a littéralement changé du jour au lendemain, murmura-t-elle.

Et à compter du mariage, cela n'avait plus été qu'alcool et violence. Mihee trouvait étrange que Seong-mi parle de la brutalité de son mari avec un tel détachement, comme si la douleur qu'elle avait endurée appartenait à une autre. La nécessité de partir s'était un jour imposée, le lendemain d'une énième correction alcoolisée, suivie de larmes, de promesses que cela n'arriverait plus jamais, et d'une déclaration d'amour passionnée, un discours qu'elle connaissait sur le bout des doigts. Alors qu'elle appliquait du talc teinté sur les hématomes autour de son œil et sur son cou, chaque articulation de sa main en feu, la réalité la frappa de plein fouet : un jour, il la tuerait. *Cela n'arrêtera pas tant que je vivrai*, avait-elle compris. Seong-mi avait deux possibilités. *Je le tue avant qu'il ne me tue, ou je m'enfuis.* Comme possédée, elle était sortie de la maison en courant, vêtue d'une fine chemise de nuit. Elle n'était jamais revenue.

Elle avait alors décidé de traverser le fleuve Yalu et d'aller en Chine, ce qui était sa seule issue. Elle se souvenait vaguement d'un oncle Majo, le fils de sa grand-tante vivant à Changbai, un district chinois peuplé en grande partie de Coréens. La famille de l'oncle Majo ne s'était montrée ni accueillante ni froide. Ils s'étaient contentés de faire ce qui leur semblait juste pour une parente éloignée qu'ils n'avaient pas vue depuis une décennie. Ils l'avaient nourrie et hébergée jusqu'à ce qu'elle ait retrouvé une apparence normale, et que tous les bleus sur son corps se soient estompés.

– Et puis je me suis de nouveau retrouvée seule, avec huit dollars en poche, et un sac rempli de vêtements de la tante Majo.

Étrangère sans papiers, elle avait erré de petit boulot en petit boulot, tous dangereux et peu payés.

– Le seul choix qu'il me restait, en tant que femme nord-coréenne en situation irrégulière, était la prostitution, à divers degrés, dit Seong-mi, les yeux perdus dans le vide.

Des massages avec finition au rôle d'épouse auprès d'un fermier chinois handicapé, l'incontournable quartier rouge avait été sa destination finale. Au cours de sa deuxième semaine dans le bordel, elle s'était de nouveau enfuie. Alors que toutes les travailleuses étaient envoyées aux bains publics, dont l'entrée était gardée par les proxénètes, Seong-mi avait prétexté un besoin d'uriner, puis avait sauté par la fenêtre des toilettes. Alors qu'elle prenait conscience de la dureté du monde hors de la prostitution, songeant peu à peu à mettre fin à ses jours, elle avait été approchée par ce qu'elle avait pensé être sa seconde chance.

– On m'a offert un travail, faire passer de la drogue en Corée du Nord.

C'était un travail dangereux mais très lucratif, lui avaient expliqué les membres balafrés du gang chinois. Pendant des décennies, la Corée du Nord avait produit et raffiné de l'opium à grande échelle – l'une des rares marchandises du pays répondant aux normes de qualité internationales. En théorie, la drogue était un moyen d'obtenir des devises, et était donc réservée à l'exportation. Mais dans une économie aussi mal en point, où les pots-de-vin mettaient plus de nourriture sur la table que les salaires, la drogue s'était également frayé un chemin jusqu'au grand public. Face à la pénurie de médicaments et de matériel médical, la métamphétamine était devenue la panacée du peuple. On y avait recours pour toutes sortes de douleurs et de maladies, allant de l'herpès au cancer en phase terminale. Même les gens en bonne santé en consommaient pour se distraire de la faim, ou de la réalité.

– Le *bingdu* nord-coréen était très demandé en Chine pour sa bonne qualité et son prix raisonnable, poursuivit-elle, et les gangs chinois cherchaient de nouveaux moyens pour mettre la main dessus.

Ils ont pensé que Seong-mi, une Nord-Coréenne d'apparence quelconque, ni jeune ni vieille, ferait une trafiquante parfaite. Elle était insignifiante et inoffensive dans une foule, et en tant que femme, moins sujette aux fouilles. Elle pouvait entrer dans le pays et en sortir sans se faire remarquer.

Elle était surtout active l'hiver. Les épais vêtements d'hiver laissaient plus d'espace pour dissimuler la drogue, ainsi qu'un peu d'espèces et des cigarettes pour soudoyer les gardes-frontières. Le froid mordant gelait le fleuve Yalu, devenu épais et dur. Aussi pouvait-elle le traverser sans avoir à se soucier d'endommager les produits.

– C'était la première fois depuis longtemps que j'avais un but dans la vie, murmura Seong-mi, les yeux clos.

Le commerce était en effet lucratif – la première traversée lui avait rapporté l'équivalent d'une année de salaire de son mari – et elle s'était mise à imaginer un nouvel avenir, avec son fils de dix ans. Elle n'avait jamais travaillé avec autant d'acharnement. Elle avait besoin de plus d'argent pour faire passer son fils par une route sûre et acquérir un domicile décent en Chine. L'hiver suivant, elle avait fait plusieurs autres voyages couronnés de succès en Corée du Nord. Elle ne s'était fait prendre qu'une fois par un garde-frontière, qu'elle avait aisément acheté avec trois dollars et un paquet de cigarettes.

Son rêve s'était brisé alors qu'elle était sur le point de le réaliser. Un mauvais fil tiré qui avait défait tout le tissage. Un jour, alors qu'elle passait près de son ancien quartier à Hyesan, elle n'avait pas résisté à l'envie de marcher jusqu'à l'école de son fils.

– Juste pour l'apercevoir de loin.

La voix de Seong-mi tremblait. Elle n'avait pas reconnu son fils, mais quelqu'un l'avait reconnue, un dénommé Injae, un ancien voisin, et un ami proche de son époux. La police était arrivée en quelques minutes.

Seong-mi avait compris que sa chance s'épuisait. Contrairement à la plupart des policiers, le camarade Injae avait refusé de se faire acheter. Les pots-de-vin qu'elle lui avait offerts l'avaient mis hors de lui. « Sale transfuge, traître au Parti et au père de son enfant ! » lui avait-il hurlé.

– Il m'a suivie jusqu'au poste, pour être sûr que je ne m'enfuirais pas cette fois.

Seule dans sa cellule, avec en arrière-fond les jacassements du camarade Injae rapportant à son mari toute l'histoire au téléphone, elle avait compris qu'elle était dans une impasse. Plus de fuite. Elle ne savait que trop bien ce qui l'attendait : elle serait envoyée en camp de travail, puis renvoyée chez elle. Elle devait prendre sa dernière décision au plus vite, tant qu'elle était encore à sa portée. Du *bingdu* était caché partout sur son corps – elle en avait fourré autant que possible dans sa bouche avant qu'un garde ne l'arrête.

– La quantité que j'ai ingurgitée aurait suffi à abattre un cheval, mais ça ne m'a pas tuée, murmura Seong-mi, la tête penchée en avant.

Le silence emplissait l'air. Mihee se demanda si elle pleurait.

– J'ai été jugée et condamnée à mort, finit-elle par dire avec un petit rire, avant de soupirer. Cette lourde peine n'est pas due au passage de la frontière et au trafic de drogue.

Seong-mi regardait à présent Mihee droit dans les yeux.

– C'est à cause de la tentative de suicide.

Bien sûr, pensa Mihee en silence. L'État abhorre le suicide. Le suicide est pernicieux, une protestation passive contre le Parti. Une forme de défection intérieure. Ils ne pouvaient pas laisser cela arriver sur leur territoire, dans leur cellule – l'endroit qui est censé vous dépouiller de toute liberté. Ils ne pouvaient pas laisser cet affront impuni.

Seong-mi se mit à sangloter. Mihee se sentit perdue, consternée. Ce n'était pas beau à voir : l'effondrement de quelqu'un qui avait semblé si calme, si impassible. Elle eut envie à la fois de la gifler et de la prendre dans ses bras. Mais elle resta assise en silence. Comme on le lui avait appris.

Après avoir séché ses larmes, Seong-mi déclara, prenant Mihee de court, qu'elle se sentait chanceuse malgré tout. Elle était heureuse d'avoir eu l'occasion de raconter l'histoire de sa vie avant qu'elle ne se volatilise.

– La plupart des détenus du couloir de la mort n'ont pas cette dernière chance, murmura-t-elle dans un mince sourire.

Elle ne niait pas qu'elle allait mourir le lendemain, mais savoir qu'elle continuerait à exister, ne serait-ce que par la comédie d'une autre, était réconfortant. Un bonheur par procuration, aussi étrange que la vie elle-même.

– D'une certaine façon, on nous offre à chacune une nouvelle vie, n'est-ce pas ? dit-elle.

Des larmes roulèrent le long de ses joues. Les deux femmes se dirent au revoir.

Alors que Mihee sortait de la cellule, Seong-mi la rappela. Elle avait oublié de lui dire quelque chose d'important.

Tout en attrapant Mihee par les épaules, elle lui chuchota à l'oreille :

– Si vous traversez le fleuve Yalu quand il n'est pas gelé, assurez-vous d'enlever tous vos vêtements avant de mettre un pied dans l'eau.

Mihee la regarda s'éloigner.

Le conseil de Seong-mi rappela à Mihee sa propre mère.

Mère, son idole. C'était à cause d'elle que Mihee avait choisi cette profession. Elle s'était pourtant montrée réticente, mais comme dit un vieux proverbe coréen : « Nul parent ne gagne contre son enfant. » Avec le temps, mère l'avait admis elle aussi. Dès lors, elle avait été une professeure dévouée.

Mère lui avait confié avoir dû traverser de nombreux fleuves dans le cadre de ses missions.

– Le Yalu, le Dooman, et même l'Imjin. J'étais une sorte d'expérience qu'ils menaient.

En raison de son parcours atypique, ils l'utilisaient comme un banc d'essai humain pour une variété de tâches boueuses, ingrates et dangereuses. Ils l'avaient lâchée dans la brousse pour voir si elle en sortirait vivante.

Elle conseilla à Mihee d'y faire face pleinement.

– La première mission est cruciale, dit mère avec insistance. Il a fallu que je me montre digne de ma première série d'épreuves pour que l'on me donne une couverture stable.

Avant de revêtir sa brillante armure de femme d'affaires, mère avait porté une fleur dans ses cheveux pour jouer une orpheline de guerre atteinte de démence. Déguisée en vagabonde, elle avait secrètement recueilli des informations sur la base américaine militaire de Paju, en Corée du Sud. Jouer une muette démente avait dû être terrible, pensa Mihee, mais mère répliqua que cela avait été un rôle convaincant à endosser. Chaque village sud-coréen, disait-elle, avait hérité d'une orpheline dérangée après la guerre. Le chagrin l'avait rendue opaque à la réalité. Trop misérable et indifférente, elle n'avait jamais été considérée comme une menace. Elle avait donc profité d'une étrange forme de liberté.

Tout comme Seong-mi, mère lui recommanda de retirer tous ses vêtements avant de traverser un fleuve.

– Surtout le fleuve Yalu, dit-elle. La nuit, même en été, son eau peut être aussi froide que la mort. Ce serait dommage de mourir d'hypothermie avant même d'avoir jeté un coup d'œil au monde extérieur.

Elle sourit.

Mihee devait choisir entre deux vies, celles de Cheol et de Seong-mi.

Dès le début, pourtant, le choix semblait trop évident. Ce serait Seong-mi, sans le moindre doute. Puis elle s'interrogea de nouveau : *et si tout cela n'était qu'un test ?* Elle savait qu'ils confiaient rarement le pouvoir de décision à une jeune recrue. *Est-ce une faveur due à ma mère adoptive légendaire ?* Mihee réfléchissait. *Ou veulent-ils savoir quelle sorte de joueuse je suis ?*

Est-elle une bonne élève appliquant le manuel ? Ou une téméraire qui a du cran ?

Dans ce monde étrange, il était toujours difficile de connaître la vérité.

ROUSSEAU

Seong-mi rejetant Aimé Adel avec désinvolture. Cela avait égratigné mon cœur et l'avait ravi.

Je m'émerveillais de son effronterie brusque, de sa capacité à ne pas se laisser emporter par l'opinion dominante. J'enviais cette assurance. Moi qui, au contraire, avais passé mon enfance et mon adolescence à craindre la façon dont les autres me voyaient.

Mais je commençais là aussi à en être irrité : son discrédit facile de ce que les autres pensent.

Bien qu'elle n'ait pas été une grande adepte du *Plafond ouvert*, elle a fini par lire tous les livres d'Aimé Adel de ma bibliothèque, dans notre humble demeure nuptiale à Séoul. Et une fois qu'elle en a eu fini avec lui, elle est passée à Sandrine Mauraux.

Un jour, je l'ai vue lire *La Serre* de Mauraux, l'histoire d'une botaniste qui souffre toute sa vie de sa relation avec un amant poète volage. Lorsque Seong-mi a terminé ce roman semi-autobiographique, je lui ai demandé, plein d'espoir, si certains livres qu'elle avait lus lui avaient fait changer d'avis sur Adel. Elle m'a lancé un sourire énigmatique et a haussé les épaules.

– J'aime le message de sa philosophie. Il a donné de l'espoir et un sens à la vie à beaucoup de gens. Je ne l'aime simplement pas en tant que personne.

– Et pourquoi ça ?

Ma voix s'était égarée dans les aigus. Mon cœur s'est mis à battre avec excès.

– Beaucoup de ses actions dans la vraie vie démentent ce qu'il a écrit. Il se fait passer pour le pourfendeur de la suprématie blanche, s'appelle lui-même un paria parce qu'il est métis. Mais le gars était hyper blond avec des yeux bleus. Le quart afro-arabe en lui ne se voyait pas. Il n'a jamais souffert du racisme dans la vraie vie, mais a beaucoup profité de son héritage afro-arabe invisible. Il n'a jamais mis les pieds dans la patrie de son père, et s'est contenté de se vautrer dans ses privilèges confortables d'Européen blanc, qu'il prétend abhorrer dans ses écrits. Quel imposteur.

Elle a ri.

Ce n'était pas moi qui parlais, et pourtant, je me sentais essoufflé.

– Et il se prétend féministe, a-t-elle continué. Avec ce mariage libre révolutionnaire qu'il a mis en place. Eh bien, il était effectivement libre sur un point. Coucher avec plein de femmes, sans avoir à en assumer les conséquences. Quelle façon astucieuse de le formuler.

Elle s'est remise à rire de son propre cynisme.

– Désolée, a-t-elle ajouté, je ne peux pas édulcorer tout ce que je dis comme les Sud-Coréens.

J'étais furieux. Je détestais que son ton soit resté imperturbable tout du long, voire enjoué parfois, tandis que mon visage brûlait. J'avais le sentiment d'avoir été pris en embuscade. Pourtant mon attaquante semblait joviale, innocente. Dans ma tête, l'un des piliers sur lequel reposait la petite tour de littérature que j'avais bâtie depuis mon enfance chancelait. Mais Seong-mi, qui venait de déclencher la tempête, était déjà passée à autre chose, occupée à rincer le riz pour le dîner, en fredonnant.

Ce calme brutal.

MIHEE

Mihee devint Seong-mi, alors ressuscitée, au moment même où elle mit son pied nu dans le fleuve Yalu. Baptisée jusqu'à la taille dans l'eau glacée, Mihee remercia mère et Seong-mi pour leur précieux conseil : retirer ses vêtements avant de traverser le fleuve. Tout ce qu'elle avait mis dans le grand sac en plastique étanche – des vêtements, une petite serviette, un porte-monnaie, une paire de chaussettes et des chaussures en caoutchouc – resta aussi doux et sec que l'intérieur d'un berceau d'enfant. Enfiler des vêtements chauds après l'eau froide fut comme plonger dans un long sommeil après une nuit blanche. Elle laissa échapper un petit cri de fatigue et de soulagement.

À dire vrai, pensa Mihee, la traversée elle-même avait été si facile qu'elle en devenait presque décevante – pour elle, la seule adversité était venue du froid de l'eau, pas d'un cri ou d'unc balle d'un garde-frontière. Une si petite distance, pas même cinquante mètres de large. Quelques dizaines de pas lents dans l'eau, que la plupart des jeunes femmes pouvaient faire sans peine, suffisaient pour sortir de la nation la plus isolée sur terre. Mais Mihee avait déjà appris grâce à Seong-mi que traverser la frontière n'était pas le cœur de l'épreuve. Le vrai défi était de survivre sans papiers.

Quelle étrange vision, pensa Mihee. Née et élevée à Hyesan, elle était habituée à la vue de l'autre côté de la frontière. En revanche, regarder sa ville natale de la rive opposée était inédit. L'horizon bas et gris de Hyesan semblait si intime et pourtant si étranger. C'était comme une expérience extracorporelle, comme se regarder dormir, planer en apesanteur au-dessus de son propre visage. La petite distance physique qu'elle avait parcourue pour traverser la frontière se mit à lourdement peser sur son esprit.

Contrairement à la plupart des fugitifs nord-coréens réfugiés en Chine, Mihee savait où aller. Réincarnée en Seong-mi, elle devait infiltrer Saesaengmyeong Gyohwe, l'église de la Nouvelle Vie. Cette église protestante coréenne de Shenyang était soupçonnée d'avoir aidé des centaines de Nord-Coréens à fuir dans des pays étrangers, principalement en Corée du Sud. L'église avait été fondée par un homme d'affaires sud-coréen, et était désormais dirigée par un pasteur américain, Adrien Rousseau.

– Il est né en Amérique, lui avait expliqué le camarade Cha, d'un père français immigré et d'une mère coréenne adoptée. Sa langue maternelle est l'anglais, mais il parle aussi couramment français, coréen et chinois.

Le camarade Cha avait avancé sa lèvre inférieure et haussé les sourcils – en signe de reconnaissance des talents de l'ennemi.

Il avait décrit le pasteur Rousseau comme un homme froid, distant, peu impressionnable, et donc difficile à berner. La mission de Mihee consistait pour le moment à garder un œil sur lui, à faire des rapports sur toutes ses activités et discussions susceptibles de concerner le Parti. En temps voulu, elle entrerait en Corée du Sud sous son identité de transfuge nord-coréenne, avec l'aide du pasteur.

– On raconte que cet hybride serait un informateur de la CIA, avait insisté le camarade Cha.

Mihee était agacée par le mot qu'il avait choisi. « Hybride ». Des images de monstres occidentaux avaient surgi dans son esprit, tels que le Minotaure ou Frankenstein. Cela n'allait pas être une partie de plaisir de le surveiller toute la journée, six jours sur sept.

Elle s'arrêta d'abord à Changbai pour récupérer les faux documents de voyage dont elle avait besoin pour rejoindre Shenyang. Elle se présenta à l'adresse que le camarade Cha lui avait fait mémoriser, la porte de derrière d'un restaurant de fondue situé au milieu d'un marché aux épices bondé, et qui faisait face à une allée étroite peu éclairée, emplie d'une odeur de lard rance et de poudre de poivron rouge. Elle frappa à la porte comme convenu – quatre coups rapides puis deux plus lents – et une vieille femme mince ouvrit aussitôt. Vêtue d'un tablier en caoutchouc taché de sang, elle demanda à Mihee d'attendre, avant de retourner à l'intérieur. Par la porte entrouverte, Mihee vit une rangée de petits corps suspendus au plafond la tête en bas, telle une colonie de chauves-souris immobiles, semblables à de grands lapins écorchés – mais il ne s'agissait pas de cela. La vieille femme revint avec un petit sac à dos. Mihee le prit et la remercia. La femme ne dit rien. Le camarade Cha avait indiqué à Mihee qu'elle n'était pas censée connaître le nom de la femme ni ce qu'elle faisait. La plupart du matériel nécessaire lui serait livré de cette manière à Shenyang, par un autre agent anonyme, avec le moins d'échanges et de contacts physiques possible.

Mihee descendit du train une gare plus tôt que nécessaire et marcha jusqu'à l'église de la Nouvelle Vie. Sept kilomètres avant sa destination, elle changea de chaussures, abandonnant son ancienne paire sur le bord de la route. Ses nouvelles chaussures semblaient usées, un bout de la semelle manquait du côté gauche. À son arrivée, elle avait réellement mal, claudiquant sur un pied.

Deux personnes étaient postées à l'entrée : un concierge au fort accent sino-coréen et une femme d'âge mûr que le concierge appela diaconesse Kang. Voyant le pied de Mihee, ils la firent aussitôt entrer ; ces croyants ne pouvaient repousser une femme blessée, qui avait besoin de l'aide de Dieu. L'extérieur de l'église était quelconque ; elle se serait fondue parmi les autres bâtiments brutalistes voisins, ternes et gris comme de la viande bouillie, sans la croix rouge au néon suspendue au-dessus de la porte. Cette croix embua ses yeux, des larmes réelles arrachées par la douleur et le soulagement. Sans un mot, ils la conduisirent dans leur salle de prière souterraine, une vaste pièce sans fenêtres, qui sentait le bois laqué et la moisissure. Là, ils soignèrent son pied blessé, puis lui dirent d'attendre. Ils étaient partis chercher le pasteur, qui prenait les décisions concernant les réfugiés. Elle regarda son pied : il était gonflé, mais les coupures étaient superficielles. Ce serait une excuse parfaite pour séjourner à l'église jusqu'à ce qu'elle puisse marcher correctement. Se surprenant à sourire, elle eut aussitôt peur d'elle-même, se demandant jusqu'où l'agent Mihee irait – elle avait été capable de se blesser, saurait-elle se mettre en danger si la mission l'exigeait ?

Elle préféra penser à autre chose – à la question centrale, bien plus importante et plus pressante que son pied en sang. Qui était le pasteur Rousseau ? Quel genre d'homme était cet Américain taciturne, métis et polyglotte ? Mihee songea à l'archétype de l'Américain qu'on lui avait inculqué à l'école : un monstre aux yeux pâles, pourvu d'un long nez pointu semblable à la baïonnette d'un soldat japonais. « Des chacals », disaient les professeurs. Des prédateurs rusés assoiffés de sang, friands des petits enfants coréens. Mais, même enfant, elle était trop intelligente pour croire à ces caricatures grossières.

Le pasteur Rousseau déjoua toutes les attentes de son imagination. Il était jeune, grand, d'une beauté ténébreuse. Un homme aux cheveux de jais, à la peau dorée, au visage taillé comme une pierre précieuse. Une beauté étrange, pensa Mihee. C'était la première fois qu'elle voyait un homme issu de deux cultures, et elle se demanda si tous les métis étaient aussi agréables à regarder. Le coréen du pasteur était quasiment impeccable, malgré sa tendance à traîner la voix après chaque *uh*, et l'accent qu'il mettait sur certaines particules conjonctives qui auraient dû rester inaccentuées. Sa façon de parler en général, en revanche, sèche et directe, lui rappelait son patron nord-coréen. *Cet homme ne se laissera pas berner, alors ne tourne pas autour du pot et va droit au but.* Et c'est ce qu'elle fit lorsqu'il lui demanda de lui raconter son voyage, comment elle était arrivée sur le pas de sa porte.

Tandis que Mihee retraçait avec calme une version concise de la vie de Seong-mi, le pasteur Rousseau se contentait de l'observer et d'écouter, le visage immobile. Un homme laconique – la dernière chose à laquelle elle se serait attendue chez un pasteur protestant américain. Aucune trace de la compassion condescendante dont font preuve tant d'évangélistes à l'égard des pauvres sujets du tiers monde qu'ils ciblent pour les convertir, remarqua-t-elle également. Était-ce la preuve que la mission de cet homme n'était non pas religieuse, mais politique ?

Il était coriace, mais Mihee savait où frapper. Gagner la confiance d'un homme comme le pasteur Rousseau était comme apprendre à connaître un chien. Prendre son temps – ne jamais se précipiter, toujours le laisser d'abord vous approcher. Ne pas le regarder directement dans les yeux, sous peine de le mettre en colère ou de le faire fuir. Il est possible de s'asseoir près de lui très doucement, mais là encore la clé est de le laisser croire que c'est lui qui s'approche, pas l'inverse. Il ne reste plus qu'à tendre la main, les yeux toujours baissés, mais ce doit être lui qui avance la tête, renifle, puis vous lèche les doigts.

Aussi, pendant longtemps, contrairement aux autres réfugiés nord-coréens de l'église, elle se garda de déranger le pasteur dans son bureau. Elle s'efforçait de parler le moins possible, mais ne cessait de s'affairer. Elle proposa son aide pour nettoyer la salle de prière. Elle essuya les bancs, les bibles et les livres de cantiques, retira les taches de moisissure des murs, cira les pupitres, vida les vases et les remplit d'eau fraîche. Tous les vendredis, elle récurait les toilettes à chaque étage.

– C'est le moins que je puisse faire avec mes mains indemnes, diaconesse Kang, dit Mihee à la surintendante de l'église, au moment où le pasteur Rousseau, sortant de son bureau, se trouvait à portée de voix.

Bien que Mihee saluât le pasteur chaque fois qu'elle le croisait, elle n'engageait jamais la conversation.

Une occasion se présenta avant qu'elle puisse de nouveau marcher normalement. C'était quelques jours après le dixième anniversaire de l'église. Des milliers de gens s'étaient rassemblés pour le célébrer. Des hommes d'affaires sud-coréens, propriétaires d'usines d'ameublement et de conserves à Shenyang, étaient venus avec leurs ouvriers, les bras chargés de fruits exotiques et d'argent. Et plusieurs Coréens originaires des régions environnantes, Dandong, Changbai et même Yanbian, avaient fait le voyage avec leurs familles pour profiter des festivités et de l'abondance de mets coréens gratuits. Après trois jours de festin, à déclamer les mêmes salutations à des milliers de visages joviaux et à serrer d'innombrables mains, le pasteur Rousseau perdit temporairement la voix et la poigne de sa main droite.

– Vous avez dit que vous saviez taper ? lui demanda-t-il abruptement ce matin-là, la voix cassée, alors que Mihee s'efforçait de retirer une tache de café sur la porte de son bureau.

Son ton décontracté la déconcerta : il ne lui avait pas adressé une seule fois la parole depuis un mois. Bien qu'enthousiasmée par cette perspective, Mihee hésita : elle n'avait jamais dit qu'elle savait taper.

– Oui, je sais taper, monsieur, finit-elle par répondre, toujours d'une voix faible et méfiante.

Le pasteur Rousseau sourit.

– Très bien. Vous accepteriez de m'aider ? Je peux à peine taper avec ma main gauche.

Il leva brièvement sa main droite, couverte de patchs antidouleur. L'odeur piquante du camphre et du menthol fit larmoyer les yeux de Mihee.

Elle le suivit dans son bureau. Il tira sa chaise et lui fit signe de s'asseoir. Puis il commença à lui dicter ce qui semblait être son sermon pour le dimanche suivant. Mihee garda le silence malgré son trouble et déplaça ses doigts sur le clavier aussi rapidement qu'elle le put. Des perles de sueur apparurent sur sa lèvre supérieure. Elle se concentrait intensément. Lui demander de ralentir ou de répéter un simple mot risquait de lui faire perdre la partie. À la fin de la dictée, ses mains et la bouche du pasteur dansaient presque parfaitement à l'unisson, comme s'ils pratiquaient ce pas de deux depuis des années.

Le pasteur Rousseau prit les feuilles des mains de Mihee et se mit à les lire. Elle se surprit à guetter désespérément un signe d'approbation.

– Bien, dit Rousseau, et Mihee fut transportée de joie, telle une enfant nerveuse dorlotée par une mère distante.

– Trop bien, d'ailleurs, ajouta-t-il en plissant légèrement les sourcils.

Elle eut un haut-le-cœur.

– Que voulez-vous dire par « trop bien » ?

C'était la première question que Mihee posait au pasteur.

– Mathusalem, répondit-il dans un souffle. Vous avez correctement orthographié le mot. Je ne l'ai dit qu'une fois et vous l'avez tapé rapidement, sans une seule faute.

Il lui demanda si elle connaissait déjà le personnage biblique. Elle répondit que Mathusalem, le grand-père de Noé, était le plus vieil homme de la Bible, et qu'il avait vécu près de mille ans. Pour camoufler ses mensonges, elle décida de lui offrir un fragment de vérité :

– Ma mère était chrétienne, elle a été élevée et baptisée par des missionnaires canadiens avant les guerres. C'est elle qui m'a enseigné la Bible.

Mihee lut de la surprise sur son visage, d'habitude inexpressif.

Parcourant de nouveau les feuilles, il hocha la tête. Un mince sourire se dessina sur ses lèvres.

– Les transfuges nord-coréens viennent ici en prétendant vouloir en apprendre plus sur la Bible et devenir chrétiens, dit-il, mais, bien sûr, leur but est tout autre. Je ne leur en veux pas.

Ils font ce qu'ils doivent faire pour avoir une chance de vivre une vie meilleure.

Les lèvres pincées, il fixa Mihee, comme s'il attendait qu'elle dise quelque chose. Mais elle resta silencieuse, et lui jeta un regard intense.

– Vous êtes l'une des rares à connaître bel et bien la Bible, mademoiselle Bae Seong-mi.

Il sourit de nouveau. Elle resta impassible.

– Je ne suis pas différente des autres, pasteur, répondit-elle. Je suis en quête de la même chose. À ceci près que je n'aime pas être redevable.

Sans un mot de plus, Mihee quitta la pièce. Le mois de travail acharné à essuyer, laver et cirer avait déjà parlé pour elle.

Dans la soirée, le pasteur Rousseau la convoqua de nouveau dans son bureau.

Il lui apprit que son souhait ne pourrait pas être réalisé tout de suite. Elle allait probablement devoir attendre, jusqu'à un an peut-être.

– Le gouvernement nord-coréen vient de lancer ses plus fortes mesures de répression à l'encontre des transfuges réfugiés en Chine.

Laissant échapper un soupir, il confia qu'il avait déjà dû refuser plusieurs transfuges, qui étaient arrivés le mois précédent, juste avant Seong-mi.

Elle lui répondit qu'elle n'était pas pressée.

– Mon but est d'économiser suffisamment d'argent pour payer moi-même le trajet, peu importe le temps que ça prendra. J'ai été endettée par le passé, auprès de gens que j'aurais aimé ne jamais rencontrer. Je me suis promis que ça ne se reproduirait pas.

À l'issue de la conversation, le pasteur Rousseau l'engagea comme assistante. Tôt le lendemain matin, Mihee était dans le bureau, occupée à taper les lettres de remerciement aux bienfaiteurs de l'Église. La diaconesse Kang, qui avait apprécié l'investissement de Mihee dans les corvées ménagères, lui lançait à présent un regard noir chaque fois qu'elle la croisait, laissant planer un silence hostile.

– Alors, de quel genre de talent as-tu fait preuve, dis-moi ? demanda la diaconesse quelques jours plus tard, quand elle la rencontra dans les toilettes des dames.

Des talents dont tu n'as pas idée, répondit Mihee dans sa tête.

Mihee aimait travailler dans le bureau souterrain du pasteur Rousseau. Cela lui rappelait le minuscule bureau de son père à Hyesan, plein de vieux livres et de vinyles interdits. Elle était secrètement amoureuse de son odeur ; tout comme celle de son père, la pièce du pasteur dégageait une légère odeur de moisissure – « l'odeur grise », ainsi que l'appelait la jeune Mihee. Un parfum réconfortant que l'on ne peut respirer qu'en deux endroits : près d'une pile de livres tachés par le temps et à l'entrée de l'aérodrome de Hyesan sous la pluie. Enfant, elle s'y précipitait dès qu'elle voyait les nuages noirs s'amonceler dans le ciel, rien que pour inhaler la beauté cendreuse d'une odeur, celle de la vaste étendue de béton trempée par la pluie.

Mihee, véritable rat de bibliothèque, parcourut chaque livre des étagères et vitrines du pasteur. Elle fut déçue de trouver si peu de littérature américaine, qu'elle aurait tant aimé relire. Le monde pensait que la Corée du Nord avait banni toute influence culturelle américaine, mais ce n'était pas tout à fait vrai. Enfant, elle avait regardé *Tom et Jerry* à la télé. Le Parti, ayant perçu la métaphore de la petite entité plus rusée que son monstrueux ennemi, l'avait utilisée à son avantage, comme une allégorie de la victoire de la Corée du Nord contre le grand tyran américain. Et, en tant que brillante étudiante de l'université d'élite du pays, Mihee avait eu le privilège de lire certains ouvrages américains interdits – connais ton ennemi, comme le conseillait le général Sun Tzu. En tant qu'agent en formation, elle avait eu un accès quasi illimité aux littératures américaine, européenne et même sud-coréenne, afin d'apprendre à se fondre dans l'Asie occidentalisée.

Elle pensa aux romans yankees qu'elle avait adorés étudiante – *Autant en emporte le vent*, *Gatsby le Magnifique*, *À l'est d'Éden* et tant d'autres. Mais le pasteur n'en possédait aucun. En revanche, il avait d'innombrables livres de philosophie, et plusieurs romans, la plupart écrits par des intellectuels européens. Elle fut stupéfaite de trouver deux étagères pleines d'Aimé Adel et Sandrine Mauraux. Les deux plus célèbres idiots de l'Ouest. Des intellectuels de gauche naïfs qui avaient déclaré leur sympathie pour le communisme. Invités en Union soviétique et en Corée du Nord, ils avaient visité des sites mettant en scène la stabilité communiste, tandis que les citoyens réels étaient affamés et maltraités en coulisse. Une fois de retour dans leurs riches pays occidentaux, ces jacasseurs louaient, haut et fort, la beauté du régime. Deux décennies plus tard, ils s'étaient rétractés – mais seulement en partie.

Quelle ironie, songea Mihee. Un pasteur protestant américain, inscrit sur la liste noire d'un gouvernement communiste, admirateur de sympathisants du régime. Elle prit l'exemplaire du célèbre *Plafond ouvert*, d'Adel, bien qu'elle l'ait déjà lu. Sa curiosité et son affection pour le pasteur la convainquirent de donner une seconde chance au roman. Mais une fois de plus elle ne réussit pas à l'apprécier, et la naïveté du livre la fit de nouveau sourire. Des gens qui ne connaissent le communisme qu'à travers ses apparences, pensa Mihee. Pour eux, la pauvreté, ce sont des mots sur une page, jamais un vide dans les entrailles. Pourtant ils étaient souvent les plus bruyants sur ces sujets. Elle fit claquer sa langue et sourit amèrement.

Dans le bureau, Mihee et le pasteur travaillaient la plupart du temps en silence.

Mais lorsqu'ils se mettaient à parler, leur conversation dérivait rapidement vers des sujets personnels et profonds. Cela semblait être l'un des talents de Rousseau – attirer naturellement les autres dans sa toile, en les invitant à vider leur sac.

– Vous êtes-vous déjà demandé comment j'ai su que vous saviez taper, mademoiselle Bae ? demanda un jour le pasteur.

Il prétendit qu'elle le lui avait appris à son arrivée, mais elle ne s'en souvenait pas.

– Vous avez dit que vous aviez été la secrétaire d'un propagandiste dans une station de radio locale avant de vous marier. Le travail principal d'une secrétaire consiste à relire et à taper, n'est-ce pas ? dit Rousseau.

Mihee acquiesça. Elle n'allait pas lui donner la satisfaction de divulguer ses pensées secrètes. En aucun cas. Son objectif était de gagner sa confiance par ses actions, puis d'en gagner encore davantage en restant sur la réserve. Elle devait inverser les rôles du confesseur et du confessant – à la fin de la journée, tous les psychiatres ont besoin d'être écoutés.

Une semaine plus tard, Mihee tapait le sermon dominical du pasteur sur le thème de la confiance. Alors qu'il décrivait la célèbre scène dans laquelle la femme de Loth, se retournant vers Sodome, se transforme en un pilier de sel, il s'arrêta. Souriant, il lui posa une autre question inattendue :

– Savez-vous quand j'ai pensé pour la première fois que vous étiez peut-être digne de confiance ?

Elle évita son regard ; la culpabilité lui nouait l'estomac.

Il répondit que c'était quand elle lui avait brièvement raconté sa vie, dès leur première rencontre.

– Vous êtes la première transfuge ici à avoir admis d'emblée que vous vous étiez tournée vers la prostitution.

Il savait, bien sûr, que la prostitution était l'un des rares moyens de survie des transfuges nord-coréennes en Chine. Il ne jugeait pas celles qui y recouraient, il aurait probablement fait la même chose en pareilles circonstances. Mais il avait admiré son honnêteté, son refus de s'excuser ou de regretter ce qu'elle avait dû faire. Il avait rarement vu cela.

– C'est vraiment courageux, de vivre sans avoir honte de son passé, de qui l'on est.

– L'amour de Dieu est pour tous, répondit-elle. Marie Madeleine ne faisait pas exception.

Les bras croisés, le pasteur lui tourna le dos. Il poussa un profond soupir, les épaules légèrement affaissées. Mihee se sentit mal à l'aise, comme la fois où Seong-mi avait éclaté en larmes devant elle. Ce soir-là, avant de quitter le bureau, le pasteur lui dit au revoir avec un grand sourire, et une pression sur l'épaule.

Mihee resta figée sur son siège longtemps après qu'il fut parti, assaillie par différentes pensées.

Tout d'abord, elle n'était pas sûre de savoir interpréter ce qu'il venait de se passer. Elle avait gagné en partie la confiance du pasteur Rousseau, sans le moindre doute. *Mais qu'attend-il de moi en me disant tout cela ?* s'interrogea-t-elle.

Serais-je capable d'être aussi sincère à propos de mon passé si mon propre corps était compromis ? Cette pensée la ramena à son arrivée à l'église de la Nouvelle Vie. La question qu'elle s'était posée en regardant son pied blessé. *Jusqu'où irai-je, saurai-je me mettre en danger si la mission l'exige ?* Elle sentit de nouveau la pression de la main du pasteur sur sa peau. L'odeur du papier moisi dans l'air, l'odeur familière qu'elle avait tant aimée, lui donna soudain la nausée. Elle quitta le bureau.

Le lendemain était un jeudi, son jour de congé. Mihee prit la direction de Dongling Park, l'un des plus grands parcs de Shenyang et le moins bondé, à près d'une heure de marche. Elle y courait moins le risque d'y croiser quelqu'un de l'église. En journée, il n'y avait que quelques groupes de jeunes enfants à vélo ou de vieux couples pratiquant le tai-chi.

– La nuit, le coin nord-ouest du parc s'anime avec l'arrivée d'une poignée de pédés, lui avait dit le camarade Cha, des tapettes qui se rassemblent dans la pinède derrière les toilettes publiques pour une petite sauterie.

Elle s'y rendit donc le soir, entre chien et loup, lorsque le parc s'était vidé, pour récupérer son premier paquet.

Derrière la pinède, un étroit sentier arboré courait le long du mur en pierre nord-ouest, à l'abri des regards. Elle s'assit sur le cinquième banc à partir de l'extrémité nord, à l'emplacement convenu. Elle tendit la main pour tâter le dessous du banc, et attrapa le petit paquet enveloppé dans du papier kraft – son premier paquet par boîte aux lettres morte. Le camarade Cha lui avait demandé de se familiariser avec le parc, car c'était là qu'auraient lieu la plupart de leurs communications. Il avait ajouté que le parc était, paradoxalement, le lieu le plus sûr pour elle la nuit, si elle avait un jour besoin d'établir un contact d'urgence.

– Les pédés vous laisseront tranquilles, avait-il grommelé sans ménagement.

Un contact de nuit était le dernier recours pour un agent clandestin : un acte de désespoir qui pouvait mettre les deux parties en danger. Elle priait pour ne jamais en avoir besoin.

Elle ne s'attendait à aucune instruction écrite. Elle était censée savoir instantanément quoi faire avec l'objet transmis. Le papier beige renfermait un masque et une petite bouteille en métal. Le pasteur Rousseau partirait trois jours plus tard à Yanbian pour visiter d'autres églises protestantes partenaires de l'église de la Nouvelle Vie. Et la nuit précédant son départ, Mihee, protégée par le masque, devrait saupoudrer le contenu de la fiole en métal sur les vêtements, la valise et les chaussures du pasteur.

– De la poussière radioactive, lui avait appris le camarade Cha. Elle est peu concentrée pour éviter l'empoisonnement, mais suffisamment forte pour faire travailler les compteurs Geiger du RGB.

Ils vont le filer jusqu'à Yanbian, si c'est là qu'il va, pensa Mihee.

Elle passa les trois nuits suivantes éveillée, à fixer la porte. Dans le bureau, le comportement du pasteur n'avait pas changé. Mais elle remarqua peu à peu des détails de son corps qu'elle avait jusqu'alors ignorés : ses poignets étrangement larges et musclés ; sa nuque, qui devenait plus ferme et plus large, chaque fois qu'il étirait les bras en bâillant. Des détails corporels grossiers d'un homme adulte, aussi repoussants que fascinants. Comme la plupart des Nord-Coréennes de son âge sans expérience du mariage, elle savait très peu de chose du sexe. Sa seule expérience avait eu lieu avec la bouteille que le camarade Cha lui avait donnée. Bien qu'imperturbable par principe, celui-ci était devenu rouge pivoine lorsqu'il la lui avait tendue. Un long objet qui ressemblait à une petite bouteille de vin, son goulot recouvert d'un fin caoutchouc. Il lui avait demandé de s'entraîner.

– Utilisez-la d'abord pour perdre votre hymen, puis pour vous habituer à la sensation, avait-il marmonné, la tête légèrement détournée de l'objet, comme s'il s'agissait d'une maladie.

Mihee n'avait posé aucune question et s'était contentée de faire ce qui était demandé.

Chaque soir le pasteur la saluait, assis à son bureau jonché de piles de papiers.

– J'ai encore du travail à finir avant mon voyage, disait-il simplement.

Allongée sur son lit, elle fixait la porte. Sa chambre improvisée, un ancien débarras, se trouvait au bout du couloir, à seulement quelques mètres du bureau du pasteur Rousseau. Au moindre bruit, elle s'attendait à voir une ombre informe se profiler sur le seuil, le monstre disgracieux qui chasserait d'un coup l'admiration qu'elle avait ressentie en secret pour le pasteur. Mais en réalité, la vision s'évanouissait bientôt, laissant de nouveau sa petite porte seule et silencieuse. La troisième et dernière nuit précédant le voyage à Yanbian, lorsque Mihee comprit enfin que ce à quoi elle s'était attendue n'arriverait pas, son corps céda à un profond sommeil. Son soulagement était terni d'une pointe de déception, trop subtile pour être saisie consciemment.

Elle se réveilla avant l'aube et se glissa dans le bureau pour mener à bien sa première mission. Elle portait le masque fourni ainsi qu'une paire de gants en caoutchouc qu'elle avait subtilisée dans le meuble de la diaconesse Kang. Après une brève hésitation, elle accomplit sa tâche comme prévu. Toutefois, elle se permit une forme d'improvisation : au lieu de répandre la poussière radioactive sur tout le manteau, elle n'en mit que sur le bas du dos afin que son propriétaire ne puisse ni l'inhaler ni la toucher. Pour la même raison, elle épargna également les poignées de la valise et les lacets.

En l'absence du pasteur Rousseau, Mihee eut beaucoup de temps libre. Elle lut de nombreux livres empruntés dans sa vitrine. Elle se rendit à Dongling Park trois fois par semaine. Elle fréquenta aussi les marchés chinois voisins munie de ses faux papiers de voyage, afin de pratiquer son mandarin. En se promenant dans le parc, elle se remémora la longue liste de codes de communication qu'elle avait dû apprendre par cœur : laisser une épluchure de mandarine au point de contact signifiait « je suis en danger » ; une coque de litchi vide, « je quitte le pays demain » ; une branche en forme de Y, « besoin urgent de contact ce soir », entre autres. Elle gardait toujours un œil attentif sur le cinquième banc de l'allée bordée par le mur en pierre au nord-ouest, non seulement pour intercepter tout signal ou dépôt, mais également pour faire déguerpir les visiteurs indésirables, tels que les écureuils, susceptibles d'embrouiller les communications en recouvrant les lieux de détritus.

En marchant, elle pensait aussi au pasteur Rousseau. *Je le connais si peu.* Elle ne savait quasiment rien de sa vie privée. Elle se demanda quel genre de personne il voyait pendant son temps libre. D'autres membres du RGB devaient déjà le savoir, occupés à le filer, munis de leurs mini-compteurs Geiger. Elle ressentait une étrange jalousie à l'égard de ces agents anonymes. Alors qu'elle travaillait tous les jours face à face avec Adrien Rousseau, elle ne connaissait que des bribes de lui. Le RGB enfermait chaque agent dans une bulle de secret, qui ne permettait de percevoir qu'une partie de l'éléphant – le large éventail d'une oreille ici, le tube serpentin d'un nez là, la colonne colossale d'une patte un peu plus bas. Seuls les plus haut placés avaient accès à la vue d'ensemble.

– Un espion digne de confiance est un espion mort, car lui seul est incapable de trahison, avait lancé le camarade Cha, citant une blague du RGB.

Un jour, Mihee avait demandé à sa mère si elle avait déjà eu une liaison interdite avec quelqu'un. Elle avait acquiescé.

– La première mission, bien sûr. Ça arrive souvent au début, ma chérie.

C'était arrivé à Paju, dans un district sud-coréen près du 38e parallèle, où elle recueillait des renseignements sur l'armée américaine stationnée le long de la frontière sud.

– Je me faisais passer pour une enfant abandonnée, folle, une orpheline de guerre, ce qui me permettait d'aller et venir librement, sans être importunée la plupart du temps, avait-elle poursuivi.

Certains jeunes garçons du village, cependant, ne l'avaient pas laissée tranquille. Ils se montraient cruels avec elle, comme seuls les garçons de cet âge peuvent l'être. Ces pauvres bougres, comme les appelait mère, à l'enfance volée par des parents sur qui la guerre avait fait des ravages.

– Mais il y avait ce garçon, au père aussi brutal que le mien, qui était parvenu à garder son innocence, je ne sais comment, avait-elle murmuré.

Même s'il n'y réussissait pas, ce petit garçon s'efforçait de la protéger des jets de pierres ; il déposait sur le pas de sa porte du poisson qu'il avait pêché dans la rivière Imjin pour qu'elle n'ait pas faim ; il lui avait même apporté un bouquet de fleurs sauvages.

– Un jour, après la saison des pluies, j'ai revu ce garçon sur le pas de ma porte, grièvement blessé et inconscient.

Mère l'avait alors pris dans ses bras, au risque de griller sa couverture, et avait couru jusqu'à l'hôpital le plus proche, son *hanbok* imbibé de sang.

– Le garçon a survécu, à ma plus grande joie, et j'ai dû quitter la ville peu après.

C'était une mine antipersonnel qui l'avait blessé, avait dit mère, placée par l'armée américaine pendant la guerre de Corée. Elle avait été rejetée sur la rive du fleuve après de fortes pluies.

Mihee interpréta l'histoire de mère comme une approbation tacite : elle pouvait prendre les choses en main, tant que cela restait indétectable.

– Ni toi ni moi ne travaillons exactement pour la gloire du Parti.

Mère avait baissé la voix, réduite à un murmure.

Elle avait raison, pensa Mihee. Elle n'était pas la jeune guerrière révolutionnaire que le Parti avait cru recruter. En apparence, elle n'était pas allée chercher le RGB, car ce n'était pas une entreprise pour laquelle il suffisait de poser sa candidature : il vous choisissait. C'était elle, en revanche, qui avait fait en sorte de susciter son intérêt. Elle était une candidate d'élite parfaite, que le Parti devait nécessairement convoiter : la meilleure de sa classe à l'université de langues étrangères de Pyongyang, elle excellait déjà à vingt ans dans trois langues étrangères. Son dossier moral était impeccable. Sa mère était une importante femme d'affaires, son père un ancien tailleur pour de hauts dignitaires du Parti. Elle avait conscience d'être une chance qu'ils ne pouvaient laisser passer.

Pour Mihee, faire carrière dans l'espionnage était son passeport légitime pour la vie qu'elle avait longtemps désirée. Les secrets et la tromperie, deux éléments cruciaux de l'espionnage, coulaient déjà dans ses veines. Autour d'elle tout le monde avait des secrets, tous se dupaient les uns les autres pour le meilleur et pour le pire. Elle avait réalisé à un jeune âge que ses parents n'étaient pas les personnes qu'elle avait imaginées. La petite Mihee avait un jour découvert, derrière la vieille étagère en noisetier du bureau de son père, un coffre-fort mural. Au fil du temps, elle avait vu de nombreux petits objets en sortir et y entrer : des romans américains interdits, aux couvertures remplacées par celles d'ouvrages soviétiques ; des copies illégales de cassettes audio de musique pop sud-coréenne ; et de vrais vinyles de groupes anglais que mère s'était procurés pendant ses voyages d'affaires, un à chaque anniversaire de son père. Tout comme ses parents, Mihee était une contestataire silencieuse. Et mère avait été la première à le percevoir : elle avait lu dans son jeune esprit et su que sa curiosité serait insatiable. Aussi lui avait-elle appris à la contrôler, plutôt qu'à la tuer.

Une carrière dans l'espionnage était une promesse de voyage, voire de vie à l'étranger, ce à quoi les autres Nord-Coréens n'avaient pas accès. C'était aussi une porte d'entrée vers un pouvoir inexploré – une influence sans témoins, sans détracteurs, et qui n'impliquait donc que relativement peu de responsabilités. Mihee estimait que c'était parfait pour quelqu'un comme elle : une snob hypocrite discrètement fière de sa supériorité intellectuelle, satisfaite d'être furtivement mêlée à des enjeux qui échappent complètement aux gens ordinaires. Et la tromperie était séduisante, même si s'ensuivait la culpabilité, son ombre inéluctable.

ROUSSEAU

Mais jusqu'où me connaît-elle ?

Quelle part de vérité l'ai-je laissée connaître ?

Rousseau. Mon nom de famille.

L'un de nos premiers jours à Shenyang. Seong-mi, sans crier gare, m'a demandé si j'avais le moindre lien avec Jean-Jacques Rousseau. Sa naïveté a d'abord failli me faire éclater de rire.

Un charmant malentendu, qui la rendait plus aimable encore. J'ai ensuite compris autre chose, qui m'a impressionné : elle connaissait un philosophe occidental dont la plupart des Nord-Coréens n'avaient probablement jamais entendu parler. Tenté de l'impressionner à mon tour, je me suis imaginé confirmer son hypothèse avec fierté, me délectant d'une gloire empruntée. Mais j'ai bien sûr fini par lui donner une réponse sincère : Rousseau est un nom de famille français très répandu. Si elle vivait en France, lui ai-je dit, elle rencontrerait nécessairement quelques autres Rousseau. Haussant les épaules, elle a rétorqué à voix basse qu'elle n'avait aucune envie de rencontrer un autre Rousseau. Elle a quitté la pièce peu après, sans croiser mon regard étonné.

Pasteur. Mon titre. Tout le monde à l'église de Shenyang m'appelait pasteur.

Mais je n'étais pas pasteur.

C'est le mot coréen *jeondosa-nim* qui a d'abord été source de confusion. *Jeondosa* est un terme générique, uniquement attesté dans le dictionnaire de l'Église protestante coréenne, et qui peut signifier un évangéliste, un missionnaire et un prêcheur, selon le contexte. En théorie, *jeondosa* fait référence à une personne diplômée en théologie qui se forme pour devenir pasteur. Mais en réalité, de nombreux chefs de groupes de jeunes protestants obtenaient ce titre à force de labeur au sein de la communauté. Il pouvait aussi parfois leur être accordé, en guise de faveur, par de puissants aînés. En raison de mon implication dans le groupe de jeunes et au sein de la communauté de réfugiés nord-coréens, les paroissiens m'appelaient *jeondosa-nim*. Je faisais bien mon travail : j'aidais les transfuges à trouver des refuges temporaires et à s'initier à la Bible. Les nouvelles circulaient rapidement, et de plus en plus de gens se sont présentés à l'Église, certains par curiosité, d'autres, mus par l'espoir d'une nouvelle vie. Deux ans plus tard, ils se sont mis à m'appeler pasteur, une fonction réservée à la plupart des *jeondosa* dans les églises coréennes. J'ai refusé puisque je n'avais pas été ordonné ni n'avais suivi de séminaire théologique. Au début, j'ai tenté de corriger le malentendu chaque fois que le titre m'était adressé indûment. Mais un surnom se révèle toujours difficile à contrôler : il est choisi et défini par les autres. Malgré ma désapprobation, je suis resté, à leurs yeux, *Rooso Moksanim*, le pasteur Rousseau.

À Seong-mi, toutefois, j'ai très tôt confié la vérité.

– Je ne suis pas pasteur à proprement parler, lui ai-je dit, sans doute dès notre deuxième jour de travail ensemble, tandis qu'elle tapait et relisait mon sermon. Vous pouvez donc m'appeler M. Rousseau. Ou juste Rou ; c'est bref et concis, dans le style coréen. Presque tous les surnoms coréens n'ont qu'une syllabe, n'est-ce pas ?

À ma grande surprise, Seong-mi m'appelait Rou de temps à autre, surtout lorsque nous étions seuls dans le bureau, à travailler. Devant les autres, elle s'en tenait toujours à pasteur Rousseau. Plus tard, lorsque nous nous sommes officiellement fréquentés, elle s'est mise à m'appeler par mon prénom, Adrien. Elle m'a rarement appelé Rou après cela. Je me rappelle que ce terme affectueux est revenu une fois sur ses lèvres : au lit, après que nous avions fait l'amour dans notre premier appartement de Séoul. Nous étions allongés dans les bras l'un de l'autre, dans une profonde torpeur. Doucement, elle a commencé à peigner mes cheveux humides avec ses doigts, puis a caressé une ligne partant de mon front, en passant par mon nez, pour atteindre le bout de mon menton.

– Rouuuuuuu, a-t-elle ronronné, étirant l'unique syllabe comme un délicieux caramel. Tu es beau.

J'ai alors senti que je pouvais mourir là, maintenant.

Hoyeon. Mon regret.

Mon plus grand regret. Et la question finale que j'ai eu trop peur de poser.

Je n'ai jamais parlé de Hoyeon à Seong-mi. C'est le seul secret que je lui cache.

Du moins c'est ce que je pensais.

A-t-elle découvert ce qu'il s'est passé ?

Serait-ce la raison de sa disparition ?

MIHEE

Tout en marchant vers Dongling Park, elle se demanda jusqu'où elle serait prête à aller dans son travail. Elle imagina un autre paquet scotché sous le cinquième banc, le point de contact. À l'intérieur se trouverait un M1911, que l'on appelle aussi Colt Government, un calibre 45 à six coups équipé d'un silencieux. Ils ne peuvent pas vous faire aller plus loin, pensa Mihee. Mais suis-je vraiment capable de mettre une balle dans la tête du pasteur Rousseau ? Ignorant la réponse, elle ne pouvait qu'espérer que cette arme ne parviendrait jamais jusqu'au banc.

Elle trouva autre chose sous le banc, ce soir-là. Deux cure-dents en bois, l'un superposé sur l'autre pour former un X. Un message auquel elle ne s'était pas attendue, le pasteur étant toujours en déplacement. « Rencontre demain soir », elle se souvenait du code. Son rythme cardiaque s'accéléra. Une boîte aux lettres morte ou un contact par intermédiaire étaient toujours privilégiés. Une rencontre face à face n'avait lieu qu'en cas d'absolue nécessité. Des dizaines d'hypothèses tournoyaient déjà dans son esprit – certaines favorables, d'autres moins, et l'une particulièrement effrayante. Une sensation de déjà-vu, comme si son imagination était à même de faire de sa peur une réalité. Le camarade Cha lui avait dit que les rencontres seraient rares, réservées à la communication d'instructions top secrètes ou à la livraison d'objets cruciaux :

– Des liasses de billets, ou une arme onéreuse qu'on ne peut pas se permettre de perdre.

Qu'as-tu fait à Yanbian ? se demanda Mihee. *Quelque chose de suffisamment traître pour te mettre en danger ?* Elle passa le reste de la journée dans une anxiété fiévreuse, à imaginer le revolver tapi au coin de son œil, tel un orgelet. Bien qu'elle sût que cela ne remédierait pas à son appréhension, elle ne pouvait s'empêcher d'anticiper, d'examiner le peu d'options qu'il lui restait. Si leur plan final était bel et bien le meurtre, il y avait des chances pour qu'elle soit de nouveau convoquée à Pyongyang à la fin de sa mission, un scénario qu'elle redoutait. Dans ce cas, elle ne recevrait pas d'aide de l'église de la Nouvelle Vie, et ne partirait pas vivre en Corée du Sud dans un avenir proche. Malgré le peu de garanties, elle faisait confiance au pasteur Rousseau, qui lui avait promis de l'aider à fuir. Serait-elle capable de faire changer d'avis le camarade Cha, de le persuader de repenser le coût et les conséquences de ce qu'ils prévoyaient de faire ? Cela semblait impossible.

Mihee arriva au point de contact à 22 heures pile, surprise de trouver le banc vide. Lorsqu'elle s'approcha, deux bras noirs lui attrapèrent la taille.

– Marchez jusqu'à l'autre bout de l'allée, lui ordonna une voix de femme aiguë.

Mihee et l'étrangère marchèrent en silence, bras dessus, bras dessous, jusqu'à ce qu'elles atteignent l'extrémité sud du sentier longeant le mur en pierre. La femme fit signe à Mihee de s'asseoir sur un banc. Bien que vêtue de noir, elle semblait large et petite, comme une théière. Son physique, aussi rebutant qu'insignifiant, est trompeur, songea Mihee. Si elle s'était assise près de cette femme dans un bus ou sur un banc d'église, elle ne l'aurait jamais suspectée d'être un agent du RGB.

Sans un mot de présentation, la femme se mit au travail : elle sortit une photo, un cliché noir et blanc avec beaucoup de grain, et la posa sur les genoux de Mihee.

– Vous avez déjà vu ce visage ? demanda-t-elle en éclairant brièvement la photo avec une lampe torche.

Le visage souriant d'un jeune homme aux cheveux noirs raides.

– Non.

– Ses cheveux ont peut-être un peu changé. D'une couleur plus claire, et bouclés ?

Mihee n'avait toujours aucun souvenir de l'homme.

– Alors mémorisez son visage, et notez tout ce qu'il dit et fait si vous le voyez.

– Qui est cet homme ?

L'agent lui lança un regard glacial.

– Je ferai mieux mon travail si je sais qui il est, ce qu'il fait, et ce qu'il a à voir avec le pasteur Rousseau, poursuivit Mihee.

Les yeux toujours froids et rageurs, la femme bougea lentement ses lèvres, avec une contrariété exagérée.

– Que vous le demandiez ou non, je suis autorisée à ne vous donner qu'un petit nombre d'informations. Cet homme est journaliste, il a travaillé pour le *Washington Post* et travaille aujourd'hui pour le *New York Times*. Il s'appelle Nathan Zuckerman.

– Il est américain ?

Perplexe, Mihee regarda la photo de plus près.

– Son père est un Juif américain, sa mère est une immigrée chinoise, dit la femme. Sur cette photo, il semble plus asiatique parce qu'il s'est raidi les cheveux et se les est teints en noir. Ses cheveux naturels sont châtain clair et bouclés.

Journaliste – l'une des couvertures classiques des agents envoyés à l'étranger, pensa Mihee, de même que diplomate ou homme d'affaires. Un journaliste américain métis, qui transforme ses cheveux pour se faire passer pour un Chinois.

– Et vous soupçonnez cet homme d'être l'officier traitant du pasteur Rousseau, ce qui ferait du pasteur son informateur ?

– Le pasteur Rousseau a vu cet homme trois fois pendant son voyage d'affaires, continua la femme. Nous avons tenté de nous approcher d'eux dans un café, d'écouter leur conversation, mais ils ont senti quelque chose et sont partis. Ils étaient très prudents, sur leurs gardes. Ensuite ils sont allés dans une chambre d'hôtel, nous n'avons pas pu continuer à les suivre. Chaque fois, c'est le même schéma. Ils se retrouvent dans un café, un restaurant, mais quand on essaye de les approcher, ils partent et vont dans un endroit privé où on ne peut pas les filer. C'est là que vous intervenez, dit la femme en lui tendant une petite boîte blanche en plastique.

Mihee l'ouvrit. S'y trouvait un rectangle de métal argenté aux angles ronds, aussi petit que l'ongle d'un pouce. En le voyant, Mihee comprit qu'elle allait devoir insérer ce microphone dans le téléphone du pasteur.

– Comment dois-je vous appeler ? lança-t-elle à la femme, qui s'était déjà levée.

Celle-ci tourna doucement la tête vers Mihee.

– Il m'a dit que vous posiez beaucoup de questions, marmonna-t-elle. Vous feriez mieux de perdre cette habitude. Il arrivera un moment où le nom de votre maman ne pourra plus vous sauver.

Mihee regarda la large silhouette. Tandis qu'elle s'éloignait, le bas de son manteau frotta contre le banc. Son petit corps replet se dandinait dans la nuit, tel un pingouin, à la fois comique et inquiétant.

Le lendemain, le pasteur Rousseau était au bureau.

Mihee constata avec stupeur qu'elle était excitée de le savoir de retour à l'Église. Elle n'aurait plus à partager ses secrets avec des étrangers du RGB. Elle serait de nouveau le principal témoin de sa vie quotidienne. Tout en regardant le pasteur, elle imagina sa stupéfaction s'il l'entendait parler un parfait anglais américain. Cette pensée étrange posa un sourire espiègle sur ses lèvres.

Le pasteur Rousseau lui offrit une grosse boîte rouge en carton. Un souvenir, dit-il.

– Ce ne sont pas des vraies, ajouta-t-il timidement. C'est impossible d'en trouver de nos jours, dans ce pays.

C'était une paire de baskets Nike. Le modèle blanc classique avec un logo rouge sur le côté, des semelles blanches rayées au centre de lignes bleues effilées. Mihee se souvint d'en avoir vu dans le camp d'entraînement souterrain à Pyongyang. Elles brillaient, flambant neuves, aux pieds d'un figurant jouant un passant sud-coréen en promenade dans une réplique de la rue Myondgong. Le père de Mihee possédait lui aussi une paire de Nike : noir foncé avec un logo blanc. C'était une paire authentique que mère avait fait passer illégalement au cours d'un de ses voyages d'affaires.

– J'ai remarqué que vos chaussures sont fatiguées, Seong-mi, dit Rousseau calmement en regardant ses pieds.

Mihee baissa le regard sur ses chaussures usées. Autrefois blanches, ses baskets étaient à présent d'un jaune terreux. Leurs extrémités en caoutchouc s'étaient amincies telles des gommes usagées – on pouvait distinguer la forme de ses ongles de pied. Elles étaient les témoins secrets de son labeur, de tous ses allers-retours à Dongling Park. La remarque du pasteur l'alarma autant qu'elle la toucha.

– Je ne comprends pas, murmura Mihee, rougissante.

– Quoi ?

Rousseau la regarda fixement.

Elle lui rendit son regard avec la même intensité.

– Les gens disent que vous êtes doué pour aider les transfuges, les faire sortir du pays, mais ils disent tous que vous êtes un homme froid.

Elle plissa les yeux et pinça les lèvres.

– Mais ce n'est pas vrai.

– Vous pensez que je suis aussi loquace avec tout le monde ? demanda Rousseau, de la douceur dans la voix.

Apparemment pas, pensa-t-elle. Même la diaconesse Kang lui avait demandé comment elle arrivait à le faire parler.

– Je vous ai déjà dit que j'ai travaillé avec des chiens autrefois ? lança-t-il.

Mihee fit doucement non de la tête.

Un épais silence les enveloppa. Chaque fois qu'elle expirait, elle entendait son souffle siffler à travers son nez.

Rousseau courba l'index, l'approcha de sa lèvre supérieure, et prit une profonde inspiration, comme s'il fumait. Surprise, elle se demanda s'il avait déjà fumé. Un autre aspect de lui qu'elle n'avait pas su percevoir.

– Quand j'étais adolescent, chuchota-t-il, les yeux à demi fermés, j'étais toujours à court d'argent. J'ai donc commencé à travailler dans un refuge pour animaux à Lewiston – à l'époque, c'était le seul endroit de la région à bien vouloir embaucher à temps partiel un adolescent aux traits étrangers. La plupart des animaux abandonnés qu'ils gardaient étaient des chiens. Mon travail consistait à nettoyer leurs cages et à les nourrir.

Sa voix s'était défaite de ses accents pastoraux. La légère autorité avait disparu, le ton était doux et modeste, comme pour une berceuse. Elle eut envie de se mettre en position fœtale.

– Au refuge, j'ai appris tant de choses sur la vie. J'y ai rencontré Jason, mon patron, qui gérait l'endroit. Un Irlando-Américain. Cheveux roux, aussi robuste qu'un pick-up. Il sentait comme un éleveur de porcs, et avait toujours une poignée de main humide et musclée. Au travail, il vous regardait à peine, vous parlait à peine. Rien de ce que j'avais imaginé. Je m'attendais à un endroit avec une blonde dans la quarantaine, des chiots dans un bras, avec ce sourire immaculé américain – le genre de visage qu'on voit sur une boîte de céréales ou sur la couverture d'une brochure d'assurance.

Il rit avec tendresse.

– Quand Jason m'a demandé pourquoi je voulais travailler là-bas, je lui ai dit que j'adorais les chiens. Jason a dit, froid comme la pierre, qu'il n'y avait pas de place pour l'amour dans cet endroit.

La voix de Rousseau s'affaiblit. Mihee pouvait entendre le ronronnement du ventilateur électrique au-dessus d'eux. Ses douces plaintes montaient et descendaient. Elle eut envie de s'allonger, la tête sur ses genoux.

– Selon Jason, les démonstrations de tendresse sont un luxe réservé aux propriétaires. Quand on doit s'occuper d'une centaine de chiens, les nourrir, les laver et les promener chaque jour, il n'y a pas de place pour l'attachement.

La voix de Rousseau semblait venir de très loin à présent. Mihee imagina qu'elle passait ses doigts dans ses cheveux, qu'elle les caressait comme s'il s'agissait des poils d'un grand chien. Ses yeux doux, tombant légèrement dans les coins, lui rappelaient toujours ceux d'un golden retriever.

– Jason disait que les larmes et les sourires angéliques, ces images que l'on voit dans les publicités pour les centres de secours ou pour l'Unicef, sont bons pour les acteurs d'Hollywood, pour les gens qui ne visitent un orphelinat africain qu'une fois par an. Les vrais sauveteurs, ceux qui sont confrontés à la mort, à la violence et à la maladie chaque jour, ne peuvent pas se permettre de perdre du temps et de l'énergie en versant des larmes. Chaque jour, il y a des centaines de petits yeux attentifs, qui veulent de la nourriture, une étreinte, qui veulent survivre. Il faut être un automate pour sauver le plus de vies possible. On ne peut pas montrer ses émotions, on ne peut pas montrer son amour à tous, car « aimer tout le monde revient à n'aimer personne », disait Jason. Et l'amour de quelques-uns signifie l'abandon pour le reste d'entre eux.

Il resta assis en silence un moment. Le bord de ses yeux et le bout de son nez rougirent quelque peu. Sa voix prit un ton bourru, avant de se transformer en un riche baryton, délicieux à écouter.

Elle regarda sa pomme d'Adam aller et venir, ses doigts brossant ses cheveux en arrière.

De la cannelle. Cet après-rasage français dans la bouteille vert foncé qu'il utilisait. Il donnait à sa peau un léger parfum de cannelle et de mandarine.

– Et pourtant, lui aussi était humain. Je savais qu'il avait un préféré.

Quel goût aurait-il ?

– Un golden retriever que Jason a fini par appeler Moxie. Le chien le plus sympathique du monde, presque trop – même après avoir été maltraité pendant des années par son propriétaire. Jason l'a adopté. Et a fini par en adopter cinq de plus.

Elle voulait attraper son col, frotter son visage partout sur lui. Elle voulait que son odeur soit sur lui, la sienne sur elle.

– Pourquoi seulement cinq ? demanda-t-elle, l'esprit bondissant d'une pensée à l'autre.

– Jason considérait qu'on ne pouvait pas avoir plus de sept chiens en même temps, si on voulait pouvoir les aimer et en prendre soin correctement. Un de plus, et on se retrouvait à être un collectionneur négligent, ou alors il aurait fallu gérer un refuge pour chiens.

– Il avait donc déjà un chien avant Moxie ? demanda-t-elle, feignant le calme.

– Oui, dit Rousseau en souriant, visiblement touché qu'elle ait écouté.

Ses tempes pulsaient comme une horloge. Elle aurait aimé pouvoir éteindre ses pensées.

– Vous savez le plus drôle ? reprit-il.

Elle n'avait pas envie d'entendre la réponse. Ses mains enveloppaient son visage. Elle voulait souder ses lèvres aux siennes, mais ignorait comment – et craignait qu'il se moque. Ils se dévisagèrent. Liquéfiée, Mihee se serait effondrée sans les bras du pasteur. Il la rattrapa alors qu'elle tombait, mais sans qu'elle parvienne à se défaire de la sensation de chute. Elle respirait fort. Les épaules de Rousseau avaient fait ployer son corps en une mince étreinte. Son cœur battait au-dessous de son nombril.

– Amenez-moi dans la salle de prière, pasteur. Il n'y a personne là-bas.

Elle sentit alors le cœur d'Adrien Rousseau battre aussi.

ROUSSEAU

Hoyeon. Mon regret.

J'ai rencontré Hoyeon à Cornell, dans mon premier cours de philosophie française.

Nous sommes aussitôt devenus proches. Nous avions tous les deux choisi le français comme matière principale, nous avions des goûts similaires en littérature et en musique et, surtout, nous étions les seuls étudiants métis du cours.

Hoyeon était petit et maigre, avec de longs cheveux bouclés châtains. J'étais grand et baraqué. Quand nous marchions côte à côte sur le campus, nos têtes penchées l'un vers l'autre pour discuter, les gens nous prenaient souvent pour un couple. Il est né d'une mère immigrée chinoise et d'un père juif polonais qui dirigeait une usine de vêtements en Californie. Il était aussi doué en langues que moi. Lorsque je l'ai rencontré, il parlait déjà couramment chinois et hébreu, et il a appris le français à l'université. Plus tard, quand nous nous sommes revus en Chine, il perfectionnait son coréen, et a mentionné que sa nouvelle petite amie était coréenne. Hoyeon était l'une des rares personnes dans ma vie qui ne s'étonnaient jamais, les yeux écarquillés, que je parle tant de langues étrangères.

Il était différent de tous les hommes que j'avais rencontrés, il était le seul garçon métis à paraître à l'aise dans la double peau dont il avait hérité. Plus qu'à l'aise, en réalité : il semblait se réjouir de son hétérogénéité, toujours prêt à en tirer parti. Bien que son vrai nom fût le très juif américain Nathan Zuckerman, qui lui venait de son père, il se présentait sous celui de Wang Hoyeon.

– C'est comme ça que vous le prononcez, vous, les Coréens, pas vrai ? disait-il en faisant un clin d'œil. Je l'ai appris grâce à une jolie nana coréenne que j'ai rencontrée à la fête de l'Académie des sciences.

Il se faisait appeler Wang Haoran par les étudiants chinois ; Haoran était le nom chinois utilisé par sa mère, Wang son nom de jeune fille. Aux étudiants juifs, il donnait toujours son nom officiel, Nathan Zuckerman, tandis que pour tous les autres il était juste Nate.

C'était un véritable caméléon. Ses manières et son humeur changeaient radicalement en fonction du groupe de gens avec qui il était, et en fonction de la langue qu'il parlait avec eux. Avec les garçons blancs, il parlait lentement mais beaucoup plus fort, avec force gestes et de gros rires, aussi sonores qu'un coup de klaxon dans un tunnel. En chinois, il parlait avec plus d'empressement, d'une voix aiguë et psalmodiante, tout en gardant ses mains dans une relative inaction. Lorsqu'il passait à l'hébreu, il semblait soudain maussade, quelque peu mystérieux et triste ; cette impression venait peut-être du fait que l'hébreu, parmi toutes les langues qu'il parlait, était la seule que je ne comprenais pas. Au sein de chaque groupe, il taquinait les autres groupes, se distanciant d'eux temporairement.

– Échanger des blagues raciales bien senties est une bonne façon de devenir pote avec un étranger aux États-Unis, me disait-il souvent.

Hoyeon était membre de trois groupes étudiants – la fraternité blanche, Phi, l'association étudiante chinoise, et Hillel, la juive – et il se sentait chez lui dans chacun d'eux. Il semblait trouver sa place où qu'il soit. Au début, l'identité changeante de Hoyeon me mettait mal à l'aise. Avec le temps, j'y ai reconnu une qualité libératrice : être coupé en deux et savoir s'en réjouir. J'avais toujours pensé qu'être métis signifiait choisir un camp pour de bon – au risque de ne jamais appartenir entièrement à aucun groupe. Aussi, dans mon enfance, j'ai fait le choix évident de m'en tenir à mon côté américain, et j'ai évité tout ce qui rappelait mon héritage français ou coréen. Mais pour Hoyeon, la dualité n'avait pas à être dissimulée : c'était quelque chose à exploiter. Il l'embrassait et la tournait à son avantage. Il pouvait être tout ce qu'il voulait selon son besoin du moment, sans se sentir honteux ou confus. Cette assurance facile et assumée était probablement ce qui attirait autant les femmes chez lui ; même s'il était loin d'être l'homme le plus séduisant, il n'avait jamais de difficulté à trouver un rancard.

Hoyeon m'a fait découvrir le monde d'Aimé Adel. Il était déjà un grand admirateur du penseur lorsque j'ai commencé à lire le premier roman de cet auteur pour un cours. Hoyeon disait qu'Adel lui avait fait entrevoir de nouvelles possibilités.

– Aimé Adel a été l'un des premiers intellectuels de sa génération à avoir un vrai impact en Europe dans son domaine malgré son héritage mixte, l'un des premiers à être écoutés et respectés, disait Hoyeon. Il a montré aux outsiders et aux bâtards, des gens comme toi et moi, Adrien, qu'ils importaient.

En regardant une photo d'Adel, je suis pourtant resté perplexe.

– Bon, il ne nous ressemble pas, ai-je dit à Hoyeon, avant de lui demander à quel point il était afro-arabe.

Hoyeon est parti d'un éclat de rire sonore, celui qu'il réservait à ses amis blancs de la fraternité, et m'a répondu que le degré d'exotisme d'Adel n'était pas du tout pertinent.

– Ce qui le distingue, c'est son ingéniosité et sa capacité à utiliser son identité comme il le désirait. C'est tout ce qui compte, mon petit.

Lorsque j'ai revu Hoyeon des années après l'université, en Chine, je n'ai pas reconnu son visage. Ses cheveux longs, aux boucles couleur tabac, si reconnaissables, étaient coupés court au-dessus des oreilles. Ils étaient devenus très noirs, raides, et se dressaient en épis, comme ceux de nombreux hommes d'Asie de l'Est. Hoyeon disait qu'il avait raidi et teint ses cheveux juste avant de déménager en Chine, afin de mieux se fondre dans la foule asiatique.

– Maintenant je suis journaliste dans un pays communiste, a-t-il chuchoté en esquissant un sourire, et la dernière chose que je souhaite est d'attirer l'attention plus que je ne le fais déjà.

Même si les gens reconnaissaient encore de près l'étranger dans son visage, il pouvait facilement évoluer parmi eux sans se faire remarquer.

– Ce que je n'aurais jamais pu faire avec mon ancienne coupe, a-t-il ajouté en ricanant.

Il n'était pas seulement pluriel dans son identité.

Vers la fin de notre première année d'université, j'ai fumé de l'herbe pour la première fois. Hoyeon en avait apporté dans ma chambre un vendredi soir, après avoir appris que je n'avais jamais essayé. La résidence était presque vide : tous les étudiants étaient invités à des fêtes de fin d'année. Je profitais de ce rare moment de tranquillité. C'était plaisant d'entendre l'écho alangui de mon propre rire. Nous avons échangé des plaisanteries idiotes et gloussé jusqu'à avoir le nez qui coule. Tout en sirotant sa vodka dans un mug, Hoyeon s'est remis à me poser des questions sur Brenda, ma copine par intermittence de l'époque.

Il m'a demandé jusqu'où j'étais allé avec elle, comment elle était au lit.

– Tu te comportes comme si tu ne savais pas que t'étais séduisant. Pourquoi ? marmonna Hoyeon. Tu fais comme si ça n'avait pas d'importance et c'est carrément énervant.

Affamés, nous mâchouillions les glaçons qu'il avait sortis du congélateur pour la vodka. Son coude s'est enfoncé un peu trop violemment dans mes côtes et je me suis mis à tousser, hilare, ce qui nous a fait repartir dans un fou rire silencieux. J'ai alors senti sa langue glacée sur la mienne, entre mes lèvres et mes dents. Je n'ai rien fait pendant un moment. Mes pensées étaient lentes et nébuleuses. J'imagine qu'il n'a pas mis longtemps à s'apercevoir que je n'en faisais pas autant. Je me souviens de son arrêt soudain et de son recul. Je craignais qu'il ait l'air honteux et embarrassé, mais visiblement il allait bien. Il a dit avoir besoin de filer aux toilettes. À son retour, il était le Hoyeon que j'avais toujours connu, plein d'entrain et sarcastique, comme si rien ne s'était passé. J'ai joué le jeu et n'en ai plus jamais parlé.

La nature et l'objectif du travail de Hoyeon sont encore un mystère pour moi à ce jour, et il en sera toujours ainsi.

Lorsque je l'ai interrogé au téléphone, il m'a demandé si je connaissais Michael Foot.

– Malheureusement, c'est tout ce que je peux t'en dire, a-t-il déclaré plus tard avant de raccrocher.

Michael Foot, un journaliste et politicien britannique, ancien chef du parti travailliste, était un espion présumé. Selon l'ancien directeur de l'antenne londonienne du KGB, ses agents avaient rencontré Foot à de nombreuses reprises ; celui-ci leur avait donné des informations pour lesquelles il avait parfois été payé. Jusqu'en 1986, le KGB l'avait considéré comme un agent d'influence.

Mais Michael Foot avait une vision fort différente de cette même situation. Il ignorait que le KGB l'avait autrefois considéré comme un de ses espions. Il rencontrait bel et bien des agents, mais jamais en secret, il n'avait d'ailleurs aucune intention de le cacher. Il pensait promouvoir la cause d'une politique progressiste et la paix mondiale en parlant avec eux et en acceptant poliment leurs versements. Foot n'a pas enfreint la loi. Il n'a révélé aucun *arcanus imperii*. Ce n'était pas un espion.

Ce que signifie l'espionnage dépend de la perception de chacun.

Il n'y a jamais eu de lignes claires.

J'ignore dans quelle mesure Hoyeon œuvrait pour le compte de la CIA. Était-il un agent à part entière, sélectionné et formé par la CIA depuis le début, avec un poste de journaliste comme couverture ? Ou était-il un journaliste qui avait choisi de coopérer avec la CIA en y trouvant son compte, échangeant des histoires et des informations utiles ? Même si je n'ai aucune chance de jamais connaître la réponse, je parierais davantage sur cette dernière hypothèse.

Étais-je au courant de son implication ? La réponse est oui. Je le savais.

Mais quand l'ai-je réalisé ? Je ne sais pas.

Je ne parviens pas à dater le moment exact de cette découverte. Peut-être l'avais-je toujours su. Peut-être l'ai-je compris si progressivement que je n'ai pas de souvenir de la tragique épiphanie, tout comme j'avais appris que le père Noël était une fiction. Peut-être voulais-je simplement laisser la vérité dans un coin de ma tête.

En effet, ces lignes n'ont jamais été claires. Contrairement à ce que l'on croit souvent, l'espionnage n'est pas très éloigné des mondanités. La plupart des informations échangées ne sont pas le résultat d'actions coupe-gorge, mais de conversations prosaïques dans des cafés ou des restaurants. Les renseignements sont rarement obtenus par des James Bond à temps plein, bien plutôt par des anonymes las, infidèles et bedonnants, assis dans de petits bureaux. L'information en elle-même n'est pas toujours de nature confidentielle : il s'agit d'un mélange de ouï-dire, d'articles de journaux et de magazines. Le travail d'un agent se résume parfois à trier et mettre en forme ces morceaux publics du puzzle, à lire les connexions sous-jacentes soigneusement dissimulées.

Une seule chose est certaine, j'étais heureux de revoir mon vieil ami. Pour un Américain, vivre dans le nord-est de la Chine, éloigné de ses semblables, peut mener à une grande solitude. Même si j'appréciais la compagnie de tous les membres assidus de l'Église, je manquais de conversations séculières. J'étais nostalgique de ces flâneries songeuses dans le campus, à philosopher sur les filles, le sexe, la race, et tout ce qui affluait dans nos esprits. J'avais envie de pouvoir partager mes pensées et mes sentiments sans filtre, dans ma langue maternelle, avec quelqu'un qui comprenait mes vieux démons. Quelqu'un auprès de qui je n'avais ni à me justifier ni à m'excuser.

Aussi, lorsque Hoyeon m'a contacté en Chine, j'étais fou de joie. Dès que l'occasion se présentait, nous nous retrouvions pour discuter.

On dit que les thérapeutes ont besoin d'être écoutés. De même, un confesseur a besoin de se confier. Recueillir les histoires de vie tragiques des réfugiés nord-coréens était une expérience inestimable et une leçon d'humilité, mais cela avait un prix. Hoyeon est apparu comme par magie, volant à mon secours, dans mon quotidien désolé. Il était mon ami, mon thérapeute et mon confident.

Il a pris mes chagrins et mes histoires. Les histoires des transfuges que j'avais pu ou non sauver, dont les visages hantaient mes rêves avec une terrible netteté. Dans des chambres d'hôtel miteuses de Shenyang, Yanbian et Changbai, j'ai enfin pu passer du temps avec lui. Pécheur sans gêne, j'ai pleuré dans ses bras, comme si je faisais le deuil d'un être aimé. Je ne pensais pourtant à aucune mort en particulier. Il y en avait simplement trop eu. Hoyeon a tout vu, tout pris sans aucun jugement. À un moment, j'ai su que certaines de mes histoires s'étaient retrouvées dans les articles qu'il écrivait pour le *Times*. Mais cela ne m'a pas alarmé : j'avais confiance en notre amitié et en son discernement.

Au début, je n'ai pas bien saisi l'importance des informations qu'il avait obtenues grâce à moi. Mais le temps m'a éclairé : j'étais l'une des premières personnes au monde à recevoir des témoignages directs de Nord-Coréens qui venaient tout juste de fuir leur pays. Je détenais des informations permettant de dépeindre au plus près la société la plus close au monde. Des renseignements que de nombreux États convoiteraient.

Lorsque Seong-mi est venue frapper à notre porte, j'étais absolument épuisé. Accomplir mon travail devenait de plus en plus compliqué. Les mesures du gouvernement nord-coréen contre les réfugiés en Chine étaient toujours plus sévères, et peu de passeurs chinois acceptaient encore de travailler avec nous. J'ai tourné le dos à plusieurs transfuges venus chercher notre aide ; je n'étais pas sûr de pouvoir leur être utile dans ces nouvelles circonstances, et par-dessus tout je me sentais incapable de supporter de nouveau la mort ou la disparition de quelqu'un placé sous ma protection. J'en avais assez fait. J'avais désespérément besoin d'une pause. J'ai songé à retourner aux États-Unis, peut-être pour reprendre ma formation de professeur de littérature.

Seong-mi a débarqué dans ma vie par le plus chanceux des hasards. Et nous sommes tombés amoureux. Emménager en Corée du Sud semblait être le commencement de la vie rêvée à laquelle j'avais tant aspiré.

Je voulais que son itinéraire de fuite soit le plus court et le plus sûr possible. Seong-mi devait prendre un vol Korean Air à destination de la Corée du Sud au départ de Dalian. Elle s'est fait passer pour une touriste sud-coréenne rentrant chez elle après un week-end dans une station balnéaire. Le prix du passeur était dix fois plus élevé que d'habitude. La faute au contexte politique volatile, a-t-il dit, sans oublier que cette mission requérait de voler et de modifier un vrai passeport sud-coréen. Afin de passer pour une Sud-Coréenne de la classe moyenne, Seong-mi a suivi les conseils du passeur et s'est fait faire une permanente, une teinture ainsi qu'une manucure. Elle a pris un cours pour pouvoir imiter un accent sud-coréen, qu'elle a par chance rapidement appris. Afin d'éviter toute suspicion, un autre homme muni d'un passeport sud-coréen a joué le rôle de son mari et l'a accompagnée jusqu'à ce qu'elle descende de l'avion à l'aéroport de Séoul. Aux yeux des passeurs, Seong-mi bénéficiait du traitement réservé à la royauté. Et elle le méritait à chaque étape, car je l'aimais.

MIHEE

Mihee n'aurait jamais pensé que les grandes décisions de sa vie seraient définies par des choses aussi banales – la naissance de son enfant et la mort de son père. À croire qu'elle n'était pas différente de la plupart des femmes qu'elle connaissait.

Aram naquit avec un mois d'avance. Le gynécologue lui assura que le bébé irait bien.

– Trente-six semaines, ce n'est pas complet, mais suffisamment long, lui dit-il en lui tapotant l'épaule.

Aussi se sentit-elle trahie par le docteur Go lorsqu'elle apprit plus tard que l'infirmière avait dû se précipiter à l'étage inférieur avec le nouveau-né, jusqu'à l'USIN, l'unité de soins intensifs néonatals, seulement dix minutes après le départ du médecin et du pédiatre. Mihee se sentit terriblement mal. On l'avait laissée dans l'ignorance, son corps encore pétrifié par l'épidurale, allongée, seule, dans le lit d'accouchement, inutile et impuissante. Une orque échouée sur le rivage, certaine de ne plus jamais chasser.

Adrien ne quitta pas un instant le bébé. Il le porta avec l'infirmière jusqu'à la nurserie, et il resta avec lui pendant qu'elle le pesait et prenait son empreinte de pied. C'est lui qui remarqua en premier que l'extrémité des doigts et des orteils du bébé devenait violette. Il suivit le nouveau-né jusqu'à l'USIN. Il était là lorsque les infirmières mirent un masque à oxygène sur le tout petit visage, accrochèrent le moniteur cardiaque à son pied, pas plus gros que le pouce de son père, et enfoncèrent des aiguilles dans ses bras aussi fins qu'un tube de rouge à lèvres. Il resta jusqu'à ce que le docteur Go arrive en courant et lui demande, essoufflé, de quitter la pièce. Adrien attendit juste derrière la porte en verre opaque, inquiet et paralysé. Lorsqu'il entendit le bébé crier, il fut fou de joie : son fils avait repris conscience. Mais le cri dura jusqu'à devenir une plainte déchirante, et le cœur d'Adrien retomba dans le gouffre aux extrémités violacées. Il pria comme il n'avait encore jamais prié.

Mihee vit le bébé bien plus tard à l'USIN, dès que son état fut jugé stationnaire. Elle ne pleura pas : les larmes coulaient de ses yeux comme si elles s'échappaient de son corps. Elle ne les contrôlait pas plus que la créature vulnérable devant elle dans un incubateur, le front plissé par la douleur, comme si le nouveau-né portait un immense malheur. Ce petit corps qu'elle avait mis au monde.

– Votre bébé, madame Bae, ne cessaient-ils de répéter, comme si elle risquait de l'oublier.

S'il est vraiment à moi, pourquoi ne puis-je pas le protéger ? Pourquoi ne puis-je pas le faire aller bien ? Ses larmes tombaient, assourdies, sur le sol en linoléum.

Mihee se surprit à négocier, même en l'absence de kidnappeur. *Si Vous le laissez vivre et grandir, comme les autres enfants ordinaires, je ferai n'importe quoi. Vous pouvez prendre tout ce que Vous voulez de mon corps, me faire vivre n'importe quelle autre tragédie, Vous pouvez prendre mes jambes, Vous pouvez prendre mes yeux, Vous pouvez même prendre ma vie si Vous me garantissez qu'il aura une vie normale après ma mort, je préfère encore être endormie pour de bon qu'être éveillée et savoir que je ne peux rien faire pour cette chair souffrante de ma chair.*

Mihee psalmodiait, le poing serré. *Ou voulez-Vous que j'avoue tout ? Est-ce ce que Vous attendez de moi ? Ce n'est rien ! Je peux le faire en un clin d'œil, je peux me rendre demain à la première heure, si Vous me garantissez qu'il vivra, en bonne santé.*

Deux semaines plus tard, lorsque le bébé quitta l'USIN et rentra enfin à la maison avec eux, Mihee se rendit compte, pour la première fois, qu'elle pouvait prier. Ce qu'elle avait récité cette nuit-là était sa première prière. Bien que primitive et égoïste, elle n'en était pas moins sincère. La prière s'était échappée de son corps comme des larmes, sans crier gare, comme douée d'une volonté propre.

En mettant le bébé au lit, Mihee pleura de nouveau. Elle était sidérée par la beauté de la petite créature, une beauté qu'elle n'avait pas encore eu la chance d'apprécier. Le plus petit, le plus joli et le plus terrifiant être humain qu'elle ait jamais connu – une personne qui ne parlait pas encore, mais qui s'imposait comme nulle autre.

Adrien la serra fort dans ses bras.

– Je suis vraiment désolé, murmura-t-il d'une voix rauque, pour ce qui est arrivé à Seung-ho.

Un long soupir, douloureux, s'échappa de la bouche de son époux.

Le menton posé sur son épaule, Mihee fixait son dos.

Qui ? était-elle sur le point de demander, en caressant son dos du bout des doigts. Adrien soupira encore et resserra son étreinte. Puis elle se souvint.

Seung-ho. Le nom du fils de Seong-mi. Elle l'avait presque oublié.

Bien que le vrai fils de Seong-mi fût probablement vivant quelque part en Corée du Nord, Mihee l'avait tué dans le récit qu'elle avait livré à Adrien lorsqu'ils s'étaient rencontrés. Elle lui avait dit que Seung-ho n'avait pas vécu longtemps après sa naissance, préférant faire disparaître le bébé du scénario pour simplifier les choses. L'expérience d'avoir élevé un enfant était difficile à feindre. Elle ne voulait pas que son inaptitude à être mère ne trahisse son mensonge.

Adrien se souvenait du nom de son enfant fictif, qu'elle ne lui avait dit qu'une seule fois.

Il pensait que ses larmes coulaient pour son enfant perdu. Il pensait que la vue de son nouvel enfant la ramenait à la mort du premier.

Il avait pris à cœur sa tragédie factice.

À cet instant précis, elle faillit lui dire la vérité.

Je ne suis pas Seong-mi, je suis Mihee.

Elle dut ravaler cette phrase entre ses mâchoires, étouffer ce haut-le-cœur. Ses yeux et sa bouche pleurèrent. Une aigreur d'égout.

Mais mon amour pour toi est réel. Elle le pensa, le répéta, se le chuchotant dans le miroir de la salle de bains. Bien qu'elle fût sincère, les mots sonnèrent faux dès qu'ils quittèrent ses lèvres.

Pour la première fois, elle avait besoin de faire en sorte que l'on croie à la vérité.

Mais mon amour pour toi est réel. Elle s'entraîna encore.

– Tu ne penses pas qu'il est temps ? demanda mère, sans regarder Mihee.

Elles étaient de nouveau là, assises de part et d'autre d'un banc, à un mètre de distance, tels des serre-livres encadrant le vide. Leur vieux banc, leur lieu de rendez-vous, se trouvait derrière un court de tennis abandonné à Sohn Kee-chung Park. Mère avait posé cette question pour la première fois juste après la naissance de son petit-fils.

– Tu ne penses pas qu'il est temps, Mihee ? avait-elle demandé.

Mais Mihee l'avait ignorée. Elle ne voulait pas donner une réponse catégorique. Le simple fait de répondre lui donnerait déjà l'impression de trahir, même si c'était par la négative.

– Tu ne penses pas qu'Aram et toi méritez un nouveau départ ? avait-elle insisté calmement.

Mihee s'était levée et était partie. La même question revenait à présent.

– Tu ne penses pas qu'il est temps ?

Elles regardèrent devant elle au lieu de se dévisager, et parlèrent tranquillement en bougeant les lèvres le moins possible, semblables à un ventriloque déprimé et sa marionnette. Bien que l'échange de lettres chiffrées ait été leur principal mode de communication, elles avaient aussi organisé des rencontres face à face, leur rendez-vous bimensuel, depuis que Mihee avait emménagé à Séoul. Mihee faisait en sorte d'avoir une promenade solitaire jusqu'à Sohn Kee-chung, un parc public désolé situé dans un quartier douteux de Joongnim-dong. Le parc n'attirait qu'une poignée d'adolescents venus sécher les cours. Ses nombreux sycomores et haies de buis en faisaient un lieu parfait, à l'abri des regards, riche en recoins de verdure où se dissimuler.

À la seconde où mère était entrée dans son champ de vision, une heure auparavant, Mihee avait su ce qui s'était passé. Mère avait neuf minutes de retard, ce qui ne lui arrivait jamais. Elle paraissait défaite : les deux tiers de ses cheveux étaient devenus argentés, comme si elle avait vieilli d'une décennie en un mois. Elles restèrent assises en silence un moment, séparées par le mètre carré de vide habituel. Aucune d'elles ne pleura, mais elles savaient toutes les deux que cela arriverait plus tard – chacune dans sa salle de bains, la douche coulant pour étouffer leurs sanglots.

Mère dit que cela avait été paisible. Un départ dans son sommeil. La mort dont la plupart des gens rêvent : sans douleur, sans cri, un endormissement nocturne menant à un trépas serein. Papa méritait cette mort, pensa Mihee, mais elle ne le dit pas. Elle craignait que sa mère, imperturbable, ne s'effondre. Elle ne voulait pas que cela se produise, pas ce jour-là.

A-t-il jamais su qui tu étais ? voulait-elle demander. Mais elle connaissait déjà la réponse : bien sûr qu'il savait. Il avait peut-être le cœur d'une colombe, mais il n'en avait pas la cervelle. La seule question sans réponse était : quand l'avait-il su ?

– La plus grande des tromperies est d'être trompé, lui avait dit un jour son père.

Mihee, petite, avait écarquillé les yeux, deux billes rondes telles deux lunes pleines.

Elle était rentrée de l'école perplexe ce jour-là. Elle avait montré à son père un petit effaceur rouge qu'elle tenait dans sa main.

– Yeonjoo m'a encore donné ça en me disant que son père lui en a envoyé de Cuba. Tu penses qu'elle me prend vraiment pour une idiote ? lui demanda-t-elle.

– Non, ma chérie. Elle a juste envie d'être ton amie. C'est sa façon à elle de se faire des copines, d'attirer ton attention.

Sa façon à elle. Mihee rumina les paroles de son père. Yeonjoo était sans nul doute une enfant particulière. Le genre de fille que les enfants, généralement, ignorent avec une indifférence polie. Elle n'était pourtant pas stupide. Elle répondait toujours correctement aux questions de l'institutrice, et elle savait mieux lire et écrire que la plupart des autres. Yeonjoo était une fille étrange qui passait beaucoup trop de temps à regarder par la fenêtre – trop rêveuse et trop grande pour son âge. Trop maigre aussi : ses poignets étaient si fins que Mihee pensait qu'ils se briseraient comme un os de lapin si on les attrapait trop fermement. Yeonjoo était pauvre ; elle portait de vieux vêtements élimés avec des pièces de tissu aux coudes et aux genoux. Elle avait une peau jaunâtre. Et elle sentait toujours le chou flétri.

– Ce n'est même pas de l'espagnol, dit Mihee en regardant attentivement les minuscules caractères noirs imprimés sur l'effaceur. Ça ne vient pas de Cuba. J'en suis sûre.

Elle plissa son front et fit la moue, faussement contrariée.

– C'est du cyrillique, répondit tranquillement papa.

C'était un jour d'exposé à l'école. Chaque enfant avait cinq minutes pour parler des membres de sa famille devant toute la classe. Lorsque vint le tour de Yeonjoo, elle s'approcha de l'estrade, droite comme un I, et déclara qu'elle était immensément fière de son père.

– Mon père est un homme intelligent et cultivé, dit-elle, débordant d'assurance. Un diplomate couronné de succès qui travaille actuellement à Cuba.

Mihee fut d'abord stupéfaite, puis en colère. Elle regarda l'institutrice, Mme Bong – une femme d'âge mûr au grand cœur, très à cheval sur les règles –, s'attendant à voir la même réaction sur son visage. Pourtant, Mme Bong ne semblait ni choquée ni fâchée. Elle paraissait triste. Elle resta silencieuse et laissa Yeonjoo rejoindre son siège indemne – sans questions ni reproches.

Mme Bong savait mieux que personne que Yeonjoo mentait. Le père de Yeonjoo n'était pas à Cuba, il était dans un goulag. La majorité des habitants de la ville savaient qu'il avait été pris en train de voler du matériel médical à l'hôpital public où il travaillait comme concierge. N'importe qui de sensé, Mihee comprise bien sûr, savait que la famille de Yeonjoo venait d'un *songbun* très bas, en aucun cas éligible à un poste aussi prestigieux que celui de diplomate. On racontait que sa mère, pour joindre les deux bouts, s'était mise à mettre du rouge à lèvres rouge et ramenait des hommes étranges chez eux pendant que sa fille était à l'école. Ces hommes la payaient en nourriture et autres objets, du riz, de l'orge, du charbon et des vêtements. Certains objets, ni comestibles ni mettables, se retrouvaient dans les mains de Yeonjoo, qui les apportait parfois à l'école pour les distribuer aux enfants qu'elle appréciait, prétendant qu'il s'agissait de cadeaux envoyés par son père de Cuba. Mihee faisait partie des quelques enfants avec qui elle avait envie d'être amie.

Mihee dit à son père qu'elle ne voulait pas être amie avec une telle menteuse. L'impudence de Yeonjoo la choquait. Qu'un enfant de son âge puisse mentir ainsi devant toute une classe, devant une institutrice, sans montrer le moindre remords, lui semblait terrifiant. Elle était furieuse qu'aucun adulte ne l'ait punie.

– Tu es une fille intelligente, Mihee, dit papa.

La voix de son père se fit plus basse et plus rauque que d'habitude : c'était la voix qu'il prenait quand il se fâchait. Papa ne criait jamais. Il avait une façon bien à lui d'inculquer la discipline, par des paroles lentes, apaisantes, et pourtant intenses, comme un coucher de soleil.

Elle attendit, yeux et oreilles grands ouverts.

Papa ajouta que, même si ce qu'il allait dire pouvait sembler un peu déroutant, elle finirait par le comprendre.

– Tous les mensonges ne sont pas mauvais, Mihee. Parfois un mensonge n'est pas un moyen de blesser les autres, mais simplement une tentative de survie. Une tentative pour rester sain d'esprit.

Elle fronça les sourcils, perplexe, mais continua d'écouter.

– La duperie de Yeonjoo n'avait pas pour but de te tromper afin de te voler ce qui t'appartient. C'était sa façon à elle de cacher son passé douloureux. Comme un bandage qui protège sa blessure.

Après quelques minutes de silence, papa s'agenouilla devant elle et lui tint doucement les bras. Il semblait si grand et si petit à la fois.

– Parfois, Mihee, la plus grande des tromperies, la plus gentille aussi, est d'être trompé. Cela peut apporter un réconfort inestimable aux autres, mon cœur.

Mihee vit le chagrin dans ses yeux, une lueur brumeuse qui lui fit mordiller sa lèvre. Mais il le fit rapidement disparaître de son grand sourire, doux et soyeux, tel du caramel. Il posa un tendre baiser sur son front et la serra fort. Le parfum de sa lotion capillaire s'engouffra dans ses narines pour redescendre jusqu'à sa gorge, gingembre brut et anis – une odeur qui l'avait toujours grisée avant de l'endormir. Elle sourit.

Comme seul un enfant en est capable, Mihee avait inconsciemment saisi ce que son père lui avait dit. Le lendemain, après l'école, elle alla voir Yeonjoo et la remercia. Elle lui dit qu'elle lui était reconnaissante d'avoir partagé un cadeau familial avec elle, que Yeonjoo devait être vraiment fière d'être la fille de son père. Elle lui demanda de lui raconter Cuba, et toutes les choses fascinantes qu'elle avait apprises sur le monde extérieur. De petites gouttes de sueur perlaient sur son front, mais elle fit de son mieux pour paraître sincère.

Mihee n'oublierait jamais l'expression du visage de Yeonjoo. *Elle sait que je sais.* Mihee le sentit aussitôt.

Yeonjoo fixa son visage en silence, les yeux brûlants. Mihee ignorait si elle allait éclater en sanglots, comme un bébé, ou devenir folle de rage.

Sur son visage apparut un sourire, le plus pur et le plus triste qui soit. Il avait rappelé à Mihee celui de son père après qu'il lui eut parlé de tromperie. Les yeux de Yeonjoo, aux coins tombants, débordaient de larmes, tandis qu'une paire de fossettes nettes et profondes creusaient ses joues. Mihee pouvait voir presque toutes ses dents dans sa bouche grande ouverte, béante de joie.

En rentrant chez elles côte à côte, les filles discutèrent – Yeonjoo surtout. Elle raconta le vol de son père jusqu'à Cuba, la façon dont l'avion tremblait et son moteur grognait ; parla des femmes cubaines, peu vêtues, qui exposaient souvent leurs cuisses et leur décolleté ; décrivit la façon dont les Cubains mangeaient leur viande, recouverte de beurre à l'ail puis cuite au charbon de bois, les pieds de la table branlant sous le poids des plateaux de saucisses de porc, du veau et des côtes d'agneau. Bien qu'elle sût que les histoires de Yeonjoo n'étaient pas réelles, Mihee en saliva. Peu importait que Yeonjoo sache qu'elle savait la vérité. Cela ne pouvait porter atteinte à ce qu'elles avaient partagé ce jour-là. Aussi longtemps que l'histoire de sa camarade durerait, et qu'elle écouterait, Yeonjoo serait la plus heureuse au monde.

Leur fiction partagée les fit devenir intimes.

Yeonjoo et Mihee restèrent les meilleures amies jusqu'à ce que leurs chemins se séparent à l'entrée au lycée.

Papa savait.

Il n'avait peut-être jamais eu besoin de preuve tangible.

Parfois, s'agissant de ce genre de choses, on ne devine pas, on ne raisonne pas. On le sait.

Mère pensait peut-être avoir toujours dupé tout le monde, mais la seule personne qu'elle n'avait pas pu duper, et la seule personne qui l'avait dupée sans le moindre effort, avait été son mari bien-aimé.

Il l'avait trompée en la laissant le tromper. Elle ne savait pas qu'il savait. « Cela peut apporter un réconfort inestimable aux autres », avait dit papa.

– Tu ne penses pas qu'il est temps ? demanda mère, sans regarder Mihee.

Des gouttes de pluie claquaient, discontinues, sur leurs fronts.

– Plus rien ne nous retient désormais.

Mère baissa la tête, consciente du poids de ses propos. Mihee était censée aboyer de colère contre elle, mais elle n'y parvint pas. Sa poitrine se serra. Elle ne pouvait se permettre d'être hypocrite, pas ce jour-là.

Mère poursuivit :

– Je me rendrai la première et me chargerai de ce qui suivra. Ça va prendre quelques mois. Il faudra peut-être que tu disparaisses aussi pendant un moment. Mais pas longtemps, je te le promets.

Mihee écouta la pluie tambouriner contre les feuilles des sycomores. À travers le couvert épais des branches en arceau, elle entendit les premières stridulations des cigales. L'été s'était insinué dans les arbres. Bientôt, le martèlement plus rude de la pluie noierait la plainte des créatures estivales.

Aucune d'elles ne bougea. L'air alentour semblait épais et luxuriant comme le velours.

Mihee ouvrit la bouche.

– Mais ils vont peut-être te poursuivre, mère. C'est vraiment ce que tu veux ? Ça voudrait dire vivre une vie de fuite, cachée sous un faux nom pour le restant de tes jours.

Sous la pluie battante, ses mots étaient sortis en un cri perçant. Elle ignorait si elle hurlait sur sa mère, ou sur elle-même.

– Ma chérie, dit mère calmement, ne le faisons-nous pas déjà ?

Mihee n'aurait jamais pensé que les grandes décisions de sa vie seraient définies par des choses aussi banales – la naissance de son enfant et la mort de son père. À croire qu'elle n'était pas différente de la plupart des femmes qu'elle connaissait.

Je mérite peut-être enfin quelque chose d'ordinaire, pensa-t-elle, non sans culpabilité.

L'averse avait laissé place à une bruine, qui cognait avec indolence contre les vitrines. Les lumières du lundi étaient aussi solitaires que la rue déserte. Mihee était trempée, mais elle n'avait pas vraiment froid.

Comme souvent, elle marcha sous la pluie jusqu'à la station de métro Chungjeongno. Mais elle n'allait pas rentrer chez elle. Chungjeongno était sa station de métro préférée à Séoul. Bien que située dans le cœur de la ville, elle n'était jamais bondée, même pendant les heures de pointe. Elle était tout l'opposé de sa célèbre voisine, la station City Hall, qui était envahie par la foule du matin au soir, hantée par le bruit constant des pas pressés. La station CJR était également la station la plus morne et fade de Séoul. Alors que l'intérieur de City Hall était couvert de briques rouges, son passage central ponctué de colonnades en marbre blanc raffinées, l'intérieur de CJR était un flot monotone de carreaux gris, posés comme une couverture mince et grossière sur les blocs massifs de béton qui formaient la colonne vertébrale de la station.

Mais ces gros morceaux brutalistes étaient précisément ce qui l'avait fait revenir encore et encore à cet endroit – par temps de pluie, surtout. L'odeur grise, qui mêlait moisi et musqué – un hybride olfactif de terre humide et de vieux papier, avec une note d'étreinte moite.

Mihee était de retour dans le minuscule bureau de son père à Hyesan, une pièce pleine de vieux livres et de vinyles semi-illégaux. Des piles de livres exhalaient le soupir familier, piqué et taché d'encre. L'odeur de son enfance.

Mihee savait qu'elle ne retournerait plus jamais chez elle. Elle ne sentirait plus jamais l'odeur de l'aérodrome de Hyesan.

Toutefois, elle se sentait tristement réconfortée à l'idée que si le souvenir de son père l'empoignait, si elle se languissait de ce parfum, elle pourrait revenir ici, à la station Chungjeongno sous la pluie.

ROUSSEAU

– Comment va Aram ?

Ses premiers mots. Après une longue absence, sa voix résonne étrangement à mon oreille, comme si une célébrité doublait un lapin de dessin animé.

– Aram va bien, lui dis-je, ravalant un cri. Sa mère lui manque. Tout comme ma femme me manque.

J'ai l'impression d'être redevenu un enfant, vulnérable, toujours au bord des larmes, pris dans une crainte constante de l'abandon. Quand Aram est né, je me suis promis qu'il ne connaîtrait jamais une telle angoisse en grandissant.

Peu après la naissance de notre fils, j'ai appris la mort de Hoyeon.

Overdose d'opioïdes. Son corps a été retrouvé quatre jours plus tard dans son duplex à Los Angeles, par sa petite amie ukrainienne. Celle-ci a déclaré que sa consommation de drogues avait augmenté durant les derniers mois de sa vie. De l'héroïne surtout. Ils ne pouvaient savoir s'il s'agissait d'un accident ou d'un suicide.

La mort de Hoyeon aurait consumé mes pensées s'il n'y avait eu la naissance d'Aram.

Aram a été un trou noir dans lequel nous nous sommes tous joyeusement laissé aspirer. Une tempête parfaite dont les cris, les siestes éclair et les fréquents pics d'appétit ont perturbé nos nuits et chamboulé notre quotidien. Pourtant, il remplissait d'émerveillement toutes nos heures de veille. Il nous rappelait le prodige oublié de l'enfance : la façon dont nous percevions le monde autour de nous, laissant chaque rencontre enflammer une curiosité intarissable. Un tel amour pour la vie.

Ma femme n'aimait pas Jean-Jacques Rousseau parce qu'il avait abandonné tous ses enfants à la naissance. Étant donné le terrible manque d'hygiène des orphelinats parisiens aux XVIIIe siècle, il est peu probable que ses cinq bébés eussent vécu longtemps après leur abandon. Elle disait que c'était terriblement paradoxal qu'un homme connu pour sa défense de la justice et de l'égalité, un homme qui prêchait l'amour de l'enfance et de l'esprit enfantin, ait condamné ses cinq enfants à une mort certaine dès leur naissance.

Jacquelin Rousseau, mon père, nous a abandonnés, moi et ma mère, lorsque j'avais neuf ans. Bien que j'aie grandi sans manquer d'amour ni d'équilibre, grâce à ma mère et à mes grands-parents, l'absence de mon père avait laissé un vide dans ma vie que rien ne comblait. Un point d'interrogation errant dans les limbes de ce qui reste à tout jamais ignoré. Puis Aimé Adel est arrivé. Un philosophe qui avait toutes les réponses. Bien sûr, j'aimais Adel pour les mêmes raisons que j'aimais Hoyeon : Adel était un symbole d'espoir et un modèle pour tous les outsiders planqués du monde occidental. Mais pour moi, les mots d'Adel signifiaient plus qu'une belle réussite. C'est son point de vue sur le mariage qui a catapulté le lycéen Adrien Rousseau – moi – dans ses œuvres littéraires. Aimé Adel voyait le mariage traditionnel comme une convention condamnée. Un voyage de l'extraordinaire jusqu'à l'ordinaire. Un lent processus de désillusion. Bien que brutal et pessimiste, son fatalisme apportait une réponse philosophique au mystère de ma vie ; une sorte de justification que j'avais cherchée inconsciemment durant toute mon enfance. Pourquoi mon père était ainsi, pourquoi il nous avait abandonnés. L'idée d'Adel selon laquelle le mariage est une convention archaïque vouée à l'échec rendait le départ de mon père bien plus supportable, même compréhensible, à mes yeux. Elle faisait apparaître un pardon de seconde main que je n'étais pas parvenu à trouver étant enfant. Elle rendait la cicatrice sur laquelle je n'avais cessé de me retourner moins repoussante. Elle m'a permis de ne pas passer le reste de ma vie à haïr mon père. Attendre moins des hommes m'a aidé à accepter la tristesse du monde. Attendre moins des hommes m'a rendu moins critique à l'égard de l'humanité. Un homme comme Adel, bien qu'imparfait et hypocrite, avait néanmoins réussi à atteindre une certaine grandeur, à faire de grandes choses pour le peuple. Peut-être était-ce ainsi que je voulais imaginer mon père. Un homme faillible, mais qui avait peut-être été fantastique à sa façon.

Peut-être était-ce la raison pour laquelle les propos qu'elle avait tenus à l'encontre d'Adel m'avaient mis si en colère.

Elle y avait vu une justification facile et s'était montrée suffisamment courageuse – ou directe – pour me le faire remarquer.

– Tout d'abord, je veux que tu saches que je t'aime, que j'aime Aram. La seule chose que je souhaite, c'est être avec vous deux. J'ai besoin que tu le saches.

Seong-mi serre les mâchoires comme si elle était furieuse, ou comme si elle se retenait de pleurer. Savoir que je ne suis pas le seul à être effrayé me rassure. Sa voix est rauque et tendue, tel un élastique sur le point de se casser. Cela me rappelle notre première rencontre à l'église de la Nouvelle Vie, à Shenyang, quand elle m'a raconté l'histoire de sa vie. Elle semble différente à présent. Elle semble plus jeune, et plus vulnérable. Ses doigts se ferment, comme pour une prière, formant un poing si serré que ses articulations blanchissent. Ses cils battent, agités.

Mon estomac s'enroule sur lui-même. Je suis terrifié par ce qu'elle va peut-être dire.

Selon mon écrivain préféré, mon mariage, cette histoire d'amour entre deux êtres humains singuliers dans des circonstances tout aussi singulières, est probablement condamné.

Aimé Adel a dit que l'amour qui s'épanouit dans des conditions extrêmes ne peut survivre à l'automne de la monotonie, du quotidien.

Mais je ne suis plus l'adolescent pessimiste inexpérimenté que j'étais. Bien qu'Adel ait été un auteur éloquent, c'était un homme-enfant s'agissant du mariage et de l'engagement. Il n'avait aucune expérience de la responsabilité qui nous incombe en tant que parent. Il n'a jamais su ce que signifiait chérir un autre corps plus que le sien. Ce qu'il a pu saisir était limité à son esprit d'universitaire. Il est mort sans jamais savoir ce que l'on ressentait réellement au-dedans.

De plus, qu'y a-t-il donc de si horrible dans la banalité ?

En l'absence de Seong-mi, ce sont des choses anodines qui m'ont le plus manqué.

Une mèche de ses cheveux charbon sur l'épaule de mon costume. La chanson du générique de ce feuilleton à l'eau de rose qu'elle fredonnait toujours dans la cuisine sur un air de bossa-nova. Le toucher duveteux de la veste en laine beige qu'elle portait à la maison les soirs frais ; un « tapis humain à poils longs », l'appelais-je pour la taquiner, ou un « ours en peluche avec lequel je me coucherais bien ». L'odeur de ce pain de savon bon marché qu'elle utilisait pour se laver le visage, le parfum de concombre et de citron sur son oreiller. Les gloussements étouffés d'elle et d'Aram derrière la porte de notre appartement

– parfois je restais là, debout, pendant une minute en silence, pour m'imprégner encore un peu de ce bonheur candide, avant d'ouvrir la porte pour rentrer à la maison. Ce sont ces petites pièces de notre vie ensemble qui me manquent. Des détails insignifiants qui ne comptent que pour moi, pour nous.

Bouche déboîtée, elle fixe le sol. Ma poitrine se serre.

Un nouveau silence suit, plus sonore et épais qu'un hurlement.

Pendant qu'elle rassemble ses esprits, je regarde autour du banc sur lequel nous sommes assis, à Sohn Kee-chung Park. Les grands sycomores ombrageux ne laissent que quelques taches de lumière frémissantes sur le sol. Je lève la tête et regarde vers le haut. Un crépuscule orange se répand dans le ciel. L'air autrefois étouffé par le cri estival des cigales est maintenant ponctué par les *chirr* solitaires des criquets. L'automne arrive.

C'est donc ici que tu te promènes seule.

– Pourquoi as-tu voulu qu'on se retrouve ici ?

– Parce qu'un phare n'éclaire pas sa base, murmure-t-elle, comme si elle se parlait à elle-même dans son sommeil, les yeux toujours fixés au sol. C'est le dernier endroit où ils s'attendent à me trouver.

Son étrange réponse me donne aussitôt un sentiment de déjà-vu. Quelque chose sonne dans ma tête, un claquement métallique. Je veux le formuler mais le ravale, préférant l'entendre dans ses propres mots. Étrangement, j'ai le sentiment de déjà connaître la moitié de l'histoire. Espoir et angoisse, deux papillons en guerre, luttent à l'intérieur de mon estomac.

Elle lève enfin les yeux vers moi et ouvre la bouche.

– J'ai un aveu à te faire, Rou.

Elle prononce cette phrase comme si c'était la ligne d'un script longuement répété. Et pourtant, sa voix tremble.

– Moi aussi, Seong-mi, lui dis-je en la regardant dans les yeux.

Je vois son anxiété, immense, s'estomper. La surprise a brièvement revendiqué la scène, jusqu'à ce qu'apparaisse une curiosité familière, teintée d'une pointe d'effroi. Elle comprend à présent ce que je ressens. Nous nous découvrons nouvellement intimes dans nos secrets.

Mihee alors se présente – une ennemie d'abord, puis une amie.

LA HUITIÈME VIE

Les 8 vies d'une mangeuse de terre

La perspective de la mort inspire à la plupart un élan de véracité, mais elle peut conduire un petit nombre dans la direction opposée. Au cours de mon projet de nécrologie, je rencontrai quelques vieux filous. Lorsqu'on leur demandait de raconter brièvement l'histoire de leur vie, ils tissaient des légendes, entremêlant fantasmes et souffrances. Trois mois avant sa mort, grand-père Park Myeong-yi prétendait avoir été un assassin hautement entraîné, envoyé en Corée du Nord pour abattre Kim Il-sung. Mais quand j'appelai l'association des anciens du HID, une unité de renseignements militaires de Corée du Sud, ils me confirmèrent qu'aucun soldat ne correspondait à sa description. Un autre nonagénaire, grand-père Gaam Boo-young, confia qu'il avait été autrefois le bras droit de Chun Doo-hwan, le pire dictateur militaire de l'histoire sud-coréenne – et il s'en vantait. Je ne pris même pas la peine de vérifier cette déclaration tant le bluff était palpable : M. Gaam était du genre à jacasser sans arrêt sur des sujets politiques en se faisant passer pour un expert, taxant chaque libéral soit de coco, soit de candidat parachuté. Quand il mourut, quatre mois après m'avoir fait cette confidence, aucune couronne funéraire ne fut envoyée de la part de M. Chun. En vérité, aucune couronne ne lui fut destinée – et il n'y eut pas plus de visiteurs endeuillés.

Troublée, je me demandais alors : qui ces vieux hommes espéraient-ils impressionner ? Moi, une nécrologue insignifiante ? Eux-mêmes ? Peut-être pensaient-ils qu'un mensonge énoncé avec conviction pourrait vivre sa vie et devenir vérité. Peut-être était-ce ainsi qu'ils souhaitaient qu'on se souvienne d'eux avant que leurs esprits ne se dissipent. Et je fis de mon mieux pour honorer leurs ultimes décisions, en écoutant leurs récits avec une attention totale et sans jugement, en dépit de ce que je ressentais à leur égard. Parfois, écouter est l'unique et la meilleure chose que l'on puisse offrir.

Mook Miran était différente. Elle n'était pas comme ces personnages désespérés. Tout d'abord, elle était la seule femme à se vanter. Les grands-mères se mettaient parfois à fanfaronner, mais leurs exagérations inoffensives concernaient exclusivement la réussite de leurs enfants et petits-enfants, rarement la leur.

Lorsque je lui demandai comment elle avait pu vivre toutes les vies dont elle avait parlé, elle répondit, avec son aplomb habituel, qu'à l'époque ce genre de chose était possible. Quelle réponse vague pour une vieille âme, pensai-je.

La menteuse la plus stoïque que j'aie jamais rencontrée.

Elle prétendait non seulement être une tueuse, mais une tueuse en série.

– On dit qu'à partir de trois on gagne le titre. D'autres fans du chiffre trois, dit Mme Mook, une touche de sarcasme dans la voix.

Je lui demandai combien de personnes elle avait tuées – quatre, me répondit-elle.

– Alors comment se fait-il que vous ne soyez pas en prison ? Vous, tueuse en série et espionne, pour reprendre vos mots.

J'étais perplexe.

– Kim Hyon-hui est-elle en prison aujourd'hui ? demanda-t-elle.

Nulle expression sur son visage.

Mme Mook avait raison : Kim Hyon-hui, ancien agente nord-coréenne responsable de l'explosion du Korean Air Flight 858, qui avait tué cent quinze personnes en 1987, n'était pas en prison. Elle avait épousé l'ancien agent du renseignement sud-coréen qui s'était chargé de son dossier, et ils avaient deux enfants. Elle vivait en liberté en Corée du Sud depuis que le président Roh Tae-woo l'avait graciée.

– Je n'ai tué personne pendant mes missions d'espionnage, dit Mme Mook.

– Alors qui étaient ces quatre victimes ? demandai-je avec une humilité renouvelée.

– Trois étaient des soldats. Un, un membre de ma famille.

Elle hésita un peu sur le mot « famille ».

– Votre époux ?

Ces mots, prononcés d'une voix forte, avaient dû m'échapper.

Ses yeux s'éclairèrent de curiosité.

– Des soucis avec votre mari ?

Elle me taquinait.

– Ex-mari.

Et voilà, je l'avais dit. Le mot tant redouté. C'était la première fois que je m'entendais prononcer ce terme. Une fois au grand jour, il me sembla moins triste, moins terrifiant. Je repris de l'assurance, et le répétai. J'avais besoin de m'y habituer.

– Mon ex-mari et moi, nous ne sommes plus amis.

Elle poussa un petit grognement.

– Les séparations heureuses n'existent pas, murmura-t-elle doucement, comme s'il s'agissait d'un aparté adressé à un public. Et j'ai tué mon père, pas mon époux. Mon époux était un homme merveilleux.

Sa voix s'affaiblit sur le mot « époux ».

– Pourquoi avez-vous tué votre père ?

– Légitime défense, répondit-elle aussitôt, de façon automatique. Il allait nous tuer, ma mère et moi.

Sa voix sèche et neutre revint aussitôt.

Je lui demandai si les trois autres meurtres étaient aussi de la légitime défense.

– Bien sûr, répondit-elle avant de me lancer un regard noir.

Imbécile, comment pourrait-il en être autrement ?

– Tout s'est passé pendant les guerres, dit-elle, le regard vide.

Un silence suivit, que je n'osai briser.

– La guerre du Pacifique puis la guerre de Corée, continua-t-elle. Ces hommes étaient des criminels de guerre. Ils ont menti. Ils ont pris des filles et en ont fait des esclaves. Trop de jeunes filles sont mortes. Je n'ai tué que trois soldats en tentant de sauver quelques filles et moi-même.

Les femmes de réconfort. Elle prétendait avoir été une victime de l'esclavage sexuel en temps de guerre.

– En réalité, grand-mère Song Jae-soon n'était pas une étrangère.

Elle s'arrêta pour prendre une grande inspiration.

– Nous nous sommes rencontrées pendant la guerre de Corée, quand son nom n'était pas Jae-soon, mais Jenny. Un surnom donné par les soldats américains.

Jenny. Le nom arracha un soupir peiné à Mme Mook.

– J'ai failli pleurer quand je l'ai vue ici, au Soleil-Couchant. Elle ne m'a pas reconnue. Sa mémoire avait déjà trop décliné. Mais je me souvenais encore de tout ce qu'elle m'avait raconté.

Des histoires de son enfance, de ses petites sœurs. Parler avec elle est ce qui m'a permis de tenir à l'époque.

Ses yeux rouges se fermèrent tandis qu'un doux sourire éclairait son visage. Mais il disparut bientôt et fit place à un rictus mauvais, laissant entrevoir l'éclat d'une canine.

– Avant de m'enfuir dans le Nord, j'ai libéré ces pauvres filles. Ensuite j'ai mis le feu à la maison où ils les avaient enfermées. Je l'ai regardée partir en fumée. Je n'imaginais pas du tout que ce geste ferait de moi une terroriste recherchée dans le Sud.

Mme Mook rit dans un troublant éclat de joie. Mais bientôt ce fut autre chose, un son à mi-chemin entre un gazouillis d'enfant et un grognement étouffé. Le grognement devint alors un gloussement, puis une toux qui secoua violemment sa mince poitrine de haut en bas. Je courus jusqu'à elle, mais elle me repoussa, avec une force inouïe.

– Laissez-moi tranquille, murmura-t-elle, le souffle court. Ne me touchez pas.

Je voulus appeler l'infirmière, mais elle refusa fermement, m'assurant qu'elle ne lui serait d'aucune aide.

– J'ai besoin d'un moment pour me calmer, c'est tout, dit-elle à voix basse, les doigts serrés sur les mains courantes de son fauteuil roulant.

Peut-être aurais-je dû arrêter là et la ramener dans la salle.

Mais j'insistai. Tout autant que Mme Mook, je voulais que notre conversation continue. J'étais impatiente d'entendre ce qu'elle avait à dire sur ses meurtres. Par courtoisie, je lui demandai si elle voulait changer de sujet et elle me lança un « non » bourru sans me regarder.

– Comment les avez-vous tués ? demandai-je.

Bien que relativement grande pour son âge, Mme Mook ne me semblait guère bâtie pour le combat à mains nues, surtout face à des militaires entraînés.

Elle étira ses deux bras vers moi, les paumes de ses mains à plat. Sous les épaisses manches blanches de sa veste matelassée apparurent ses poignets osseux. Une paire de brindilles tremblantes, qui semblaient davantage appartenir à un faon qu'à un être humain.

– Qu'en pensez-vous ? Combat au corps à corps ? dit-elle.

Elle rit, et j'éclatai de rire aussi.

– Du poison, dit-elle brusquement.

Dès que le mot fut prononcé, l'expression de son visage s'inversa. Le sourire effronté s'évanouit, les courbes de ses joues s'effacèrent. Les yeux inexpressifs réapparurent, comme sur un signal.

– Le poison est partout, car tout peut être poison, chuchota Mme Mook. N'importe quelle substance peut tuer un homme, selon la quantité ingurgitée et la vitesse à laquelle elle entre dans l'organisme.

On pouvait aisément trouver du poison chez soi, ajouta-t-elle.

– Mais aussi en prison, à l'école. Et dans des lieux comme un hôpital ou une maison de retraite, c'est le gros lot. Même ici, murmura-t-elle avant de se tourner vers la longue bande de terre vide qui formait un demi-cercle autour du jardin.

C'est là que les cosmos avaient fleuri à l'automne. Le soleil avait entamé sa descente et l'air était plus frais. Je refermai ma veste en duvet de canard jusqu'en haut, remarquant que le bout du nez de Mme Mook avait rosi. Aussi, je dépliai la couverture en laine posée sur ses genoux pour l'en envelopper.

Elle ne réagit pas à mon contact. Son regard était fixé sur le parterre vide. Elle leva lentement son bras et pointa un doigt décharné vers la haute clôture en métal derrière le parterre.

– Il est là-bas, le poison, dit-elle. Je peux le sentir chaque fois que le vent souffle dans cette direction.

Les yeux clos, elle inspira l'air froid venu du nord, puis l'expira de nouveau.

– Derrière la clôture, il y a le terrain vague qui mène aux bois. Cet endroit sauvage étouffe sous les mauvaises herbes. Là-bas, il y a du *sanak*, la cacahuète du serpent. En grande quantité. Cette plante a un parfum particulier, un mélange de pourriture et de noix.

Elle m'invita à humer l'air, ce que je fis, fermant les yeux. Mais je ne remarquai rien, si ce n'est l'odeur verte terreuse propre à n'importe quel coin de terre à Paju.

– Ça signifie que la terre est bonne, poursuivit-elle. Le *sanak* n'est pas une herbe que l'on trouve facilement. Il a besoin d'un sol particulier pour pousser, une moitié de terreau, une moitié de sable, avec un brin d'argile. Ni trop sec ni trop détrempé. L'odeur signifie que la terre, ici, est bonne et riche.

Une fois encore, elle inhala profondément la brise glacée. Puis elle ouvrit grand la bouche et avala le vent. Un frisson me parcourut tandis que je la regardais se lécher les lèvres.

– Le *sanak* est à la fois médicinal et vénéneux. Si vous parvenez à en mâcher trois feuilles, malgré son odeur, vous tomberez dans un doux sommeil sans rêve. Mais si vous buvez une tasse de la première décoction de ses racines, vous ne vous réveillerez jamais. Les racines sont bien moins odorantes, et beaucoup plus toxiques. Toutefois, le poison n'est pas l'essentiel. Comment et quand l'administrer, voilà ce qui exige le plus de discernement.

Ses yeux se plissèrent.

– Avec les soldats, le plus simple était d'utiliser leurs boissons. Whisky, rhum, saké ou *soju* bon marché, murmura-t-elle, ses doigts noueux serrés en un poing. Ils buvaient jusqu'à l'inconscience, ces hommes. Surtout vers la fin de la guerre. Peut-être voulaient-ils effacer leurs péchés et leurs souvenirs avec l'alcool, s'aseptiser en somme.

Un ricanement s'échappa de ses lèvres entrouvertes.

– Lorsqu'il sont déjà soûls, et cherchent de quoi rester ivres, c'est là que vous frappez. Quand ils sont trop pleins pour remarquer le goût ou l'odeur étrange dans leurs bouteilles. C'est comme ça que je les ai tués.

Les épaules relâchées, elle se rassit dans son fauteuil roulant. Elle posa une main sur chaque accoudoir, paumes face au ciel. Telle une reine, paisible et satisfaite.

Je ne décelai aucune culpabilité.

« Madame l'écrivaine », m'appela Mme Mook, taquine, lorsque nous nous vîmes une nouvelle fois.

Les festivités du Nouvel An étaient terminées depuis longtemps et le jardin de cosmos avait retrouvé sa popularité. Une dizaine de résidents se promenaient le long de la promenade pavée ou prenaient le soleil dans leurs fauteuils roulants près des clôtures.

Afin de pouvoir parler en toute intimité, je l'amenai dans la salle de consultation.

– Je ne suis encore jamais venue ici, dit Mme Mook, surprise, en haussant les sourcils.

Je lui dis qu'en semaine l'endroit était souvent vide l'après-midi.

– Nous avons donc du temps pour discuter ici jusqu'à l'heure du dîner, lui proposai-je avec enthousiasme.

– C'est là que vous écrivez ? me demanda-t-elle en regardant la pièce exiguë.

Les murs étaient peints en « thé vert latte », une nuance censée reposer les yeux, inviter à la relaxation. Et pourtant, face à face avec Mme Mook dans ce petit espace, je me sentais plutôt nerveuse.

Je lui répondis que ce n'était pas mon lieu de travail et que je n'étais pas vraiment une écrivaine.

Elle haussa brusquement les épaules.

– Vous écrivez sur la vie des gens, et les lecteurs vous apprécient pour ça. Ça fait de vous une écrivaine.

Flattée, je me sentis rougir. Un sourire spontané apparut sur mon visage, plein de dents et de gencives. Consciente de mon air imbécile, je l'effaçai aussi rapidement que possible. Mais Mme Mook n'aurait jamais manqué de profiter d'une telle faiblesse.

Ce ne fut pas le cas. Aucune expression de mépris ne traversa son regard.

– Était-ce votre rêve, enfant ? D'être écrivaine ? demanda-t-elle, sincère.

Je n'avais jamais été aussi proche de Mme Mook auparavant. Être assise en face d'elle dans une pièce de quatre mètres carrés, avec pour seuls meubles un bureau, deux chaises et un minuscule pothos en pot, me permettait de découvrir des traits que je n'avais encore jamais remarqués. Deux petits points sur ses joues, que j'avais pris pour des fossettes, se révélèrent être des cicatrices – de variole, probablement. La peau sur son cou et ses clavicules était parsemée de cicatrices identiques de diverses tailles. Une, particulièrement voyante, partait de sa clavicule droite et descendait en diagonale vers son cœur.

Elle sentit mon regard et soupira.

– Curieuse de savoir comment je les ai eues ? dit-elle.

Je ne pris pas la peine de répondre.

– Des brûlures de cigarette, un couteau militaire et autres choses du genre, marmonna-t-elle en poussant un soupir plus profond. Écoutez, désolée, mais aujourd'hui je ne me sens pas d'attaque pour une conversation sérieuse.

Il avait à peine commencé à bruiner dehors, un signe de l'arrivée du printemps. L'air était beaucoup plus chaud, mais l'humidité croissante incommodait de nombreux résidents, qui se plaignaient de leur dos et de leurs articulations. Mme Mook était plus silencieuse et pensive que d'habitude. La fatigue pesait sur ses épaules avachies.

– Oui, devenir écrivaine, c'était mon rêve, enfant, lui dis-je avec un sourire timide. Ainsi que… de devenir mère.

Mon sourire s'évanouit, lesté par le mot « mère ». Un autre mot sur lequel j'avais à travailler. Je me forçai à le répéter après une profonde inspiration.

– Mère. J'ai toujours voulu en devenir une. Je sais que ce n'est plus à la mode de dire ça tout haut pour une femme, mais j'ai toujours rêvé d'être une maman poule.

J'eus un petit rire.

– Qu'est-ce qui vous en a empêchée ? demanda-t-elle.

– Mon ex-mari. Le médecin disait qu'il avait une faible numération des spermatozoïdes. Je voulais tenter une FIV, mais pas lui.

Je lui parlai de mon mari : il n'avait jamais été violent, ne m'avait jamais hurlé dessus pendant notre vie commune, mais il pouvait se montrer terriblement têtu, en silence, à sa manière. J'avais cru que son non ferme et froid serait définitif. J'avais eu peur de le perdre. Craignant de finir seule, j'avais consenti à la vie sans enfant qu'il avait voulue. Finalement, je me retrouvais dans cette solitude que j'avais tant redoutée. Mais la crainte a fini par s'estomper. Ce n'est qu'après avoir vécu le cauchemar que j'ai pu comprendre qu'il n'était pas si terrifiant. Vivre seule n'était pas aussi terrible que dans mon imagination, où ma peur en avait fait quelque chose de démesuré. Il y avait, bien sûr, le choc et la peine, mais ils faiblissaient avec le temps. De petits accès de solitude me hantaient encore parfois, mais rien que je ne puisse supporter. La vie seule était plutôt faisable, et elle le devenait chaque jour un peu plus.

– Je me sens encore en colère, en revanche, lui confiai-je. Je lui en veux de m'avoir privée de la chance d'être mère. C'est trop tard maintenant. La ménopause, déjà – *couic*.

Je traçai avec mon pouce une coupure invisible en travers de mon cou, espérant que l'humour dissimulerait mon chagrin. Un sanglot se tordit juste sous mon diaphragme et je le réprimai. C'était ainsi que je gérais la colère d'habitude : honteuse de mes emportements, je les transformais en tristesse et sanglotais. Mais à présent, face à Mme Mook, je ne voulais pas pleurer – son temps était précieux et compté.

Je lui racontai cependant ma fureur lorsque j'avais appris qu'il s'était rendu à la clinique de fertilité avec sa nouvelle petite amie, à peine plus âgée que sa nièce. J'observai attentivement l'expression de Mme Mook, m'attendant à ce qu'elle se lance dans une invective caustique contre mon ex-mari. Mais elle resta silencieuse. Elle se contenta de hocher la tête, les yeux baissés.

– Qu'est-ce que ça fait d'être mère ? lui demandai-je.

– C'est merveilleux, chuchota-t-elle. Et dur.

Elle regarda au loin, malgré le mur vert devant elle. Elle rayonnait, rougissant comme une petite fille. Elle voyait son enfant, et je l'enviai profondément.

– Ma fille, en grandissant, était si belle, et si difficile, dit-elle, son visage ridé par une réminiscence douce-amère. Que puis-je dire ? Telle mère, telle fille, minauda-t-elle. On dit que les enfants intelligents sont les plus difficiles à élever, et d'après mon expérience, c'est assez vrai. Ma fille est allée à l'université Kim Il-sung de Pyongyang. La meilleure de Corée du Nord.

Vanter les mérites de son enfant semblait lui avoir ôté un poids des épaules ; son dos et son cou se redressèrent, lui donnant un air silencieux de triomphe – la même étrange vibration que j'avais ressentie dans le jardin de cosmos, lorsqu'elle m'avait confié qu'elle avait empoisonné ses agresseurs.

Mais ce changement la fit aussi paraître plus vulnérable – plus accessible. J'avais vu cette expression de nombreuses fois auparavant, cette fierté et ce plaisir qu'avaient les grands-mères à parler du succès de leurs enfants et petits-enfants. Retrouver ce trait chez Mme Mook était à la fois surprenant et rassurant. Elle connaissait après tout ce langage commun aux femmes ordinaires : la fierté d'une mère. Une fois encore, je fus jalouse, et profondément heureuse pour elle, aussi.

Elle avait souhaité que sa fille devienne diplomate, mais celle-ci s'était tournée vers le renseignement.

– Et je n'ai pas pu l'arrêter, murmura Mme Mook. Elle était aussi obstinée que moi.

Un petit grognement s'échappa d'elle, puis un rire nerveux.

Le moment me sembla opportun pour l'interroger sur son deuxième personnage le plus intéressant : l'espionne. Mais ma question fit réapparaître l'air morne et froid dans ses yeux. S'ensuivit une réponse automatique, comme préenregistrée :

– Il y a des sujets de sécurité nationale dont je n'ai pas le droit de parler. Ça fait partie de mon accord avec la Korean Central Intelligence Agency, dit-elle à voix basse.

– « Si je vous le dis je vais devoir vous tuer », c'est ça ? demandai-je en plaisantant, espérant réveiller son sarcasme.

Mais sa réponse fut très sérieuse, et je me sentis rustre.

– Je suis trop vieille pour qu'on s'en prenne à moi, mais ça pourrait nuire à ma fille, son mari et mon petit-fils, qui vivent aux États-Unis maintenant.

Son expression était désormais sévère et distante, comme si elle parlait à une étrangère. Toutefois, lorsque je la félicitai d'être grand-mère, un large sourire éclaira son visage, et sa voix reprit un volume normal.

– Mais oui. Et mon petit-fils est beau. Ma fille a épousé un Américain, ils vivent près de sa ville natale. Ils sont professeurs dans une bonne université.

La fierté lui fit redresser le cou – la snob en elle que je ne pouvais détester.

Je trouvais la réticence de Mme Mook à parler de l'espionnage convaincante. Les bonimenteurs que j'avais rencontrés au Soleil-Couchant, tels que M. Park Myeong-yi et M. Gaam Boo-yong, énuméraient volontiers les missions périlleuses qu'ils avaient menées en tant qu'assassin et homme de main d'un dictateur, respectivement. L'absence de famille immédiate semblait les encourager à fabuler ; aucun enfant venu leur rendre visite ne me permettait de vérifier leurs récits. Si Mme Mook était mythomane, elle aurait elle aussi dû prendre un malin plaisir à me berner.

Vraiment ?

Le doute resurgit, suggérant une vérité inconfortable. Mme Mook s'était peut-être tue simplement parce qu'elle n'avait rien à dire. Comment pouvait-elle m'éclairer sur un travail qu'elle n'avait jamais fait ? Comment pouvait-elle parler boutique si le jargon du métier lui était inconnu ? La meilleure façon de protéger sa fausse identité serait de ne rien en dire. Les gens dérapent toujours quand ils parlent trop, la police le sait bien.

En outre, le fait que sa fille et son gendre soient professeurs dans une université américaine raviva mon scepticisme.

Ils vivent aux États-Unis.

C'était une réplique familière au Soleil-Couchant. Beaucoup de résidents âgés, surtout ceux sans famille immédiate ou recevant peu de visiteurs, prétendaient que leur progéniture vivait à l'étranger, la plupart du temps aux États-Unis. Selon eux, leurs enfants étaient bien souvent médecins, avocats, professeurs ou hommes d'affaires. Certaines déclarations étaient vraies, d'autres étaient soit difficiles à prouver, soit manifestement fausses. Certains mentaient pour sauver la face, d'autres pour protéger leur famille de la critique – afin que leurs enfants ne soient pas considérés comme ingrats, enclins à les délaisser.

Quelles que soient leurs raisons, leurs mensonges révélaient une croyance fondamentale : que les États-Unis sont une terre de liberté, de richesse et de pouvoir. Aujourd'hui, les conditions de vie moyennes des Américains et des Sud-Coréens ne sont pas très éloignées, mais les mentalités de ces vieilles personnes n'étaient pas en phase avec leur temps. Avec l'âge, les souvenirs de leur jeunesse semblaient jouer un rôle plus grand dans leur esprit : la puissance qu'ils accordaient aux États-Unis à la suite de la guerre de Corée en témoignait. Après tout, Mme Mook, malgré ses singularités frappantes pour une femme de sa génération, avait peut-être rêvé de pouvoir et de succès – ou du moins avait-elle voulu s'en donner l'illusion –, tout comme tant d'autres à son époque, dont le but dans la vie était de ne pas être pauvres et opprimés.

Comme il était difficile de ne pas porter de jugement. J'étais résolue à être un public qui apprécierait ses histoires, qu'elles soient fictionnelles ou non. J'avais pensé que toute l'attention que je prêterais à sa vie, racontée avec ses propres mots, était ce que je pouvais lui offrir de plus précieux dans cette dernière étape de son existence. En réalité, je me surprenais à constamment analyser ses commentaires pour en tirer des informations digestes, tentant de démêler vérité et mensonge. Plus j'apprenais à la connaître, plus mon désir d'examiner les faits grandissait. Plus je me sentais investie dans sa vie, plus je souhaitais que ses histoires soient vraies.

Je revins au présent.

Les yeux de la vieille femme parcouraient la petite pièce. Ils fixèrent le plafond un moment, puis s'arrêtèrent sur le pothos doré posé dans un coin. Les feuilles brillantes en forme de cœur s'empilaient les unes sur les autres, réclamant davantage d'espace.

– Il faut donner un plus grand pot à cette pauvre créature, marmonna doucement Mme Mook, en se penchant vers la plante.

Elle caressa les feuilles luxuriantes de ses doigts frêles, baissa la tête et renifla.

– Vous savez comment les Occidentaux l'appellent ? Le lierre du diable. Quand j'étais petite, j'ai entendu un missionnaire canadien l'appeler ainsi, et j'ai pensé que la plante devait contenir un poison malfaisant, comme le *sanak*. Mais ce n'est pas le cas. Les Occidentaux l'appellent le lierre du diable parce qu'il pousse n'importe où et reste vert même sans lumière.

J'avais moi aussi un pothos chez moi, lui dis-je, pour la raison qui lui avait valu ce surnom : sa vitalité et son faible besoin d'entretien.

Son sourire s'effaça tandis que ses yeux quittaient les feuilles verdoyantes pour retourner se poser sur le plafond bas.

– Vous savez ce qui me manque le plus ici, au Soleil-Couchant ? Non pas que je me plaigne. On peut difficilement faire mieux pour une maison de retraite, ajouta-t-elle rapidement en me regardant du coin de l'œil.

Je l'encourageai à répondre.

– Dormir dehors. C'est fou, n'est-ce pas ?

Elle partit d'un rire feint, les yeux toujours rivés sur le plafond.

– Je détestais ça. Je détestais ça pendant la guerre de Corée. Presque tous les bâtiments étaient détruits par les bombardements incessants. Je ne me rappelle plus combien de nuits j'ai dû dormir sans un toit au-dessus de ma tête.

Sa voix se serra. Elle s'arrêta pour reprendre son souffle.

– Il fait si froid la nuit dehors. S'il pleut, on est sûr de tomber malade. Des réfugiés sont morts comme ça – pas sous les bombardements ou les fusillades, mais d'hypothermie, de pneumonie, à cause du froid humide. Mais certaines nuits, quand il faisait doux, on pouvait voir la beauté dans le ciel. Un ciel époustouflant, sans aucun nuage. J'ai vu ma première étoile filante en dormant au grand air. Parfois, la nuit était tellement dénuée de bruit humain qu'on pouvait entendre la lune respirer au-dessus de nous, vive, avec un parfum de menthe, et si bruyante – même si mon mari prétendait que c'étaient des criquets stridulant au loin. La lune si mûre, si ronde, si radieuse qu'on pouvait compter ses cicatrices.

Elle frissonna légèrement, comme si le froid s'était engouffré dans ses membres. L'air d'euphorie sur son visage était étrangement charmant.

– De temps à autre, je me forçais à rester éveillée, pour ne rien manquer, du début à la fin.

Elle décrivit le doux vent nocturne soupirant et sifflant contre le ciel obscur, les étoiles, leur clarté si vigoureuse qu'on aurait dit un million de feux d'artifice figés dans le temps. Comme elle aimait assister à la subtile transition du ciel à l'aube, la lueur bleu pâle du matin se répandant avec langueur à l'horizon.

– J'aimerais pouvoir être dehors la nuit, dit-elle en regardant le plafond. À mon âge, les jours semblent courts, mais les nuits sont si longues. Le sommeil devient agité.

Elle ajouta que la vieille clairière près des bois, derrière la haute clôture du jardin, serait un endroit idéal où s'allonger et observer le ciel nocturne.

– Je pourrais aussi y cueillir quelques feuilles de *sanak*, et les garder pour mes nuits d'insomnie. Une feuille devrait suffire pour un corps ancien et rabougri comme le mien.

Un petit sourire étira sa bouche.

– Un sommeil de bébé.

Je commençai à me sentir mal à l'aise. Je ne savais pas si elle parlait ainsi par nostalgie, ou si elle me poussait subtilement à briser une règle pour elle – à organiser une échappée.

– Le *sanak* vous ferait peut-être du bien à vous aussi, dit-elle avec désinvolture.

Je lui demandai ce qu'elle voulait dire, elle ignora ma question.

– Vieillir a aussi de bons côtés, vous savez. Avec l'âge, on n'a plus peur de ce qui autrefois nous terrifiait.

– En quoi cette plante pourrait-elle m'aider ? Je dors très bien, insistai-je.

– Vous savez de quoi je n'ai plus peur à cette étape de ma vie ? demanda-t-elle, son menton sur une main, telle une enfant curieuse.

Un silence s'ensuivit.

– D'être condamnée à perpétuité. D'être condamnée à mort, murmura-t-elle.

Je cessai de poser des questions, aussi irritée qu'intriguée.

– Qu'arriverait-il à cet homme irresponsable, ce menteur qui a partagé votre vie, si quelqu'un pouvait me relâcher une nuit ou deux ?

J'étais sans voix.

– Dites-moi, est-ce qu'il disparaîtrait ? demanda-t-elle, le regard vide.

Un son strident résonna dans mon oreille, de plus en plus net. Puis, d'un seul coup, les bruits du dehors parvinrent jusqu'à moi : le ronronnement des automobiles ; la voix râpeuse de Mme Docgo criant sur un patient ; les pas lents le long du couloir.

– Mais bon sang, qu'est-ce que vous... ?

Mme Mook eut un rire étouffé. Comme un hoquet, il secoua son torse de bas en haut. Le sang monta à son visage.

– Je vous ai eue, dit-elle, essoufflée. Je vous ai vraiment eue, n'est-ce pas ?

Elle continua de glousser jusqu'à ce que ses rires se transforment en toux sèche.

– Vous m'avez vraiment fait peur, lui dis-je dans un soupir à la fois contrarié et soulagé.

Je massai son dos pour calmer la toux.

Plus tard dans la soirée, alors que je rentrais chez moi, une pensée me traversa l'esprit, comme un éternuement.

Et si j'étais restée calme et avais eu l'air intéressée ? Aurait-elle éclaté de rire ?

J'avais ma réponse, et décidai d'en rester là.

La semaine suivante, j'allai au bureau de l'administration.

Ma venue ne pouvait pas éveiller les soupçons, je m'y étais souvent rendue afin de faire des commissions et récupérer des documents pour la directrice Haam.

Je parcourus les dossiers des résidents. Lorsque je trouvai celui de Mook Miran, je l'ouvris et pris des photos rapides de son contenu, qui ne faisait même pas trois pages. Je les lus pendant ma pause-café, déçue de constater qu'il n'y avait que très peu d'informations que je ne connaissais pas déjà.

Mais alors que je l'examinais plus attentivement une deuxième fois, je découvris quelque chose d'étrange. Sur la photocopie de sa carte d'identité coréenne se trouvait sa date de naissance. Je fis le calcul dans ma tête, et obtins quatre-vingt-dix-huit. Incrédule, j'utilisai la calculatrice sur mon bureau et arrivai au même résultat.

– Je vais avoir cent ans après-demain, m'avait-elle dit.

Je ne l'avais pas crue. Je réalisai alors qu'il y avait un certain nombre de choses que j'avais mal comprises. Tout d'abord, je n'avais pas saisi la métaphore : « après-demain ». Les gens, surtout les plus vieux, utilisent parfois des figures de style pour dire « dans deux ans » – une façon plaisante d'exprimer le sentiment que le temps passe vite lorsqu'on prend de l'âge. En dépit de sa vivacité d'esprit, Mme Mook était effectivement celle qu'elle prétendait être. Deux ans à peine, et elle aurait vécu un siècle.

Mue par un soudain élan d'énergie, je trottai jusqu'au bureau de la directrice. La pièce était une ode à sa maternité. Ses étagères étaient inondées des exploits de ses enfants, des centaines de trophées et de prix. Tournois de taekwondo, certificats d'anglais ou encore concours de piano – les photos étaient partout. Les visages souriants de ses enfants décoraient meubles et murs, certains dans des cadres colorés en bâtonnets de sucette.

Par contraste, l'odeur de son bureau, celle du parfum français qu'elle vaporisait sur son manteau, n'était que séduction sensuelle. Ces effluves de rose musquée ne produisaient pas le même effet selon le temps et l'humeur : les jours de détente, par temps frais, l'odeur était vivifiante ; mais écœurante les après-midi chauds, humides et éprouvants.

Ce jour-là, le parfum me sembla vivifiant, bien qu'il fasse chaud. La directrice Haam me fixa de ses yeux de lapin sidéré, sans bouger de sa chaise. Elle écouta attentivement mon discours enthousiaste sur Mme Mook : son grand âge, sa vive intelligence, son placement par erreur dans le secteur A, et ainsi de suite. Je terminai mon monologue légèrement essoufflée.

La directrice soupira.

– Je comptais vous en parler, dit-elle. J'aurais dû le faire plus tôt.

Elle se baissa pour ouvrir un caisson en métal calé entre le mur et son bureau, en partie dissimulé. Elle en sortit un dossier orange qu'elle fit tomber devant elle.

– L'auxiliaire de vie en chef et l'infirmière Docgo m'ont appris que vous passiez un peu trop de temps avec grand-mère Mook. Ça les inquiète. Et moi aussi.

Ma poitrine se serra. Était-ce vraiment de l'inquiétude ou s'agissait-il de pitié ?

– Ce que j'ai appris en divorçant deux fois, et en élevant trois enfants de deux pères différents, c'est que garder une distance saine est la clé de toute relation. Quelle que soit la relation : avec un homme ou une femme, ou même son propre enfant. Avec tout le monde, au fond.

Soudain, elle se leva et se mit à tourner en rond, les mains enfoncées dans les poches de son sweat. Sa tenue m'empêchait de me concentrer sur ses propos – où diable peut-on acheter un haut de sport bordeaux en velours ? Ce n'était pas du sarcasme, je me posais réellement la question.

– Écoutez, je sais que vous êtes une fille formidable et que la vie n'a pas été facile pour vous dernièrement. Je crains juste que vous ne cherchiez du réconfort au mauvais endroit.

Il était inapproprié qu'elle me qualifie de « fille ». J'avais quarante-sept ans. Mais c'était aussi touchant : la directrice Haam se montrait toujours maternelle avec les gens légèrement plus jeunes qu'elle, et elle en prenait soin de son mieux.

– Vous devriez vous montrer plus prudente avec Mme Mook. Elle n'est pas exactement celle que vous pensez, ajouta-t-elle.

Je lui demandai ce que cela signifiait.

– Je me rappelle vous avoir dit que ce n'était pas vraiment le travail de mes rêves, mais ça ne signifie pas que je ne m'en soucie pas. J'ai toujours fait en sorte que cet endroit soit agréable et propre. Tous les résidents ont droit à des repas corrects, à un bon bain deux fois par semaine, et je n'ai jamais, pas même une fois, abusé des financements publics. C'est la raison pour laquelle tant de gens sont sur liste d'attente. Certains offrent même des pots-de-vin pour s'assurer que leurs parents trouveront une place au Soleil-Couchant. Mais à chaque fois je refuse net. Je respecte les règles.

« Grand-mère Mook a gagné sa place ici parce que c'est une transfuge nord-coréenne. Pour entrer dans les institutions d'éducation publiques et les centres de soin, les transfuges nord-coréens, comme les familles de héros de guerre ou de combattants pour l'indépendance nationale, sont prioritaires. Son statut de transfuge est probablement la seule information avérée à son propos, parmi toutes les choses qu'elle prétend être.

Elle soupira de nouveau. Puis elle secoua la tête et regarda ailleurs, les bras croisés.

– Les transfuges nord-coréens mentent souvent sur leur âge en Corée du Sud. Les jeunes prétendent être plus jeunes afin d'être éligibles à une formation universitaire gratuite, les vieux se disent plus vieux pour recevoir les aides sociales réservées aux personnes âgées. Ils changent aussi fréquemment leurs noms. On ne peut pas vérifier les dossiers originaux restés de l'autre côté de la frontière, n'est-ce pas ? Ainsi, leur fiction devient réalité, ici dans le Sud, avec leurs nouvelles cartes d'identité, dit-elle avec un sourire amer. Non pas que je les blâme. Ils ont droit à un nouveau départ, ajouta-t-elle à contrecœur.

Elle ouvrit le dossier orange laissé sur son bureau.

– Mook Miran. Un nom plutôt étrange, n'est-ce pas ? Mook n'est pas un nom de famille commun en Corée du Sud, et Miran est un prénom trop moderne pour une femme quasiment centenaire.

Elle tourna le dossier ouvert et le plaça sous mon nez.

– L'accès à ce dossier est normalement réservé à l'équipe médicale, mais j'enfreins une règle, pour vous, cette fois, dit-elle après un instant d'hésitation.

C'était un dossier médical, couvert de l'écriture illisible d'un médecin. Je commençai à me sentir irritée et exténuée. Le parfum capiteux de Haam, associé à l'humidité croissante dans la pièce, se mit à me peser. Je lui demandai ce que tout ceci signifiait.

Sans un mot, la directrice Haam tourna la page du dossier. Apparurent une dizaine de minuscules images en noir et blanc de ce qui semblait être une IRM cérébrale.

– Grand-mère Mook a une tumeur cérébrale. Inopérable. De la taille d'une balle de tennis…

La voix de Haam s'affaiblit.

Je restai bouche bée sans rien trouver à dire.

– Grand-mère Mook a toujours été spéciale. Plutôt bavarde lorsqu'elle est de bonne humeur, comme vous le savez déjà. Et une blagueuse féroce. Certaines personnes trouvent ça rafraîchissant, drôle. D'autres la jugent arrogante et impolie. Elle corrige souvent la grammaire et le vocabulaire du personnel infirmier qu'elle n'aime pas, rien que pour les contrarier.

Elle s'arrêta pour rire brièvement. Et je compris la raison de l'hostilité affichée de l'infirmière Docgo à l'égard de Mme Mook. La directrice arbora de nouveau une mine triste.

– Mais ses expressions faciales – la façon dont son visage change d'une seconde à l'autre, comme si tout était subitement arraché, vous voyez ? Et la façon dont elle fixe le vide au beau milieu d'une conversation. Tout ça est nouveau. Nous pensons que c'est la tumeur.

Mes mains devinrent moites.

– Nous l'avons installée dans la chambre de grand-mère Song en partie parce qu'elles s'entendent bien. Grand-mère semble se porter mieux avec Mook qu'avec n'importe quel autre résident. Mais surtout elles sont toutes les deux atteintes du syndrome de Pica.

Pica. Il me semblait savoir ce que ce mot signifiait avant même de l'apprendre.

– Elles ingèrent toutes les deux des choses qui ne sont pas comestibles, voire nocives. Grand-mère Song a goûté à plusieurs reprises ses propres excréments, et Mook, eh bien, elle mange de la terre, murmura Haam.

De la terre. La directrice Haam prononça le mot avec une telle gêne, comme si elle parlait d'une vie sexuelle débridée. Son visage était rouge brique.

– Au début de l'année dernière, l'infirmière Docgo a surpris grand-mère Mook en train de se gaver de terre dans le jardin de cosmos. Elle a été privée de promenade pendant une semaine.

On l'a ensuite vue la semaine suivante en train de voler de la terre dans le pot d'un cactus de Noël dans le hall d'entrée.

J'étais perplexe. Jamais je n'aurais associé la terre au caractère hautain et vif de Mme Mook. L'imaginer agenouillée à ramasser du terreau pour le mettre dans sa bouche était une vision aussi improbable que la directrice Haam en tenue de nonne.

Elle tira le dossier orange vers elle et tourna encore quelques pages. Puis elle le poussa de nouveau vers moi. Tout en massant ses tempes du bout des doigts, elle me demanda de regarder la photo.

Je mis du temps à comprendre ce que je voyais.

La texture d'une pâte trop fermentée, fouettée et battue en désordre.

Je regardai de plus près. C'étaient de longues cicatrices courbes, au-dessus desquelles les bords d'une peau flasque et rêche pendaient tels des rideaux difformes – comme d'immenses lamelles sur son ventre.

Je fus prise de vertige.

– Le docteur Koo m'a dit, après la première échographie de grand-mère Mook ici, qu'elle n'avait pas d'utérus, dit Haam.

Ses doigts massaient désespérément ses tempes. Elle semblait triste et fâchée.

– Il a dit que les cicatrices étaient anciennes, qu'aucun médecin digne de ce nom ne pratique une hystérectomie ainsi de nos jours. Ça a dû lui arriver quand elle était très jeune. Elle n'a jamais pu porter de bébé, la pauvre femme. Elle l'a elle-même écrit dans son formulaire d'admission, qu'elle n'a pas d'enfant.

Ma bouche était sèche comme de la poussière, incapable de produire des mots.

– On m'a rapporté que ses histoires devenaient de plus en plus délirantes ces derniers temps, surtout quand elle est avec vous. Je ne peux pas être certaine qu'il s'agisse de la tumeur, mais ça n'a pas d'importance. Parce que ce qui m'inquiète, c'est vous, votre bien-être.

Je ne pouvais pas regarder la directrice Haam dans les yeux. J'avais l'impression d'être la complice d'une mythomane.

– Si les pensées magiques de grand-mère Mook lui permettent d'être heureuse à la fin de sa vie, tant mieux pour elle. Elle va bientôt mourir et personne ne l'obligera à se dédire. Mais vous, chérie…

Un nouveau soupir. Rauque et long.

– Vous semblez bien trop investie. N'oubliez pas que vous vous remettez tout juste des tromperies qui ont dévasté votre mariage. Je ne peux pas vous laisser vous blesser de nouveau, pas quand vous êtes aussi vulnérable, encore sous le choc de votre divorce.

Mon cœur était une horloge, je l'entendais faire tic-tac dans un silence assourdissant.

Je pris un congé. De presque deux semaines. La directrice Haam se montra très compréhensive. Elle déclara que voyager me ferait du bien. Mais je restai la plupart du temps chez moi. Je regardai de vieux films sur le câble la nuit. La journée, je lisais des romans et je sommeillais. Je me rendais à la salle de sport trois fois par semaine, pour me forcer à sortir de l'appartement.

Je pansais mes blessures. Je songeais à de nombreuses choses : mon mariage, mon ex, et la directrice. Mais je pensais surtout à Mme Mook. Et à ses récits. Et à mon lien avec eux. Bien que j'aie toujours douté de la véracité de ses histoires, tout en me jurant de leur rester fidèle, découvrir la vérité par une tierce personne, une figure d'autorité munie de preuves, m'avait profondément secouée. Cela me rappelait le choc, assez paradoxal, que j'avais ressenti en apprenant l'infidélité de mon ex : je savais que la plupart des hommes étaient volages, mais j'avais quand même été stupéfaite de découvrir que mon propre mari l'était. J'étais en colère contre Mme Mook.

Mais j'avais aussi pitié d'elle. Cela m'attristait que, tout comme la poignée de papis baratineurs, elle ait dû se fabriquer une vie en guise de rédemption. Le dernier bonheur qu'elle s'était offert était d'un genre délirant. J'étais triste car elle m'avait semblé être au-delà de ça, mériter tellement plus. Elle aurait pu mettre son intelligence hors norme au service d'un tout autre dessein.

Et sa tumeur. De la taille d'une balle de tennis et ne cessant de croître. C'est ce qui me poussa à aller la revoir, au moins une dernière fois. Bien qu'encore blessée, je savais qu'il me fallait le faire, pour mon bien : je me serais sentie terriblement coupable en laissant inachevé le travail que j'avais entamé. J'avais besoin de lui dire au revoir. J'avais besoin de voir son visage avant qu'elle ne meure ou ne perde pied. Je craignais que cette tumeur inopérable, une bombe à retardement dans sa tête, ne m'ôte la chance de parler une dernière fois avec elle.

Je la retrouvai dans le jardin de cosmos. Il m'était impossible de l'y amener la nuit, comme elle le souhaitait, mais je pouvais au moins la laisser profiter d'un parfait après-midi ensoleillé, tout juste printanier. Les branches des arbres étaient couvertes de minuscules bourgeons vert céladon, et l'herbe sèche couleur de sable avait fait place à des pousses verdoyantes. L'air était aussi vif que des pastilles mentholées, mais la brise qui léchait mes joues était rafraîchissante. Des oiseaux gazouillaient de toutes parts.

Elle apparut de nouveau en fauteuil roulant. Cette fois elle était accompagnée de Mme Hwang, la plus jeune infirmière auxiliaire du secteur A. La plus pétillante aussi.

– Bonne conversation, nous dit-elle de sa voix de mezzo-soprano.

Ses joues rondes remontèrent lorsqu'elle sourit. La chaleur de Mme Hwang semblait avoir déteint sur grand-mère Mook. Elle paraissait plus contente et détendue que d'habitude. Malgré la douceur ambiante, elle avait gardé l'épaisse couverture d'hiver sur ses genoux. À ma question elle répondit qu'elle n'avait pas froid.

Je m'étais juré de la laisser d'abord profiter du beau temps, mais ma patience ne tarda pas à s'étioler.

– Mook Miran, est-ce votre vrai nom ? lui demandai-je après un court silence.

– Non, répondit-elle doucement, sans un instant d'hésitation.

Son regard était calme et assuré. Nul signe de culpabilité.

J'étais surprise. Je lui avais posé la question sans même la saluer, pensant que cela la prendrait de court.

– Quel est votre nom dans ce cas ?

– Ça dépend de ce que vous appelez nom, dit-elle d'un ton inchangé.

– Le nom qu'utilisaient votre fille et votre époux, répondis-je platement.

Elle me regarda dans les yeux, l'air renfrogné. *Tss.* Elle fit claquer sa langue.

– Vous pensez vraiment que les renseignements sud-coréens m'auraient laissé garder mon nom nord-coréen ici ? Je vous ai dit que j'avais passé un accord secret avec eux. Vous vous souvenez de ce que je vous ai raconté ? Il y a des gens que je dois protéger.

Sa voix devint crispée et sèche. Elle grogna.

Nerveuse, je réprimai l'envie soudaine de me ronger les ongles.

– Vous voulez savoir comment m'appelaient mon époux et ma fille ? Yongmal. Mais ce n'est pas non plus mon vrai nom. Que voulez-vous savoir ? J'ai une liste de noms sous lesquels j'ai vécu. Nom anglais, Deborah. Nom japonais, Kaiyo. À quoi vous attendiez-vous ?

Elle était furieuse, alors que j'aurais dû l'être, moi.

– Pourquoi ne m'avez-vous pas parlé de la tumeur cérébrale ?

– J'aurais dû ?

Elle me lança un regard noir, puis secoua la tête. Sa colère tombait. Mais l'irritation était toujours là.

– Quelle différence cela fait-il ? Si je vous l'avais dit, vous auriez aussitôt eu pitié de moi. Ne vous montrez pas sentimentale avec moi, ma chère. J'ai déjà vécu la durée de vie moyenne d'une femme. Cela fait-il la moindre différence à présent, de mourir d'une tumeur, d'une angine ou d'un cancer ? Ou encore d'une crise cardiaque, ou d'un rhume ? La mort est la mort. Je suis de toute façon en train de mourir, avec ou sans tumeur.

– Et votre enfant ? Votre fille est aux États-Unis ?

J'entendis ma voix trembler.

Mme Mook ne semblait plus en colère. Toute émotion paraissait avoir déserté son visage. Seuls restaient ses yeux vides et ses lèvres closes. C'était d'une certaine façon pire que sa moue et ses emportements.

– Si vous voulez jouer au jeu de la vérité, c'est sans moi, marmonna-t-elle d'une voix de robot.

Des veines violettes et bleues saillirent sur ses bras frêles tandis qu'elle manœuvrait le fauteuil roulant pour s'éloigner doucement de moi.

J'attrapai les poignées. Elle tourna la tête et me fixa de ce même regard glacial. Je baissai la voix pour lui dire que j'étais désolée, ce qui était sincère. Je le répétai alors qu'elle détournait la tête pour faire face à l'entrée du jardin. Sans me regarder, elle me demanda pourquoi je m'excusais.

– Je ne voulais pas me montrer indiscrète. À propos de votre famille.

Elle resta assise dans son fauteuil, silencieuse.

– Si vous ne voulez pas parler de votre famille, je le respecte. Mais je pense avoir droit à quelques explications. Après tout, c'est vous qui m'avez choisie pour écrire sur votre vie. C'est vous qui avez fait appel à moi.

Même sans voir son visage, je pouvais sentir son changement d'humeur. Ses mains étaient toujours sur les mains courantes de son fauteuil, mais il n'avait pas avancé.

– Pouvez-vous me dire pourquoi vous mangez de la terre ? Je ne vous juge pas. Je voudrais simplement comprendre.

Je l'entendis grogner. Ce bruit bref et crissant, il m'avait manqué.

Je lui demandai si sa géophagie était causée par la tumeur.

Cette question la fit se retourner vers moi, à mon grand soulagement.

– Non. Je mangeais de la terre quand j'étais petite. Assez souvent. Et beaucoup. J'ai arrêté pendant un temps, puis j'ai recommencé, comme une alcoolique invétérée. Mais dans ma trentaine l'envie a disparu, d'un coup, comme par magie.

Clic. Elle fit claquer ses longs doigts squelettiques. Un étrange sourire en coin se matérialisa sur son visage.

– Je n'ai pas eu de rechute pendant plus d'un demi-siècle. Puis, un jour, venu de nulle part, c'est réapparu. Comme si ça ne m'avait jamais quittée.

Son rictus s'épanouit en un large sourire, sans réserve, tel celui d'un enfant joyeux.

Pour décrire son trouble, elle utilisait des termes empruntés au lexique médical, « rechute » et « alcoolique », dans le même temps son visage s'éclairait, euphorique, comme si elle venait tout juste de retrouver le goût après l'avoir perdu.

Elle expliqua que sur leurs vieux jours les gens semblent remonter le temps. Grand-mère Song était revenue à sa prime adolescence ; au Soleil-Couchant, de nombreux résidents atteints d'Alzheimer avaient oublié le visage de leur fille et se mettaient à donner à leur fils le prénom de leur mari. Même ceux qui ne sont pas malades remontent le temps à leur manière, dit-elle. Ils reprennent des habitudes qui avaient presque disparu de leurs souvenirs. Beaucoup retournent à leur condition de bébé : leurs corps se recroquevillent ; ils ne peuvent pas marcher seuls ; ils portent des couches ; et ils perdent leurs dents. Leurs sourires édentés ressemblent de plus en plus à ceux des nouveau-nés, candides et innocents. Ils sont de nouveau sans défense. Ils ont besoin des yeux et des bras des autres nuit et jour, comme au commencement. Mais contrairement aux nourrissons, ils n'ont aucun avenir. C'est pourquoi un retour à leurs mauvaises habitudes peut se justifier. Ils n'ont guère de lendemains à détruire, seulement quelques instants de bonheur à prolonger, qui pourraient ne pas se représenter. Si vous êtes un corps de quatre-vingt-dix ans et que vous rêvez de cigarettes, vous les fumez, conclut-elle.

– Si j'ai une terrible envie de terre, j'en mange. Ce n'est pas comme si je cherchais à garder mon corps pur et à vivre jusqu'à cent dix ans.

Mme Mook gloussa. Elle ajouta que le *carpe diem* ne devrait pas être prêché aux adolescents, qui étaient déjà suffisamment imprudents : il était destiné aux vieux corps ratatinés comme le sien.

– Saisissez le jour. Il pourrait ne pas y en avoir d'autre, littéralement, murmura-t-elle, et elle gloussa de nouveau.

Elle compara les personnes âgées à des saumons : leur esprit continue de remonter les rivières du temps et des souvenirs. Ils ne savent pas pourquoi ils le font – ils sont juste programmés ainsi. Les anciens parlent souvent du *gohyang* : leur ville natale, là où la mémoire de leur enfance est enracinée. De nombreux réfugiés nord-coréens qu'elle avait rencontrés en Chine et en Corée du Sud, des gens qui avaient risqué leur vie pour fuir leur patrie totalitaire, rêvaient de retourner dans leur *gohyang*. Ils disaient que ces rêves se transformaient souvent en cauchemars, dans lesquels ils tentaient coûte que coûte d'échapper à la police secrète. Ils se réveillaient, le visage et les aisselles moites, un cri piégé sous la langue. De temps à autre, pourtant, ils en arrivaient à espérer ces cauchemars : eux seuls leur permettaient de retrouver leur *gohyang*.

Elle lut la perplexité sur mon visage et me demanda où était mon *gohyang*, probablement pour m'aider à comprendre.

– Je suis née à Ulsan, dans le Gyeongsang.

Mais j'ajoutai qu'Ulsan ne me manquait guère, que je n'y pensais que rarement. Je n'avais aucun désir de retourner y vivre. Je préférais Séoul ou Incheon.

– Cela signifie-t-il que je suis trop jeune ? plaisantai-je.

Elle prononça un non catégorique. Mon *gohyang* ne me manquait pas parce que je pouvais y retourner dès que je le souhaitais ; je n'avais qu'à acheter un billet et sauter dans le premier train à la gare de Séoul. Lorsqu'on sait qu'on ne peut plus y retourner, en revanche, tout change, dit-elle. Elle me demanda d'imaginer que mon *gohyang* me soit à jamais interdit.

– Le nid de vos tout premiers souvenirs, là où votre conception de la famille et de l'amitié s'est formée. Vous savez que c'est juste là où ça a toujours été, mais d'une manière ou d'une autre on vous en interdit l'accès pour de bon. Imaginez ça, murmura-t-elle.

Je lui demandai ce qui lui manquait le plus.

– La terre de mon enfance. C'est drôle, n'est-ce pas ? Je suis un cas désespéré.

Elle plissa le nez, feignant le dégoût.

– Ma première mission de renseignement a eu lieu ici, à Paju, chuchota-t-elle, les yeux dans le vague. C'est si proche de la Corée du Nord que même aujourd'hui, les jours sans vent, on peut entendre la propagande de la radio nord-coréenne.

« Il y a longtemps, à l'époque où la grande base militaire américaine se trouvait en contrebas de la route plus loin au nord, on m'a demandé d'y recueillir des informations. On m'a entraînée à mémoriser le plan détaillé de la base pour pouvoir le dessiner dans ma tête. Je peux encore le voir clairement en fermant les yeux.

Les yeux clos, elle leva la main droite. Un chef d'orchestre aveugle, agitant une baguette invisible. Ou une ballerine, ses doigts dansant vivement dans l'air, une pirouette après l'autre.

– Bien sûr, cette carte est inutile à présent. Obsolète. La base est vide, dit-elle, baissant la voix.

Elle ouvrit doucement les yeux. Ses épaules étroites s'affaissèrent.

– Mais la terre est toujours la même. La terre de Paju est assez semblable à celle que je mangeais, enfant, dans le Nord, dans mon *gohyang*.

Un sourire nostalgique reparut sur son visage.

À ce propos, elle avait une suggestion à faire au Soleil-Couchant, dont elle souhaitait me parler. Je lui répondis que j'étais curieuse de l'entendre. Elle se racla la gorge et déclara que la direction devrait faire construire un arrêt de bus devant le bâtiment principal. Un vrai, avec un grand banc en bois, un abri fait de solides piliers en métal, de parois et d'un toit en verre, afin que les résidents puissent profiter de la lumière du soleil par beau temps, mais soient aussi protégés de la pluie et des vents forts en cas de tempête.

Elle s'arrêta pour rire de mon étonnement. Pour me rassurer, elle ajouta aussitôt qu'il s'agirait d'un faux, pas d'un vrai arrêt permettant aux résidents de librement s'échapper. En réalité, cela servirait l'objectif inverse : les faire rester, en toute sécurité, au Soleil-Couchant.

Dans la salle de lecture, en feuilletant les journaux, elle était tombée sur un article à propos d'un hospice pour personnes âgées atteintes d'Alzheimer en Allemagne.

– Vous n'êtes pas la seule à lire les magazines et les journaux ici, dit-elle en me décochant un clin d'œil.

Après de nombreux cas de disparition de résidents, racontait l'article, l'hospice avait décidé de construire un petit arrêt de bus près de l'entrée principale. Tels des saumons menés par leur instinct, les résidents qui vagabondaient hors du bâtiment avaient commencé à s'abriter sous l'abri, pensant attendre un bus qui les ramènerait chez eux. Plusieurs accidents de voiture avaient été causés par des patients partis errer sur la route voisine ; en hiver, certains d'entre eux avaient été retrouvés à divers endroits dans de vastes jardins, souvent dans des buissons ou derrière de grands sycomores, dans un état proche de l'hypothermie. L'arrêt de bus avait mis un terme à ces dangereuses escapades.

Pendant qu'elles attendaient sur le banc, les personnes âgées avaient l'occasion de discuter entre elles, cherchant et trouvant du réconfort dans cette compagnie. Un bus passait les prendre, et leur faisait faire un tour de dix minutes dans le quartier. Il les ramenait ensuite à l'hospice, où le chauffeur leur annonçait qu'elles étaient bien arrivées chez elles. Ainsi, sentant qu'ils étaient là où ils étaient censées être, aucun résident ne résistait. Chacun rentrait volontiers.

– Grand-mère Song serait bien plus en sécurité et heureuse avec un arrêt de bus au Soleil-Couchant, dit Mme Mook. Et, pour vous autres, finies les chasses nocturnes avec une seringue remplie de Haldol.

Je lui répondis en la remerciant que c'était une excellente idée ; elle rayonna. Je lui promis de faire tout mon possible pour que ce soit mis en place. Mon approbation la fit rougir. Des larmes étaient suspendues aux coins de ses yeux, et elle articula un discret « merci ». Je me réjouis de la voir s'adoucir.

– C'est votre jour de chance, dit-elle en se tamponnant les yeux avec la manche de sa robe de chambre.

Elle tira un coin de l'épaisse couverture posée sur ses genoux et révéla ce qui était dissimulé en dessous. Sur ses cuisses osseuses se dressait une petite pile de carnets. Elle me fit signe de les prendre.

– Allez-y, dit-elle avec impatience.

Il y en avait sept au total. Ils étaient tous souples, le papier, beige et fin, était légèrement transparent, comme le *hanji* – ce papier coréen traditionnel fabriqué avec du bois de mûrier. Les pages étaient lisses et brillantes, plaisantes au toucher.

Chaque couverture portait le même titre : *8 vies*. Sous le titre, en revanche, on pouvait lire sur chaque cahier un chiffre différent, de 2 à 8. Les carnets étaient remplis de l'écriture de grand-mère Mook, grande et irrégulière.

– J'ai écrit en lettres majuscules. Je n'avais que d'épais crayons de cire, dit-elle. Je vous ai dit que je n'avais rien d'interdit dans le tiroir, vous vous rappelez ?

Elle me dévisagea d'un air triomphant, comme si elle venait de gagner un pari.

Je me souvenais en effet de la commode en bois dans sa chambre et du tiroir du bas, où j'avais aperçu une pile de papiers et un bric-à-brac de petits objets colorés. Je comprenais à présent de quoi il s'agissait et ce qu'elle voulait dire : les objets pointus, y compris les crayons et les stylos, n'étaient pas autorisés dans les chambres des résidents du secteur A. Aussi grand-mère Mook avait-elle dû se résoudre à écrire avec des crayons gras.

Ces carnets contenaient sa vie, murmura-t-elle.

– Rien que la vérité ici, mais, bien sûr, ma version de la vérité.

Je lui demandai pourquoi elle m'avait choisie, moi.

– Vous avez accepté d'écrire ma nécrologie. Considérez que ceci en est la version longue.

Je lui demandai d'expliquer le titre, *8 vies*. Elle haussa les épaules et fit la moue, l'air incertain.

– C'est ce dont nous sommes convenues, n'est-ce pas ? Huit mots. C'est une raison suffisante ? De plus, j'aime ce chiffre, tout comme vous aimez le trois.

Me lançant un sourire malicieux, elle ajouta qu'en Chine le huit est un symbole de richesse et de fortune.

– Mais, par-dessus tout, j'adore sa forme. Les belles boucles sinueuses que l'on peut tracer d'un geste continu. Quand il est parfaitement dessiné, on ne peut pas voir où il commence ni où il finit.

Son doigt peignit un huit dans l'air à la cadence mesurée d'un poète ; il ralentissait avec grâce en bouclant les demi-cercles aux extrémités, avant d'accélérer tandis qu'il s'approchait de la taille élancée, là où les lignes se croisent.

– Où est le carnet numéro 1 ? demandai-je. Ils ne vont que de 2 à 8. Cela fait seulement sept vies au total. Pas huit.

Elle leva ses paumes de main ouvertes vers moi, comme si ce que je venais de dire était absurde.

– Oui… où est-il ? Est-il déjà prêt ? me lança-t-elle en me retournant la question.

Elle m'expliqua que la nécrologie que j'écrivais pour elle tiendrait lieu de chapitre d'ouverture de *8 vies*. Cela mettrait joliment en lumière la façon dont sa vie s'était transformée en un livre.

– Je vous confie les pleins pouvoirs, dit-elle avec une fausse solennité, tel un prêtre absolvant un pécheur.

Ses mains tremblaient en formant le signe de croix.

J'avais encore de nombreuses interrogations à propos des carnets, mais j'espérais trouver une grande partie des réponses à la lecture. Toutefois, une question persistait.

Comment était-elle parvenue à les écrire ? Cela avait dû lui demander du temps : sept heures par jour sans interruption pendant au moins six mois, à peu près. Or, les patients du secteur A étaient suivis jour et nuit. Et pour faciliter cette surveillance, le programme des résidents faisait la part belle aux activités en groupe. J'avais cru que grand-mère Mook utilisait le peu de temps libre qu'elle avait pour feuilleter les journaux dans la salle de lecture.

– J'ai écrit la nuit, répondit-elle. C'est le moment le plus paisible. Idéal pour la réflexion.

Elle esquissa un mince sourire.

– Je n'ai pas choisi la chambre de grand-mère Song que pour l'aider. C'était aussi parce qu'elle pouvait m'aider. Bien souvent le soir ils lui donnent des somnifères, ou lui font parfois des injections de Haldol pour empêcher toute agitation nocturne. Ensuite, elle dort si profondément que même un séisme ne pourrait pas la réveiller. Ils éteignent les lumières dans les chambres, mais j'allume celle de mon téléphone portable et j'écris.

– Vous avez un téléphone ! m'exclamai-je. Vous m'avez pourtant dit que vous n'aviez rien d'interdit !

Elle rétorqua que la question que je lui avais posée ne concernait que le tiroir du bas de la commode en bois.

– Pinaillage ? Peut-être. Mais pas de mensonge.

– Comment avez-vous obtenu ce téléphone ? demandai-je.

Elle baissa la tête et poussa un petit soupir.

– Disons simplement que vous n'êtes pas la seule fan que j'ai ici, répondit-elle, relevant la tête avec langueur.

Ses yeux étroits semblaient m'implorer : ne me posez pas de questions et je ne vous dirai pas de mensonges. Je songeai à la pétillante Mme Hwang, la plus jeune infirmière auxiliaire du secteur A, mais ne dis rien. Je préférais que personne ne soit nommé.

Un long silence nous sépara.

Ma tête bouillonnait de pensées contradictoires. Mme Mook, elle, semblait être dans son monde, paisible. Ses yeux, somnolents sous l'effet des souvenirs, étaient déjà à demi fermés. J'observais ses pattes-d'oie prendre leurs aises tandis qu'un contentement rêveur s'étalait doucement sur son visage.

Je m'accroupis pour la voir de plus près. J'approchai mon nez de ses cheveux blancs comme l'os et humai l'air. S'y dégageait une faible odeur de chiot par temps de pluie, quelque chose que j'avais toujours associé aux personnes très âgées. Ce parfum, doux et soufré, me réconforta.

Un zelkova géant dépassait de la clôture du jardin, sec et solitaire, à une dizaine de mètres du Soleil-Couchant. Ses branches étaient déjà si densément feuillues que, de loin, l'arbre ressemblait à la tête massive d'un brocoli. Mais en y prenant garde, on pouvait apercevoir ses innombrables feuilles vertes frémir dans la lumière sirupeuse de fin d'après-midi. Elles ondulaient, chagrines, taquinées par le vent.

Le vent du nord soufflait de nouveau sur mon visage. Mme Mook respirait profondément, les narines dilatées, comme celles d'un taureau excité. Je savais ce dont elle se gorgeait.

Tout en la regardant dans ses yeux vulpins, je lui posai la question que je n'avais pas osé lui poser plus tôt, pour laquelle je sentais presque une obligation morale, tel un prêtre face à un condamné dans le couloir de la mort.

Je lui demandai si elle avait jamais eu de regrets à propos des meurtres qu'elle avait commis.

Elle grogna.

– Cela vous mettrait-il plus à l'aise ? demanda-t-elle. Parce que si je dis que je le regrette, ça signifie que je ressens un peu de culpabilité ?

Elle ferma les yeux et ouvrit la bouche. Elle prit une nouvelle inspiration, et un sourire, candide et innocent, apparut sur son visage.

– Je ne m'autorise aucune pitié, ma chère, et je ne m'accorde aucun pardon.

Tôt le lendemain, l'appel de la directrice Haam me réveilla. Elle me demanda, avec un aplomb glaçant, si j'étais déjà au courant. La gravité inhabituelle de sa voix m'aurait intimidée en temps normal, mais il était 6 heures, un samedi, et j'étais au lit, encore groggy du sommeil que j'avais attendu jusqu'à 4 heures du matin.

– Mais bon sang de quoi parlez-vous ? Si je suis au courant de quoi ? marmonnai-je d'un ton sec.

– D'accord, dit-elle, poussant un long soupir.

Quelle qu'ait été l'accusation, ma perplexité sincère semblait m'innocenter.

– J'étais terrifiée, poursuivit-elle. J'ignorais si vous aviez quoi que ce soit à voir avec ça. Si ça avait été le cas, j'aurais été très déçue.

Une colère hypothétique s'attardait dans sa voix, ce qui m'irrita encore davantage.

– Mais de quoi parlez-vous ? aboyai-je.

Haam m'expliqua brièvement ce qu'il s'était passé pendant la nuit.

Je me levai et m'habillai sans prendre de douche. Je n'avais pas besoin de café. Ce que je venais d'entendre faisait d'ores et déjà circuler une adrénaline aigre dans mon corps. Tout en roulant jusqu'au Soleil-Couchant, je pensai aux yeux implorants de Mme Mook la veille. Ils ne m'imploraient pas de ne pas la questionner plus avant sur les tours qu'elle avait dans son sac. *Ne me posez pas de questions et je ne vous dirai pas de mensonges*. J'avais cru qu'elle voulait se protéger en gardant son secret, mais c'était moi qu'il s'agissait de protéger. Elle savait que mon ignorance prouverait mon innocence. Si j'avais été au courant, ne serait-ce qu'un peu, de ce qu'elle s'apprêtait à faire, mon anxiété et ma culpabilité auraient transparu à travers ma mince carapace, suscitant des soupçons malvenus chez le personnel de l'établissement.

Grand-mère Song s'était réveillée très tôt et s'était mise à rire aux éclats puis à chanter. Afin d'éviter qu'elle réveille tout l'étage, on avait voulu lui faire une injection de sédatifs. Mais lorsque le personnel était arrivé dans sa chambre, le lit de Mme Mook était vide. Ils avaient appelé la sécurité et fouillé l'étage, en vain.

Ils avaient rapidement élargi la recherche à chaque pièce, chaque recoin du Soleil-Couchant, qui comprenait deux bâtiments, deux grands jardins et un parking. Ils n'étaient pas parvenus à la trouver. Il n'y avait pas le moindre indice : aucun signe d'infraction pour entrer ou sortir – toutes les fenêtres et portes de la propriété étaient verrouillées. Mme Mook avait disparu. Ils avaient décidé d'alerter la police. La directrice Haam m'avait également appelée.

Des heures plus tard, alors que la police poursuivait les recherches à l'extérieur, au-delà du terrain vague derrière le jardin de cosmos, et empruntait l'étroit passage qui menait aux bois de bouleaux, ils découvrirent un premier signe d'elle : sa robe de chambre blanche. Quatre membres du personnel, dont Haam et moi, gagnèrent le sentier pour s'enfoncer parmi les arbres. Nous atteignîmes la petite clairière près de l'extrémité nord des bois, et nous la trouvâmes là.

Ils ignoraient comment elle s'était échappée du Soleil-Couchant la nuit, à l'insu de tous. Une caméra de sécurité faisant face au couloir était en panne ; les autres avaient échoué à saisir sa présence. Le gardien de service prétendait être resté éveillé toute la nuit, il n'avait pourtant rien remarqué. La police déclara qu'il n'y aurait pas d'enquête, étant donné que la vieille femme était atteinte d'Alzheimer et souffrait d'une tumeur cérébrale. Tout le monde supposait qu'elle était morte d'hypothermie : la nuit, la température extérieure pouvait chuter à deux degrés Celsius. Elle n'avait pour tout vêtement qu'une fine robe de chambre blanche et était chaussée d'une paire de sandales en caoutchouc, sans chaussettes. L'affaire, un malheureux accident, fut classée.

Lorsque nous trouvâmes le corps dans la clairière, je fus sous le choc, mais le montrai peu tant, étonnamment, la directrice Haam semblait désemparée. C'était la première fois que je la voyais se rendre au travail sans maquillage. Deux de ses ongles rouges étaient cassés. Ses yeux étaient gonflés. Je ne l'avais jamais vue pleurer auparavant ; son corps tremblait, tout comme sa voix. Je lui chuchotai à l'oreille qu'elle ne devait pas se sentir coupable de quoi que ce soit. C'était inévitable, et elle n'aurait rien pu faire pour l'empêcher.

– Vous connaissiez Mme Mook, lui dis-je. Elle parvenait toujours à ses fins, d'une façon ou d'une autre.

Tout en entourant Haam de mes bras, je me retournai vers Mme Hwang.

Elle était derrière le groupe d'officiers de police, en larmes, se tenant à l'infirmière Docgo. Ses sanglots étaient plus aigus que sa voix de mezzo-soprano habituelle, et sa collègue dut la serrer et la bercer comme un bébé afin de la calmer. Le choc et le chagrin de Mme Hwang ne semblaient pas feints, et je mis donc de côté mes soupçons quant à son rôle dans cet ultime projet.

Ce même après-midi, nous eûmes une autre surprise.

Aux alentours de 16 heures, un jeune couple se présenta au Soleil-Couchant. Une Coréenne et un étranger. L'homme attira l'attention de tous : on ne s'attend normalement pas à voir un Caucasien dans une maison de retraite au cœur de la campagne coréenne. Il était très grand, d'une beauté ténébreuse. Sa tenue n'aurait pas pu être plus quelconque – un pantalon en coton beige foncé, des chaussures en cuir, et une veste matelassée ajustée –, mais il se démarquait tel un cygne noir parmi ses congénères au plumage blanc. Les deux jeunes réceptionnistes, le cou tendu, murmuraient entre elles que l'étranger était grand et beau.

La femme à côté de lui n'attira qu'un coup d'œil tardif.

– Elle est plutôt banale.

Les chuchotements déçus des réceptionnistes étaient teintés de jalousie. À côté de son homme, la femme semblait petite et ordinaire. Alors que le couple avançait doucement vers moi, je me rendis compte qu'elle n'était pas petite : elle faisait au moins une dizaine de centimètres de plus que moi. Elle portait un jean bleu foncé, un trench noir et une écharpe grise. Des cheveux non teints coupés au carré au-dessous des oreilles. Pas de maquillage. Ce duo préférait visiblement passer inaperçu, mais finissait inévitablement par être remarqué.

Elle avait des pommettes saillantes et un nez trop petit pour être qualifié de joli. Pas une beauté classique selon les canons coréens. Pourtant, je fus charmée – cela devait être la manière dont elle portait son corps gracile, vif et élancé, évoquant celui d'un lévrier. Elle tendit brusquement la main vers moi en me disant qu'elle s'appelait Mihee, ce qui me fit penser à la façon dont les Américains se présentent dans les films. Et pourtant, sa voix était douce et son accent de Séoul, parfait, j'en déduisis qu'elle n'était pas coréo-américaine. Je me demandai pourquoi elle était venue à ma rencontre, alors que six membres du personnel étaient présents dans le hall d'entrée. J'étais la plus haut placée dans la hiérarchie (les autres étant de jeunes réceptionnistes et des infirmières auxiliaires d'âge moyen), mais j'étais bien souvent la dernière à dégager une quelconque autorité. En dépit de ma confusion, la jeune femme reprit :

– Je suis venue rendre visite à Mme Mook Miran. Je suis sa fille.

L'air du Soleil-Couchant se figea le temps de quelques respirations.

Le sourire enjoué sur le visage de la jeune femme disait qu'elle n'était pas venue pour des funérailles.

On fit attendre le couple dans le bureau de la directrice Haam.

La directrice n'avait jamais eu l'air si éreintée. Bien qu'elle soit d'une carrure imposante, elle semblait petite ce jour-là. La série de découvertes inattendues l'avait démoralisée. Au bord des larmes, elle m'avoua n'être au courant de rien au sujet de la fille de Mme Mook assise dans son bureau avec son mari américain, et je la crus : elle semblait plus sonnée que moi.

Haam me supplia de l'aider. Elle voulait que j'aille parler au couple dans le bureau. J'étais la plus proche de Mme Mook et la dernière à lui avoir tenu compagnie. Je me surpris alors à entrer dans la pièce sans la moindre hésitation, tout en sachant que ce serait à moi de leur apprendre la triste nouvelle. Bien qu'effrayée, je brûlais de connaître sa fille.

Des doigts délicats, une fine ossature. Je craignis d'abord que la nouvelle ne fasse s'effondrer cette femme fluette, rompant au passage le barrage émotionnel que j'avais si bien retenu toute la journée. Mais elle le prit mieux que la plupart d'entre nous au Soleil-Couchant. Les toutes premières secondes, elle sembla pétrifiée. Elle ne laissa pas échapper le moindre son. Lorsque ses mains se mirent à trembler, je m'attendis à une crise de larmes, mais elle ferma très fort les yeux, comme en prière. Les grands yeux sombres de son mari, eux, s'embuèrent. Il posa une main sur son dos étroit, l'autre attrapa ses doigts. Je me sentie alors seule, et soulagée. Mme Mook aurait ressenti la même chose en voyant sa fille et son mari dans leur discrète complicité.

Les petits rires de Mihee brisèrent le silence.

– C'est tout elle, murmura-t-elle, comme pour elle-même, secouant légèrement la tête.

Un triste sourire apparut sur ses lèvres.

– Vous êtes Mme Lee Sae-ri, n'est-ce pas ? Sa biographe.

Mihee plissa les yeux. Le bras appuyé sur la table, elle leva brièvement l'index et le majeur, comme si elle tenait une cigarette invisible. Elle n'était pas le portrait craché de Mme Mook, mais elles partageaient la même gestuelle. Le mouvement rapide des mains, la voix douce, les rires et soupirs étouffés. Le même charme décalé.

Je voulus avouer n'être qu'une nécrologue inconnue, mais il me sembla que ce n'était pas le bon moment pour la contredire, et gardai le silence.

– Vous devez maintenant savoir autant de choses sur elle que moi, dit Mihee. N'est-ce pas, madame Lee ?

– Visiblement non, répondis-je avec sincérité.

Je ne pus me résoudre à lui dire que je n'avais pas pleinement cru au récit de sa mère. Je préférai admettre que je n'étais pas au courant de sa venue.

– Mme Mook savait-elle que vous veniez la voir ? lui demandai-je.

Mihee grogna – exactement comme sa mère.

– À votre avis ?

Elle leva de nouveau deux doigts, arquant les sourcils.

– Bien sûr qu'elle savait.

Je lui parlai des sept carnets que Mme Mook m'avait donnés la veille.

– Vous a-t-elle dit de changer les noms des personnages ? demanda Mihee.

Je répondis que non.

– Vous voyez ? dit-elle en fermant les yeux. Elle vous aurait d'abord demandé de changer les noms si elle avait prévu de rester parmi nous. Elle savait ce qu'elle faisait.

Sa voix s'éteignit. Elle couvrit son visage de ses mains. Elle prit quelques profondes inspirations puis reposa ses mains sur la table. Pas de larmes, mais ses yeux étaient rougis. Elle murmura ensuite à son mari qu'elle aimerait me parler en privé.

– Bien sûr, répondit-il dans un coréen parfait.

Avant de sortir, il l'attira vers lui et embrassa sa tempe pendant de longues secondes.

– Je suis venue ici aujourd'hui afin de ramener ma mère chez nous, aux États-Unis, me confia-t-elle avec un petit gémissement. Et elle le savait. Je n'ai pas pu venir la voir plus tôt, en raison de notre situation inhabituelle, comme vous le savez, mais nous nous parlions régulièrement.

Avec son téléphone, pensai-je, que la police n'était pas parvenue à retrouver. J'avais fouillé son corps en silence, puis toute la zone de la clairière, mais j'avais moi aussi échoué.

– Après avoir décidé de nous rendre, nous avons vécu dans la clandestinité. Une fois passées au Sud, nous avons même disparu. J'ai déménagé aux États-Unis avec mon mari, qui est américain. Nous avons attendu que j'obtienne la citoyenneté et que je puisse inviter légalement ma mère à venir vivre avec nous. C'est ainsi que nous souhaitions que les choses se fassent, proprement et légalement, car nous étions lasses de vivre sous le radar. Quand elle m'a parlé de la tumeur, je lui ai dit que ça n'avait pas d'importance. Je lui ai dit qu'elle devait être avec nous quoi qu'il advienne, tant qu'elle était vivante et qu'elle respirait.

Mihee détourna brusquement la tête en direction des peintures des enfants de la directrice Haam.

– Maman aimait tellement Aram, son petit-fils, reprit-elle, la voix tremblante, luttant toujours pour ne pas pleurer. Je savais qu'elle n'était pas très enthousiaste à l'idée de quitter la Corée. Je savais qu'elle ne voulait pas s'installer dans un pays étranger à son âge. Elle craignait d'être un fardeau. Je pensais qu'une fois avec nous elle verrait les choses différemment. Seule la perspective de voir Aram tous les jours la réjouissait.

Sa tête s'affaissa sur sa poitrine. Elle joignit ses mains et les plaça entre ses genoux écartés. Comme si elle s'excusait.

– Maman le savait, dit-elle à voix basse. Elle savait. Qu'en ma présence elle n'aurait jamais pu réussir à faire une chose pareille.

Mihee resta silencieuse, immobile. Puis elle s'efforça d'esquisser un sourire. Ses yeux rougis brillèrent sous l'effort.

– Me savoir ici, en train de pleurer, est la dernière chose qu'elle aurait voulue, dit-elle en reniflant. Elle ne supportait pas très bien la sentimentalité. Elle n'aimait pas l'afficher, et détestait la voir chez les autres. Même chez moi.

Elle laissa échapper un rire nostalgique.

– La seule exception était papa. Il n'y avait aucune limite à la sentimentalité entre eux. Je n'ai jamais vu un couple d'une telle proximité physique et émotionnelle en Corée du Nord. Ils se sont même fait arrêter une fois, dans les années 1960, pour outrage à la pudeur. Parce qu'ils se tenaient la main en public, à Pyongyang.

Les yeux de Mihee se remplirent de larmes mais elle souriait.

– Maman n'a mentionné qu'une fois la mort de mon père, lorsqu'elle m'a appris la nouvelle. Elle n'en a plus jamais parlé. Elle se sentait coupable qu'il soit mort seul en Corée du Nord, alors que nous vivions ici en Corée du Sud sous différents noms.

– Vous pensez qu'elle a choisi de faire la même chose, de mourir seule, pour se punir ? lui demandai-je.

Mihee resta silencieuse. De la paume de sa main, elle essuya les larmes sur ses joues, cachant ses yeux pendant quelques secondes.

– Je ne pense pas, me dis-je à moi-même.

Les yeux roses, elle me fixait sans un mot.

– Ça a peut-être joué, je ne sais pas. Mais ça ne peut pas être la raison.

De cela, j'étais certaine.

Curieuse de savoir si c'était de famille, je lui demandai si, comme sa mère, elle était atteinte de géophagie.

Le regard interdit, elle fronça les sourcils, perplexe. Elle ne comprenait visiblement pas le sens de ce mot. Je lui expliquai.

Elle répondit que non, qu'elle était une enfant adoptée, et qu'elle ne pouvait donc pas savoir si c'était héréditaire. Elle ignorait que sa mère avait ce trouble, elles n'en avaient jamais parlé.

Mihee avait vu juste : peut-être connaissais-je Mme Mook mieux que je ne l'aurais pensé. Quelle étrange chose que l'intimité humaine. La façon dont nous pouvons parfois nous confier à des étrangers et leur livrer des secrets que nous n'avons pas su révéler à ceux qui nous sont proches. Une douleur soudaine surgit dans mes os, une vague de nostalgie. Mme Mook allait me manquer.

Je proposai à Mihee d'aller voir le corps de sa mère.

Les gens disent que l'on est ce que l'on mange. Mme Mook avait goûté et avalé la terre des endroits où elle était allée. Ainsi, non seulement elle avait vécu plusieurs vies, mais elle avait aussi été de nombreux lieux.

Elle racontait que la terre de Paju lui rappelait sa ville natale. Paju est si proche de la Corée du Nord que, par temps calme, on peut encore entendre les haut-parleurs de la propagande nord-coréenne beugler leurs promesses obsolètes, la gloire d'antan. Un lieu du passé où personne ne peut retourner.

Avant de voir le corps de sa mère, Mihee voulait savoir dans quel état nous l'avions trouvée. Elle me demanda de ne rien omettre, sans prendre de pincettes.

– Ma mère m'a élevée à la dure. Je peux affronter la vérité.

Je lui racontai exactement ce que j'avais vu.

Nous l'avons trouvée dans une petite clairière au milieu d'un bosquet de hauts bouleaux.

Le vent soufflait de nouveau du nord, et j'ai cru sentir une odeur d'ordures chauffées par le soleil. C'est devenu autre chose tandis que je m'approchais, que je m'agenouillais près de son corps. Un parfum étrange et familier. L'odeur qui s'en rapproche le plus serait celle du *Yoolmoo-cha*, le thé coréen à base de larmes-de-Job. Ce thé aux céréales opaque, si épais et crémeux qu'on dirait du porridge quand il glisse dans la gorge. L'arôme réconfortant de la crème et des noix. C'est le paradoxe du *sanak*, il est doux et repoussant. L'odeur émanait de sa bouche et de ses mains. Sous ses ongles étaient accrochées de minuscules faucilles verdâtres.

Ses membres étaient étendus par terre. La grande crinière blanche de ses cheveux, sur laquelle était blottie sa tête endormie, ressemblait à un oreiller de neige. L'abandon paisible d'une enfant dans son lit, avant de se rendre au sommeil, ses bras et jambes dessinant sur la neige la forme d'un papillon.

Je me suis agenouillée plus bas, puis ai regardé le ciel.

Il était bleu cyan, sans nuages et parfaitement dégagé. Le temps était ainsi depuis deux jours, elle avait donc dû profiter d'un magnifique ciel nocturne parsemé d'étoiles. Entre ses lèvres légèrement écartées, j'ai distingué le bout de sa dent de devant ébréchée. Les coins de sa bouche étaient délicatement tirés, comme dans un sourire. Ils piégeaient les cicatrices sur ses joues, devenues verticales à jamais – une paire de fossettes tatouées.

Alors que personne ne regardait, j'ai ouvert un peu plus sa bouche, aussi doucement que possible.

Et elle était là – sa langue.

L'escroc sans retenue qui lui avait permis de s'en sortir une vie après l'autre.

Sans surprise, elle était recouverte d'une couche de terre, tel du sucre acidulé sur un bonbon.

Remerciements

De nombreux événements de ce roman ont véritablement eu lieu, bien que j'aie pris quelques libertés concernant les détails et la chronologie. « Conteuse » a été inspiré par les témoignages de survivantes des stations de réconfort dans le court métrage d'animation *Herstory* – inspiré de la vie de Chung Seo-woon –, dans le roman graphique *Song of a Butterfly* de Chung Ki-young ainsi que dans le film *Spirit's Homecoming* de Cho Jung-rae. Pour certains détails concernant la vie en Corée du Nord et l'espionnage, je me suis tournée vers *Nothing to Envy* de Barbara Demick, *The Girl with Seven Names* de Hyeonseo Lee, *The Spy and the Traitor* de Ben Macintyre, et *Your Republic is Calling You* de Kim Young-ha. L'imposture relatée dans « Pour un grain de beauté » puise son inspiration dans la célèbre affaire Martin Guerre.

Plusieurs chapitres de ce roman ont d'abord paru dans des revues littéraires américaines sous la forme de nouvelles : « Vierge fantôme sur la frontière nord-coréenne » dans le numéro de *Meridian* de l'été 2018 ; « Quand j'ai arrêté de manger de la terre » dans *Black Warrior Review*, à l'automne/hiver 2019 ; « Conteuse » dans *Pleiades*, hiver 2020 ; « Mettez le feu » dans *Shenandoah*, automne 2020 ; « Pour un grain de beauté » dans la *Massachusetts Review* de l'automne 2021.

Merci à mon agent Nicki Richesin ; à mon éditrice Anna Kelly, chez Virago, et à son équipe exceptionnelle, dont Zoe Carroll et Hazel Orme ; à Mary Gaule et Emma Kupor, chez Harper ; à Erin Wicks, Jenny Meyer et la formidable équipe de Wendy Sherman Associates, dont Callie Deitrick, Heidi Gall, Page Richards et Britanni Sonnenberg ; à mes amis transfuges nord-coréens de l'Église de Séoul, et à Joo-myeong.

Merci à ma fille et mon fils, à mes parents et Jonafe, à mon oncle Kim Jin-soo et ma tante Lee Jeom-soon, à ma regrettée grand-mère Kim Nam-soon, et à ma défunte grand-tante Kim Byeong-nyeo, dont le parcours a inspiré ce roman.

Enfin, merci, comme toujours, à mon époux.

Cet ouvrage
a été mis en pages par Nord Compo
reproduit et achevé d'imprimer
en mai 2025
dans les ateliers de Normandie Roto Impression s.a.s.
61250 Lonrai
N° d'imprimeur : 2501949

Imprimé en France

Dépôt légal : septembre 2025